ハヤカワ文庫 NV
〈NV1472〉

暗殺者の悔恨

〔上〕

マーク・グリーニー
伏見威蕃訳

早川書房
8591

ONE MINUTE OUT

by

Mark Greaney

Translated by

Iwan Fushimi

First published 2020 in Japan by
HAYAKAWA PUBLISHING, INC.
This book is published in Japan by
arrangement with
TRIDENT MEDIA GROUP, LLC.
through THE ENGLISH AGENCY (JAPAN) LTD.

世界各地で人身売買と戦っている男女に捧げる

謝辞

ジョシュア・フッド（JoshuaHoodBooks.com）、リップ・ローリングズ（RipRawlings.com）、J・T・パットン（JTPattenBooks.com）、アリソン・ウィルソン、クリスティン・グリーニー、ラリー・ライス、ミステリー・マイク・バーソー、サイモン・ジャーヴェス（SimonGervaisBooks.com）、ジョン・ハーヴィー、ジェイムズ・イェーガー、ジェイ・ギブソン、タクティカル・レスポンス社のスタッフ、クルーズ船〈アクア・キャット〉の男女に感謝する。

また、わたしのエージェントのスコット・ミラー、トライデント・メディア・グループの全社員、編集者のトム・コルガンおよびバークレーの全社員、とりわけサリーア・ケイダー、ジーン＝マリー・ハドソン、ジン・ユー、ローレン・ジャガーズ、ブリジット・オトゥール、クリスティン・ボール、アイヴァン・ヘルドには、格別に感謝している。

地獄は空《から》っぽで、悪魔はすべてこの地上にいる。

――ウィリアム・シェイクスピア『テンペスト』

暗殺者の悔恨

〔上〕

登場人物

コートランド・ジェントリー……グレイマンと呼ばれる暗殺者
タリッサ・コルブ…………………欧州連合法執行協力庁（ユーロポール）下級犯罪アナリスト
ロクサナ・ヴァドゥーヴァ………タリッサの妹
リリアナ・ブルンザ………………拉致された女性
ケネス・ケイジ……………………アメリカの投資ファンド・マネジャー
ショーン・ホール…………………ケイジの警護班の班長
ヤコ・フェルドーン………………民間警備会社ホワイトライオンの幹部社員
ロジャー・ルーツ…………………フェルドーンの部下
クローディア・リースリング……コンソーシアムの専属心理学者
コスタス・コストプロス…………同地域マネジャー
ラトコ・バビッチ…………………元ボスニア・ヘルツェゴヴィナ・セルビア人軍将軍
ニコ・ヴコヴィッチ………………ボスニア・ヘルツェゴヴィナのモスタール警察署長
ヘザー………………………………ケイジの妻
シャーロット………………………ケイジとヘザーの娘

1

ボスニア・ヘルツェゴヴィナ　ゴルニ・ツルナチ

六人の孫がいる男が、紅茶のカップを持ってフロントポーチに立ち、谷間の向こうの緑の山々を眺めて、昔日《せきじつ》のことに思いを馳《は》せた。それほど遠い昔ではないはずなのに、あの歳月はどこへ去ってしまったのだろうと、いまもたびたび考える。

午後の暑さに疲れ、夕食前にひと眠りしようかと思った。年寄りが考えそうなことなので、すこしうろたえた。まだ年老いたつもりはなかったからだ。

男は七十五歳で、年齢のわりには頑健だったが、若いころはほんとうに体が丈夫で有能であるだけではなく、コミュニティでも強大な力を持っていた。

だが、そういう日々は、遠い過去でしかない。近ごろはずっとこの農場で過ごしていて、勇を鼓して出かけることはめったにない。それに、自分の半生の努力には、なんの甲斐《かい》もなかったのではないかと、迷いはじめていた。

金に困ってはいない――使い切れないくらいある――だが、この世での自分の目的について思案することが多くなった。かつては目的をきわめて明確に抱いていた。信じる大義があった。しかし、いまの暮らしは、簡単な仕事と、たまの楽しみと、平穏に余生を過ごすために自分で決めたルールがあるだけだった。

ここでまた一日が暮れる、と心のなかでつぶやき、歳月と、これまでの人生で下した決断を思った。正しい決断だったと、確信していた。自分の行動に迷いを抱くような男ではなかった。

だが、自分の下した決断に高い代償が伴っていたことは、痛感していた。

風のない大気に漂う湿っぽい熱気で、疲れが激しくなった。紅茶の残りかすを飲み干し、青々とした山並みを眺めて、自分の暮らしぶりについてつくづく考え、母屋《おもや》にはいってベッドに横になろうと、ようやくきっぱり決断した。

その年配の男の視力はよくなかったが、盛りのころのように視覚が優れていたとしても、低地平原の向こうの四七〇メートル離れた濃い茂みで、グリーンの植物をつけた偽装服《ギリースーツ》（植物や雪や砂地など、周囲の環境に合わせて高度なカモフラージュをほどこす外衣）をまとって伏せている狙撃手《スナイパー》は見えなかったにちがいない。スナイパーは、ライフルの望遠照準器の照明付き十字線を、男の胸にぴたりと重ねていた。

年配の男は、危険があるとは知らずに、前方の眺望に背を向けて、広い母屋のドアに向けて歩きはじめた。掛け金に手をかけ、ドアをあけて、なかにはいった。

銃声はなく、雄鶏《おんどり》がひと声鳴いて谷間の静けさを破っただけだった。

いいかげんにしろ、ジェントリー。さっさと撃て。

おれの指が引き金から離れる。目がしばたたき、スコープから離れる。おれはセレクターを〝安全〟に入れ、ライフルの銃床の横の暖かい草に額を押しつける。

おい、この馬鹿たれ。

いまのおれはこんなふうだ。やるべきこと、やらなければならないと自分にいい聞かせたことをやらず、ネガティヴなひとりごとが頭のなかで響く。

いらだたしい声だが、その声は正しい。

撃つ機会があったのに、なぜあのくそ野郎を撃たなかったのか？　虫がうようよいてうだるように暑い監視位置に二日も伏せているせいで、首と背中の上のほうが痛く、口はそこに這《は》い込んで死んだ生き物の味がする——おそらくそうなのだろう。

これまで六回、一二倍の望遠照準器にターゲットを捉えている。最初に捉えたときに斃《たお》すこともできた。そうしていたら、いまごろはザグレブかリュブリャナか、もしかするとブダペストにいるはずだ。髭を剃《そ》り、シャワーを浴び、なんの危険もない。

ところが、おれはまだここで、体が汚れ、汗にまみれ、ちくちくする叢《くさむら》に伏せて、頭のなかで文句をたれている。

おれはとっくに立ち去るべきだったし、あの男はとっくに死ぬべきだった。

セルビア人の元将軍ラトコ・バビッチは、いまでこそなんの罪もない男のように見える。ボスニア・ヘルツェゴヴィナのモスタールという街の北西にあるこの農場で、静かに暮らしている。だが、おれはバビッチの正体を知っている。

なにをやったかも知っている。

あの助平じじいは、いまは極悪非道なふるまいに及んではいない。もっと卵を産めと雌《めん》鶏《どり》をいじめるくらいのものだろう。だが、二十五年前のラトコ・バビッチは、地球上で最悪の人物として国際社会に名を馳せていた。

そして、この二十五年間、バビッチは自分の悪行の代償をまったく払っていない。

おれはそれがむかつく。

バビッチは、ジェノサイドを行なった戦争犯罪人だ。一九九五年夏、三日以上かけて八千人の成人男性と少年が大量処刑された（ボスニア・ヘルツェゴヴィナ紛争中に起きたスレブレニツァ虐殺事件のこと）。バビッチはその首謀者だった。

それもむかつく。

国連、NATO、国際刑事裁判所《ICC》が、バビッチを指名手配している。犠牲者の家族も捜している。バビッチは、それらすべてから逃れている。

だが、いまはおれが狙っている。つまり、バビッチは死んだも同然だ。

いや、死ぬのはおれのほうかもしれない。安全な遠距離からバビッチを狙い撃つつもりはないからだ。

馬鹿なおれは、危険なやりかたでやるしかないと思っている。

おれが撃つのを控えているのは、迷っているからではない。このくそったれには、どうしても死んでもらわなければならない——だが、距離四七七メートルでここから三〇〇ウィンチェスター・マグナム弾を発射したら、バビッチは濡れた砂を詰め込んだ袋みたいに倒れて、なにも知らずに即死する。バビッチを最初に見たときにそう気づいた。それではどうにも溜飲《りゅういん》がさがらない。

八千人の大量虐殺だけではない。拷問。レイプ。すべて谷間の向こうのくそ野郎の仕業《しわざ》だ。

離れたところから、あらかじめ見られもせず、やつの命の火を消すというのは……やつにとっては楽すぎる死にかただ。

だから、おれは忍び込む。

日没後、敷地内に潜入し、防犯網を突破し、やつを護《まも》っている連中のあいだをくぐり抜ける。やつが眠っているところへ行き、闇から姿を現わし、やつを殺《や》るあいだ、おれの熱い息を感じさせる。近づいて、相対し、おれがやつの心臓をとめる前に、やつが取り乱すようにじわじわと責める。

とにかくそういう計画だ。

この手のことは長年やっているので、計画が横道にそれることがあるのは知っている。それがかなり不安だった。

だが、二の足を踏むほどの不安ではない。おれの心のなかのつぶやきが聞こえる。おまえが選んだ途《みち》だ、ジェントリー。安易なことはやるな。正しいことをやれ。道義的に正しいことを。

きょうは、そのつぶやきが支配している。おまえは馬鹿だという声ではなく。

警備員をおれはじっくり観察した。彼らがプロであることは、正直いって意外だ。歩哨が六人、動哨が六人。べつの六人組二個が農場の外のどこかで寝泊まりし、二十四時間ごとに交替している。バビッチがそれほど大人数の武装した男たちを抱えているというのは、予想外だった。バルカン諸国のほかの戦争犯罪人はたいがい、何年もたつと金銭的に困窮し、ボディガード二、三人に護られて逼塞《ひっそく》しているところを発見されている。バビッチもそんなふうに落ちぶれているだろうと、おれは予想していた。

だが、ラトコ・バビッチは、こんな田舎《いなか》で合計二十四人の武装警備員に護られている。どうも奇妙な感じだ。

警備員は練度が高いようだったが、長時間の監視によって、おれは重大な手抜かりを見つけていた。動哨の動きを予知するのは難しいが、夕食をとるときだけは、歩哨とおなじように移動を中断する。動哨ふたりは、農家に通じる道路にとどまり、べつのふたりはバビッチのそばにいて屋内を歩きまわるが、それ以外の動哨と歩哨はすべて、母屋から一〇〇メートル離れた飯場の前のテーブルに向かって座り、女三人がそこへ食事を運ぶ。

バビッチは、警備員たちといっしょに食事をしない。家のなかで食べる。

だから、おれはそこを目指す。

おれの経験からして、今夜はきわめて厳しいことになるだろう。

なんでもござれだと、おれは自分にいい聞かせる。適応し、打ち克《か》つ。

そう願いたい。

おれがCIA独立資産開発プログラム訓練所で独行工作員の訓練を受けたときの主任教官は、ベトナム戦争時に秘密作戦に従事したモーリスという男だった。モーリスの言葉は、何年たっても忘れることができない。たぶんモーリスがおれの耳もとで百万回、わめいたからだろう。

〝願いは戦略ではない〟。

二十年近く銃火にさらされて、モーリスのいうとおりだと確信しているが、それでもこの斜面を滑りおりて、向かいの斜面を登ることをもくろんでいる。そして、面と向かってターゲットを怯《おび》えさせることができればいいと、心の底から願っている。

頭のなかで、怒れる声が最後にもう一度、やめろと懇願する。いいかげんにしろ、ジェントリー。ここにじっと伏せて、バビッチの肥《ふと》ったケツが照準器の前に戻ってくるのを待て。そうすれば、やつを消して、さっさと逃げられる。すばやく、きれいに片がつき、安全だ。

だが、そうはせずに潜入すると、おれにはわかっている。

空を見あげ、谷間の向こうの山並みに陽が落ちるのを見る。まもなくはじまる戦いに備えて、こわばって痛む筋肉をゆっくりとストレッチする。

すばやく逃走できるように、ジープに荷物を積んでおかなければならない。それから、黒ずくめの服を着て、目出し帽をかぶり、樹林を抜けてターゲットを目指す。

問題の多い思いつきだというのはわかっているが、道義のせいでねじ曲がって壊れている指針《コンパス》がおれを操っていて、しかもそれは頭のなかの理性的な声よりも強力だ。ラトコ・バビッチが苦痛を味わわずにあっさり死ぬのは、正義の裁きにはならないと、そのコンパスがいいつづけている。

2

ラトコ・バビッチは、夕食の時間に目を醒《さ》まし、広いが素朴な造りの母屋《おもや》にあるダイニングルームへ行き、ひとりでテーブルに向かって座った。旧《ふる》い友人が来ることも多い。戦争の僚友の将校、刑期を務め終えて戻ってきた男たち、犯罪の告発をなぜか免《まぬが》れた男たち。自分の犯した行為で官憲に指名手配されているセルビア人には、ひとりしか会ったことがない。その男は、その後まもなく、サラエヴォで銃撃戦の最中に殺された。

今夜、バビッチに来客はなかった。玄関ホールのグランドファザー・クロックが時を刻むうつろな音と、女性のコックとその助手ふたりが食事をこしらえているキッチンから、鍋やフライパンの当たる音が聞こえるばかりだった。

一〇〇メートル離れたところで、ベオグラードから来た警備陣のほとんどが、夕食のために飯場の前のテーブルに集まっている。

バビッチは、部下とおなじ料理を食べる。ユーゴスラヴィア陸軍で若手将校だったころに身につけた習慣だった。飲むワインは、警備陣に出されるボスニア産の白ワイン〈ジラフカ〉よりも上等なハンガリー産のワインだが、それはバビッチの富と立場なら大目に見られる程度の差だった。監視のためにベオグラードから来ている警備員が、バビッチがいいワインを飲んでいることを批判するはずはない。

バビッチはこれまでずっと、大義のために身を捧げ、多少の役得を得るだけの働きをしてきた。ベオグラードから来た男たちも、それを知っている。

バビッチがシャツにナプキンを挟んだとき、警備班班長がダイニングルームを覗《のぞ》き込んだ。「問題はないですね、ボス？」

「ああ、ミランコ。食事を終えたら、みんなのところへ行く」

「それで結構です」ミランコはリビングに戻り、ふたたびテレビを見はじめた。

ターニャが、湯気があがっているポドヴァラクの土鍋を運んできた。ザワークラウトにベーコンと牛肉を入れて、オーブンで焼いた料理だ。

「ありがとう《フヴァラ》」バビッチはいった。

ターニャが軽くお辞儀をして、ダイニングルームから出ていった。

ターニャに嫌われていることを、バビッチは知っていた。ターニャはバビッチの過去の所業やいまやっていることが許せないのだが、警備班とともにベオグラードから派遣されたので、命じられたことをやっている。バビッチは古強者《ふるつわもの》なので、それ以上のことは期待していなかった。

つぎにペトラが、パンのバスケットとバターの皿を運んできて、会釈し、すこしほほえんで、テーブルに置いた。バビッチは手をのばして、十九歳のペトラが離れていくときに尻を握った。

ペトラはふりむきもせず、大股で歩くのをやめもしなかった。毎晩のことなので、もう気にならなくなっていた。

「冷たい小娘だ」バビッチは、声を殺していった。ターニャとミレナは中年で不器量だが、ペトラは若くて美しい。だが、バビッチはペトラにいい寄りはしなかった。なぜなら、ペトラは警備班や他の使用人とおなじようにベオグラードから派遣されたからだ。この農場から出ないかぎり、バビッチは死ぬまでなにをやろうがかまわないのだが、ベオグラードの犯罪組織ブランジェーヴォ・パルチザンの怒りを買うわけにはいかない。

バビッチは、ダイニングルームを出ていくペトラの揺れる尻を見送ってから、食事に注意を戻した。

背後の窓から見えるのは闇だけだったが、バビッチは若いころの視力を取り戻したとでもいうように、首をまわして外に目を凝らした。神経を集中して敷地のある場所を見たなら、ひらめくような一瞬の動きを察知できたかもしれない――右から左へ、フェンスから家の裏手へ、すばやく動くものがあったのを。

だが、バビッチはポドヴァラクを食べ、ワインを飲み、華々しい過去をふたたび思い起こしていた。


夕食後に、バビッチと警備班班長のミランコは、飯場に向かった。そこで食事をしていた男たちと雑談をして、煙草《たばこ》を吸うためだった。

バビッチは、こうして夜に警備員たちと話をするのが楽しみだった。自分が尊敬されている重要で不可欠な人間だという気持ちを、味わうことができる。以前はそういう実感をつねに満喫していたのだが、いまはつかのま感じられるだけだ。

バビッチとミランコが、夜の闇を歩いていると、うしろで犬が吠えはじめた。バビッチは溜息をついた。

犬は静かにしていることができない。

くそ犬めが。いや、ちがう……犬は好きだ。だれだってそうだろう。しかし、犬が作戦を台無しにしそうなときは、好きになれない。巨大な黒いベルジアン・シェパードドッグ

・マリノア二頭がいるのは知っていたが、犬舎は母屋の裏にあるし、西側から侵入し、犬の視界にはいらないように用心していた。だが、二頭は裏手で躍起《やっき》になって吠えているから、母屋の南にいるのをどうやら嗅《か》ぎつけられたらしい。
おれは闇にしゃがんでユーティリティルームの鍵をピッキングしながら、もっと早くやれと念じ、母屋の向こうの巨大な短毛のくそ犬がおとなしくなることを願った。

犬に嗅ぎつけられないために裏地がシルヴァーのボディスーツを何度か着たことがあるし、つねに所定の効果があった。だが、いまは七月でものすごく暑い。においが漏れないそのボディスーツをギリースーツの下に着たら、監視中に熱中症で死んでいたはずだ。

いまのおれはふんだんに汗をかいているから、犬は調教師に警戒を呼びかけるためではなく、嫌悪のあまり吠えているにちがいない。だが、理由はどうあれ、いますぐにこのドアをあけなければならない。鍵をあけるのは二十年もやっているし、得意だが、これは映画とはちがう。時間と集中力を必要とする。

母屋の正面に砂利の私設車道《ドライヴウェイ》があるが、そこから近づいてくる足音が聞こえる。ひとりの足音。コックか、犬舎のマリノアのようすを見にいこうとしている警備員にちがいない。

いずれにせよ、サプレッサー付きのグロック、ナイフ二本、B&Tウルトラコンパクト・サブマシンガンがある。邪魔者を殺すのは簡単だが、バビッチが敷地の反対側で警備員七人もしくは八人に囲まれているときにそうするのは、最悪の行動だ。

だから……さっさとドアをあけろ、ジェントリー。

足音が大きくなったとき、おれは最後のタンブラーを動かして、鍵があくカチリという音がする——あわやという瞬間に、おれはなかにはいる。

表で足音が犬舎のほうへ向かい、おれはそっと安堵《あんど》の息をつく。

侵入成功。

ラトコ・バビッチは、ベオグラードから来ている警備班の非番の男たちとともに、煙草を吸い、ワインを飲んでから、専属護衛のミランコとともに母屋へ戻っていった。

今夜もいつもと変わらない農場の夜だった。当番の警備員は、敷地内をパトロールするか、持ち場で座っている。ひとりがフロントポーチにいて、暗視ゴーグルを額にかけ、怪しい音が聞こえたらすぐに引きおろせるようにしていた。さらにふたりが、丈の高い草にほとんど隠れているコンクリートのトーチカから、私設車道《ドライヴウェイ》を見張っている。飯場の屋根からもひとりが見張っている。そのほかに二人組がフェンスに沿いパトロールしている。

この警備計画で、これまで十二年間、バビッチの身は護《まも》られてきた。だが、じつは警備班がここにいるのは、バビッチ本人を保護するためではなかった。

農場を護り、さらにいえば農場に隠されている秘密を守るために、彼らはここにいる。

七十五歳のババビッチは、木の階段を二階へ昇っていった。ミランコが従っていた。ババビッチは、寝室へ行ってざっとシャワーを浴び、薬を一錠か……二錠飲み、ワインをもうすこし飲んでから、寝る前にすこし気晴らしをする。昼寝で体を休めたので、それができるはずだった。ミランコがババビッチの予定を知っていたとしても、行儀よくそれをおくびにも出さなかった。

ババビッチは、きょうはじめて小さな興奮が胸にこみあげるのを感じたが、かえって暗い気分になった。生き甲斐《がい》はもうあまり残されていない、と心のなかでつぶやいた。自分の民族のために尽くしたのは、遠い過去のことで、いまはべつの主人たちに仕えている。それに、この仕事ではかつての誇りの片鱗《へんりん》すら味わうことができない。

ババビッチを寝室まで見送ったミランコは、踵《きびす》を返して廊下を戻り、広い木の階段のほうへ行った。階段を見おろす位置に木の椅子が置いてある。背後のババビッチを護るために、ミランコは照明がついている階段のほうを向いて、これから二時間ほどそこで番をする。ミランコは、ババビッチのことをまったく心配していなかった。ババビッチは一九九〇年代から身を隠して暮らしてきた。最初はセルビア、ボスニア、マケドニアを転々としてから、十年ほど前にここに住み着いた。いまのバビッチは管理人のようなもので、たしかにその仕事に長《た》けていることは、ミランコも認めざるをえなかった。バビッチは有能で効率よく仕事をするし、かつて軍の指揮官だったときのように、部下を統率するのがうまい。それに、なによりも重要なのは、やらなければならない物事をみずから周到に実行し、雇い主にいい印象をあたえていることだった。

だから、ミランコはここに座り、バビッチの命を護らなければならない。

時計を見て、無線点呼の時刻だと気づいた。通常、班長のミランコが点呼を開始するのだが、手が離せないときには、部下が開始することもある。

ミランコは、ベルトに取り付けてある無線機をはずして、送信ボタンを押した。ワイヤレスイヤホンはマイクも内蔵しているので、無線機を口もとに当てる必要はない。「こちら部署1《ステーション・ワン》、応答しろ」

瞬時に、正面ゲートの持ち場にいるルカの声が聞こえた。二人組でそこに詰めている。

「ステーション2《ツー》です」

飯場の屋根から見張っているピョートルが応答した。「こちらステーション3《スリー》」

「ステーション4《フォア》」フロントポーチのカルロがいった。

つづいてパトロール中の警備員が応答し、無線はふたたび沈黙した。

無線点呼が終わったとたんに、ドアがあく音がうしろの廊下から聞こえた。ミランコはおくゆかしいプロフェッショナルなので、ふりむかなかった。バビッチが螺旋《らせん》階段へ行くところだとわかっていた。警備班班長のミランコは、バビッチの身の安全に責任があるが、どこへ行こうとしているのかわかっていたし、ついてきてほしくないと思っていることも知っていた。

それに、バビッチがこれからやろうとしていることを、ミランコは見たくなかった。だから、椅子に座ったまま、スマートフォンでゲームをはじめ、だれもいない廊下の見張りをつづけながら、バビッチが地下室から戻ってくるのを待った。

戦いの顔になれ、おれは自分にいい聞かせながら、掛け金をゆっくり押し下げて、階段を見おろす位置に置かれた椅子のわずか三メートルうしろで、クロゼットのドアを細めにあける。見張りはこちらに背を向けているし、ついていた。見張りが警備班の無線点呼をはじめるまで、二分待てばいいだけだった。点呼の間隔がわからないので、どれほど時間の余裕があるかはわからないが、それまでにうまくやることができる。

経由点をひとつずつ進んでいくうちに、自信が深まる。

廊下の照明は明るい。黒いベストの胸に手をのばし、刃渡り一五センチのナイフを鞘《さや》から抜いて、音もなく殺すために忍び寄る。

ミランコは、成人してからずっと軍隊にいたし、セルビア政府とセルビアの暗黒街の両方で、さまざまな警備に携わってきた。その仕事向きの第六感が具《そな》わっていて、周囲のだれよりも早く揉《も》め事を感じ取り、危険を察知することができた。

それに、そういう勘は信じるべきだというのを、身をもって学んでいたので、脅威があると頭脳が不意に告げたときに、それまでやっていた〈スクラブル〉から目をあげ、首をかしげて音を聞きつけようとした。なにも聞こえなかったが、不安が和《やわ》らがなかったので、すばやく椅子から立ちあがり、肩ごしにうしろをたしかめようとした。

二歩離れたところに、頭のてっぺんから爪先《つまさき》まで黒ずくめの男が立っていた。顔の半分が、黒い目出し帽に隠れていた。

びっくりして叫ぶ前に、黒いナイフが突き出されるのをミランコは見て、喉《のど》にそれが突き刺さるのを感じた。

ナイフを持った男が、ミランコをうしろから抱きかかえて、椅子の上に持ちあげ、そのまま壁に押しつけた。

ミランコは痛みを感じず、驚愕し、わけがわからなかった。そして、世界が真っ暗になる前に、ひとつの考えが浮かんだ。おれは失敗を犯したと思った。

3

こんなことが楽しいわけではない。だが、これが仕事だ。歩哨がターゲットや仲間に警戒を呼びかける前に、そいつを黙らせなければならない。だから、喉にナイフを突き刺し、力が抜けていく体を壁に押しつけて、足をばたつかせたりふるえたりするのが収まるまで押さえつけておく。

死ぬとき、こいつはほとんど物音をたてない。

声が出ないように殺すには、喉笛にナイフを突き刺すのがいちばんいい。

そいつの無線機を腰に取り付け、イヤホンを耳にはめる。そいつのズボンでナイフの血をぬぐい、鞘《さや》に収める。サプレッサー付きのグロックを抜いて廊下に向けてから、さっとふりむいて階段のほうを確認する。

脅威はない。物音もしない。

それまでずっと隠れていた廊下のクロゼットに、そいつをひきずり込み、血みどろの死体を横たえてから下に目を向けると、汚れた黒い服と戦術用装備に血がこびりついているのが見える。

歩哨はおれのターゲットではなかったが、副次的被害（目標以外に意図しない破壊や殺傷を及ぼすこと）でもない。おれもろくでもない人間の近接警護をやったことがあるが、それは偽装か、有意義だと思う大義の仕事のときだけだ。クロゼットのこの男とはちがって、この世界のくそ野郎を生かしておくために働きはしない。

おれはその正反対のことをやっている。

だから、職業の選択をまちがえた下っ端を殺《や》るのをすこしうしろめたく思ったとしても、どっちみち殺る。

悪いな、あんた。悪党の用心棒なんかやるから死ぬはめになるんだ。それに気づいていなかったとしても、いまさら助けてやれない。

バビッチの部屋のドアをゆっくりとあけて、見まわすと、だれもいなかったので驚く。

バスルームは、もぬけの殻だ。廊下にひきかえす。そういえば、数分前にバビッチが出てくる音が聞こえたとき、姿が見えなくなったので妙だと思った。グロックを高く構え、左右に目を配ると、廊下の向かいに隠しドアがある。あけると、螺旋《らせん》階段が下に通じている。

真っ暗で薄気味悪いが、おりていくしかない。

暗視装置《NOD》のスイッチを入れると、それが琥珀色《こはくいろ》の光を取り込んで増幅し、薄暗い緑がかった光景が目の前に現われる。

おれは拳銃を持った片腕を前にのばして、そろりとおりはじめる。

できるだけ音をたてないようにしながら、すばやく階段をおりる。おれが殺ったやつのことを、遅かれ早かれだれかが調べに来るはずなので、作業速度を速める。

階段の下までおりる。そこは一階にあたる。その踊り場にも二階の隠しドアとおなじ狭いドアがあるが、螺旋階段はそのまま下に通じている。

バビッチは一階に出たのか？　それとも地階へおりていったのか？

このまま下へ行けと、頭のなかの声が命じる。

金属製の階段をできるかぎり静かに下ったと確信しつつ地階に着くが、そこまで行くと、すこしくらい音をたてても問題はなかったと気づく。なにかのポップスらしき音楽が聞こえ、バビッチのような年寄りにはそぐわないので意外だが、だれかがここにいることを示している。

正面は狭い廊下で、左右にドアがあり、突き当たりにもドアがある。天井にステープルで留めてあるクリスマス風の白いイルミネーションが明るいので、おれはNODのスイッチを切る。B&Tサブマシンガンを、腰のうしろの負い紐《ひも》から吊るすように調整し、ほとんど音をたてない熟練の忍び足で進んでいく。

一歩進むごとに音楽がやかましくなる。ひどい音楽は突き当たりのドアの奥から聞こえているようなので、そこにグロックの狙いをつけるが、左右にドアがあるところまで行くと、それらのドアの向こう側に敵影がないことを確認する必要があると判断する。

右のドアのノブをゆっくりまわすと、ドアがあき、隙間《すきま》から覗《のぞ》くと真っ暗だったので、NODのスイッチを入れる。

床に汚いマットレスがならび、煙草の吸殻が落ちていて、シーツが汚れている。

壁に渇いた血のようなものが見える。

くそ。

このおぞましい真っ暗な部屋に、だれかが住んでいたのだ。ここに囚われていたにちがいない。しかし、いつまでいたのかを調べている時間はない。

おれはバビッチを殺すためにここにいる。そのほかのことは、邪魔になるだけだ。

狭い部屋には小さな洗面台と便器があるが、敵影はない。そこで、反対側の部屋のほうを向いた。

NODをかけたままで、ドアを細めにあけるが、明かりが見えたので、すかさずNODを上にずらし、ドアをあけて、拳銃を構え、さっとなかにはいる。

ふたりが驚いてこちらに顔を向ける。とたんにショックを受けた表情になる。黒ずくめで武装し、顔を覆《おお》った男は、いかにも恐ろしげに見えるから、無理もない。

暗く赤い光が、ベッドに腰かけている若い女を照らしていた。男物の汚れたボタンダウンのシャツを着ている。シャツがはだけ、大きな乳房が見えていた。髪が乱れ、だらしなく疲れたようすで、おれのほうを見ると、恐怖を顔に浮かべる。

不気味な明かりのなかでも、彼女の黒い眼は生き生きとしているように見える。

ベッド脇で彼女を見おろしている男は、年配で、シャツを脱ぎ、ズボンの上から腹の肉が垂れている。ズボンから抜いたベルトをふたつに折っているのは、女を鞭打《むちう》つためのようだ。

おれは男を品定めし、すぐに気づく。

ターゲット……くそ……目当てのターゲットだ。

「こんばんは、ラトコ」

バビッチがセルビア語でなにかをいうが、むろんおれにはわからない。しかし、さいわい、〝顔に突きつけられた銃〟という言語はよく理解できるようだ。グロックを構えて狙いをつけると、バビッチは黙った。どうやって上の警備員たちのあいだをくぐり抜けてきたのだろうと思い、バビッチはまごついた表情になる。だが、恐怖の色はあまり見られない。

「撃つな」バビッチはいった。「なにが望みだ？」

そう、英語でいう。命乞いをするときの国際語だ。

おれがナイフを抜いて腹に突き刺すことでそれに答える前に、女がベッドからおりて、両手を高くあげる。九ミリ口径の拳銃をふりまわしている男の前で、ずいぶん度胸があるしぐさをするものだが、おれの狙いが彼女ではないとわかっているようだ。

女がおれのほうを見てから、ドアを指さす。ここでなにが起きているにせよ、合意のうえではないのはたしかなので、おれはうなずく。女が警備員のところへ逃げていって告げ口をすることはないとわかっている。

女が、おれから目をそらさず、手をあげたままで横を通り、ドアから出ていく。

おれはバビッチとふたりきりになる。

「あんたは刺客《アサシン》だな？」

そんなことは、天才でなくてもわかる。「そう、刺客だ」

「いっておくが……後悔していない」

「そうか。おれもだ。ことに、これについては」おれはバビッチに詰め寄る。

「あんたは……グレイマンだな」

おれは足をとめる。あいにく、図星だ。おれをその馬鹿げた綽名《あだな》で呼ぶ人間がいる。だが、どうしてバビッチは知っているのか？　さっさと片づけたかったが、秘密保全の面で重要なので、おれは問いつめる。「どうしてそういうんだ？」

「ベオグラードは、最高の人間をここへ派遣している。〝グレイマンならあんたを殺《や》れるだろうが、グレイマンは現実にはいないから心配するな〟と彼らがいう。わしはそれ聞く。安心する」

おれは一歩詰め寄り、手が届きそうなくらい近づく。「自分にはどうにもできないことを心配するのは、無駄だからな」

「彼らは……あんたは幻だという」

「よくそういわれる」おれはグロックを〈カイデックス〉（プラスティック素材の一種）のホルスターにすばやく収め、刃渡り一五センチの黒いナイフを胸の鞘《さや》から抜く。

拳銃では、バビッチは度を失わなかった。死ぬ覚悟はできているのだろうが、おれが手にしているナイフの見た目にぞっとしたようだ。つまり、おれにもくろみがあり、おぞましい長い一生が痛みもなくあっさりと終わることはないと悟り、バビッチの目に恐怖がひろがる。

おれは手袋をはめた手でバビッチの太い喉《のど》を握り、壁に押しつける。〈スパイダルコ〉

のナイフの〝短刀《タントー》〟ブレード（反りがなく突き刺しやすい切っ先の刃）が、ババビッチの腹に向けられ、あと二センチで血が噴き出すところまで近づく。

ババビッチが早口でいう。「グレイマンはなにが望みだ？　これで痛めつけたい」

おれはババビッチの顔の前にナイフを持ちあげる。「これで痛めつけたい」

こんなときに、おれは口数が多すぎる。敷地に侵入することなど考えず、約四七〇メートル離れたところから始末すべきだった。話をするなど、もってのほかだ。

だが、こうやってしゃべっている。だから、おれはババビッチの裸の腹にナイフを当てる。

だが、血が噴き出す前に、ババビッチがまた手をとめさせるようなことをいう。

「女！　若い女！　あんたにやる。みんなやる。百点満点の女。世界最高の女たちだ」

最初は、さきほど出ていった女のことかと思うが、ババビッチがたしかに〝女たち〟といったので、つぎは警備員に食事を運んでいた女性コック三人のことかと思う。レストランを開業するつもりはないので、返事をしない。気を取り直し、ババビッチの腹にナイフを突き刺す構えをする。

「二十三人だ！　いや、二十五人。二十五人の美女。上玉だ。あんたにやる！　やる！」

待て。なんだと？　おれはナイフをほんのすこしだけ引く。

「女が二十五人ここにいる？　嘘だ」

「見せる。みんな連れていけ。楽しめ」

なんてこった。このくそ野郎は、戦争犯罪人兼女衒《ぜげん》なのか？

「おまえはどのみちみじめな死にかたをするはずだった、ラトコ。おまえがもっと悪辣《あくらつ》なやつだと思える理由をばらしたら、もっとひどい目に遭うかもしれない」

ババッチには、おれの言葉の意味がわからない。こう答える。「ここだ。地下室にいる。美人ぞろいだ。みんなあんたにやる、友よ」

おれは目を閉じる。なんてこった。いつだってなにかが起きる。お楽しみがぶち壊される。

ナイフを構え、刺す用意ができている。ただ殺せばいい。殺される寸前にわけのわからないことを口走るのに耳を貸すな。

だが、刺さない。

なぜなら、おれは嘘を見抜く達人だが、こいつが嘘をついているとは思えない。おそらくここには女がおおぜいいるし、無理やり連れてこられたのだろうと、容易に察しがつく。それに、ほうっておきたいのはやまやまだが、そういうわけにはいかない。それがおれの致命的な弱点だ。良心のせいで、どんどん深みにはまることがある。

「見せろ」

「ああ、見せる」

おれはふたたびグロックを抜き、ナイフを鞘に収め、バビッチを廊下に押し出す。音楽が聞こえてくる廊下の突き当たりのドアへ急ぐ。サプレッサーの先端は、バビッチのうなじから一五センチのところにある。黒い目の女がどこへ行ったのかはわからないが、階段を昇って逃げたのだろうと思う。

数秒でバビッチとおれはドアの前へ行く。バビッチがキーパッドに暗証番号を打ち込み、ノブをまわす。おれはすばやくバビッチを押し込み、つづいてはいり、ドアを閉める。廊下にいると、だれかが向こう側から階段をおりてきたときに身を隠せない。

部屋は暗かったので、NODを引きおろそうと手をのばすが、バビッチが明かりのスイッチを入れる。

天井からワット数の低い電球がひとつぶらさがっていて、ぼんやりとして不気味な赤い光があたりにひろがる。

目の前の光景に焦点が合う前に、イヤホンから交信が聞こえる。

セルビア語はわからないが、わかりきっている。警備班が無線点呼を行なっている。

だが、それはほとんど耳にはいらない。自分が見ているものに目を奪われる。

幅三メートル、奥行き八メートルほどの部屋。壁は土、木の梁《はり》。床にはまた汚いマットレス、端のほうには壊れたソファ。化学薬品で消臭する便器が三つ。バケツに割れたプラスティックの便座を載せたような代物《しろもの》が、囲いもなしに右隅に置いてある。

少女数人を含めた二十四人ほどの若い女が、腰かけ、しゃがみ、横になっている。赤い暗い明かりのなかで、まるでひとつの生命体のように固まっている。だれかが音楽を切り、咳や泣き声が聞こえる。

鎖が見え、女たちが足枷《あしかせ》で床の輪付きボルトにつながれているのだとわかる。傷みかけた食べ物、煙草《たばこ》の煙、汗、小便の悪臭がする。なによりも強いのは、絶望のにおいだ。

だれも口をきかない。恐怖に目を丸くして、探るような目でおれを見つめるだけだ。

これは……いったい……なんだ？

おれもひどい物事は、それなりに目にしてきた。こういうのは見たことがない。

「どうだ」横でバビッチがにやにや笑いながらいう。「世界最高の美女を、世界最高の男にやる。みんなあんたのものだ、グレイマン」

おれは〝世界最高〟ではないし、バビッチはいいつづけているが、この女たちもこういう環境に置かれていたら〝世界最高〟らしいところはない。だが、それを判断するのはおれではない。彼女たちはだれかの娘、人妻、姉妹、母親なのだ。それに、人身売買の被害者だというのは、ひと目でわかる。

彼女たちがここでなにをやっているのか、元ボスニア軍将軍がどうしてこんなにおおぜいの奴隷を農場に隠しているのか、おれにはわからないが、理由はどうあれ、はっきりわかっていることがひとつある。

この若い女や少女はすべて人間だし、いまはおぞましく汚らしい世界の下水道を経《へ》めぐっている。

それまでは怒りをたぎらせていただけだった。いまのおれは激怒している。

女たちのほうを見ながら、右手でグロックをバビッチに向ける。「英語が話せるようなら、目を閉じろ。あとのものにも、目を閉じろと伝えろ」女たちにいう。

それを聞いてバビッチが動揺したが、数人の女が、おれの指示に従う。あとはなにが起きるのかをはっきりと知りつつ、じっと見ているが、怖れるようすはない。

バビッチがまくしたてる。「もっといる。もっとおおぜいいる。二週間後に来る。すべてあんたのものだ。また来い。女たちが来たら渡す」

バビッチの口からそういう言葉をこれ以上聞いていられない。すさまじい怒りに呑み込まれる。右手に力がはいる。燃えたぎる怒りのためではなく、銃声が聞きたいからだ。

グロックが低く鋭い銃声を発する。

ホローポイント弾がバビッチの突き出た裸の腹をぶち破るのを、おれは見もしない。サプレッサー付きで、地階にいるので、まだ存在がばれていないという確信がある。バビッチが床にどさりと倒れ、身をよじり、うめく。おれはそれをちらりと見てから、さらに二発を撃ち込む。

弾着の衝撃でバビッチの体が揺れ、やがて動かなくなる。

イヤホンから無線点呼がまだ聞こえている。警備員がそれぞれの名前と位置とおれにわからないセルビア・クロアチア語でなにかをいい、きびきびした応答がくりかえされる。

おれは無線機の音量を下げて、狭い空間で固まっている女たちのほうを向く。「英語が話せるのはだれだ?」

全員が目をあけていて、女たちのまんなかでブロンドの女が立ちあがる。

「あたしがしゃべれる」ほかにも何人かが声をあげる。

「よく聞け。家の裏に古いバスがある。そこへ行って、ここを離れる。だが、早く行動し、団結してやらなければならない」

立っている女——ウクライナ人かもしれないと、話しぶりからおれは思う——が、にべもなくいう。「だめなんです」

おれは廊下を確認していたが、女のほうを向いた。「なんだって?」

「できないの。あたしたちはここにいる。離れられない」

「正気か？　みんな望んでいるようには――」

　そこでおれは片手をあげ、女に待つよう合図する。警備員から奪ったイヤホンから、また交信が聞こえたからだ。

　男が問いかける声で、ひとつの言葉をくりかえしている。「ミランコ？　ミランコ？」

　どうやら、おれが死体をクロゼットに突っ込んでおいた男の名前らしい。

　無線から聞こえる声が大きく、命令口調になる。だれかに、いや全員に、さっさと母屋《おもや》へ行って、階段の上にいるはずの男がどうなったか調べろと命じているにちがいない。

　おれは女たちに向かっていう。「急いでここを出ないと――」

「いいえ」立っている女が口をまたひらく。顔が汚れているし、地下室の明かりは暗いが、それでも若くてきれいだとわかる。「あたしたちには家族がいる。ウクライナ、ルーマニア、モルドヴァ、チェチェン、コソヴォ、ブルガリアに。あたしたちがここを出たら……それぞれの国のだれかに家族を殺される」首をふる。「出ていけないのよ」

　一瞬、おれはその場に凍りつく。悲惨な監獄から逃げるのを望んでいない、バス一台分の拉致《らち》被害者を見る。武装警備員が十二人ほどと番犬二頭が、おれのいるところへ殺到するとわかっているのに、どうすればいいのか、まったくわからない。

4

警備員五人がさまざまな持ち場から母屋《おもや》に駆け込んだ。全員が銃を抜いていたが、ミランコの無線機が故障しているか、便所で落としたかもしれないので、いまのところは低く構えていた。

だが、カルロが階段の上へ行き、ミランコのすぐうしろのクロゼットをあけることを思いついた。クロゼットをあけると、警備班班長の死体が床の細長いカーペットの上に転がり出た。

カルロがただちに無線連絡し、犬二頭が犬舎から連れてこられて、母屋のなかで放された。

おれは恐怖の部屋の赤い明かりを消し、地下室の廊下のドアをあけて、天井のクリスマス風イルミネーションが手の届くコンセントにつながっているのに気づく。コードを引き抜くと、廊下が闇に包まれ、おれはNODを目の前に引きおろす。グロックをホルスターに収め、B&T・MP9サブマシンガンを手にして、短い銃床《ストック》をのばし、ホログラフィック・サイト（光学照準器の一種で、ホログラフ技術を用いたレンズにレーザーで光像を当てる仕組み）を目の高さにする。

まだなにも見えないが、一〇メートル上のあいたドアを通って、ひとりが用心深く螺旋《らせん》階段をおりてくる音が聞こえる。

やがて、足音がとまる。

うしろの女たちに、おれはきく。「ここから出るべつの方法は？」

ひとりが答える。「あたしたちは出ない」

おれはうんざりしていたので、その女をどなりつける。「出ていくのはおれだ！　おまえたちは好きなようにしろ」

いくじのないやつを助けることはできないと、自分にいい聞かせてから、彼女たちの身になって考える。おれだって、かけがえのない人間が故郷にいたら、おれが逆らった代償を彼らが払うのは望まないだろう。

でも、そういう人間はいない。だからさっさと逃げ出す。

ひとりの女がいう。「あの階段だけ。ほかに出口はない」

おれは女たちのほうをさっと見る。「このあと、あんたたちはよそに移されるだろう」

最初に口をきいたブロンドがいう。「どのみち移される。ここにはしばらくいるだけ。ヨーロッパやアメリカに連れていかれる。使えるあいだは使われ……そのあとは、どうなるかわからない」

ほかの女がいう。「みんな死ぬのよ」

たちまち、英語がわかるほかの女に黙らされる。

ブロンドの声は沈鬱だ。「罰せられる。あなたがここに来たせいで」

そのとおりだと、おれは確信する。性的行為をやらせるために女を奴隷にするような残忍なやつは、その奴隷の落ち度ではないことでも平気で罰するにちがいない。

おれは根が生えたように動けない。女たちを置いていきたくないが、戦術を考える頭脳が、解決策をひとつも出してくれない。「すまない」おれはいう。それではじゅうぶんではない。なにもいわないのとおなじだが、ほかにいいようがない。

なにをいうかを考えはしない。おれはすかさず暗い廊下を駆け抜けて、階段を目指し、絶望した若い女や少女を置き去りにする。

お見事、ジェントリー。

足音が廊下に響いたにちがいない。ライフルを持った男が、階段から身を乗り出すのが見える。おれはB&Tのセレクターを連射に入れ、全力疾走しながら三点射を二回放つ。

一発か二発以上が、男の手か腕に当たったらしく、男がライフルを落として、床に転げ落ちる。

スイス製のサブマシンガンを左手に持ち替え、階段の上のほうに狙いをつけ、負傷した警備員の上を跳び越しながら、グロックを抜く。そいつが予備の銃を抜いてうしろから撃ってこないように、宙返りするときに股のあいだから狙いをつけ、二発撃ち込む。汚いやりかただが、銃撃戦の最中に情けをかけるやつは、優秀な拳銃使い《ガンファイター》にはなれない。

グロックをホルスターに収めるが、階段にあらたな動きがあるのが感じられる。サブマシンガンで上を狙っているのは、そのためだ。ライフルとそれを持っている男が見えると同時に、おれは長い連射を放つ。その警備員が前へのめってから、横向きに階段を滑り落ちる。おれは滑ってくるそいつの体を跳び越えて、また昇りはじめる。

B&Tを斜《なな》め上に向け、曲がり角から身を乗り出す。階段のまんなかをただ駆けあがるよりも早く対応できるからだ。おりてくる男に姿を見られる前に、そいつの側頭部を照準に捉える。四発放つと、そいつがでんぐり返り、階段を転げ落ちて体がどこかに激突する音に、銃がガタンガタンと落ちていく音が重なる。

どんどん来い、くそ野郎ども。一日これをやってもいい。

とてつもなくやかましい一斉射撃の音が上から聞こえ、おれのすぐ右の壁の漆喰《しっくい》が、拳銃弾に砕かれて細かい粉になる。それにより、一日やっていられないと悟る。おれは階段に伏せ、弾倉が空《から》に近くなるまで、やみくもに応射する。そして、横に転がって壁に体を押しつけ、顔を上に向けて弾倉を交換する。

一階上の横のほうから男ふたりが見おろし、短銃身のライフルをおれのほうへさっと向ける。

おれは弾倉を押し込み、先んじて掃射し、ふたりの位置へ二十数発を送り込む。ひとりは跳びのいて隠れる前に一発くらい、もうひとりはきりきり舞いをして、つぎの瞬間に上の階段に倒れ込む。

おれは起きあがって、また進みはじめ、一階のドアを突破して、そこで膝《ひざ》をついて射撃姿勢をとろうとしていたひとりを見つける。そいつは階段の戦闘の音を聞きつけたらしく、おれがドアから出てきたときに撃つつもりだったのだ。

おれはドアを出て、そいつが銃を構える前に最後のB&Tから五発を放って、まだ起きあがっていなかったそいつを殺し、B&Tを負い紐《ひも》から垂らしたままにして、ふたたびグロックを抜く。

屋内は暗いが、右側でドアがゆっくりとあく音が聞こえる。動きのほうへグロックをさっと向け、トリガーセイフティを押し込む。こっちを覗《のぞ》き込んでいる中年の女の顔が見える。武器は持っていないので、おれは進みつづけ、女の横まで行くとどなる。「ドアを閉めろ！」

階段での銃撃戦のせいで耳鳴りがひどかったので、女がなにかをいったとしても聞こえない。だが、女がドアを閉める。

走りながら、斃《たお》した敵を勘定する。侵入したときに敷地内にいた警備員は十二人。二階でひとりをナイフで殺し、階段で四人撃ち殺し、ここで一人撃ち殺した。

まだ六人残っている。くそ。

ドアをあけると、そこはバスルームで、逃げ出せる大きさの窓はない。向きを変えて出ようとするとき、すべての脅威を勘定に入れていなかったことに気づく。

警備員六人だけではない。犬もいる。その二頭を忘れてはならない――。

部屋のほうを向くと、巨大な黒い影がおれに向かって闇を跳躍してくるのが見える。マリノア一頭がおれを壁に押しつけ、グロックが胸にぶつかる。いっしょに床に倒れ、マリノアが鋭い歯でおれの右手をくわえる。人差し指の部分だけ切り取ったケヴラーの裏打ちの手袋をはめているので、すぐに食いちぎられるおそれはない。だが、二、三度揺さぶられただけで、手首が折れるだろうとわかっている。

おれは左手で犬の鼻面《はなづら》を殴る。犬がくわえるのをやめて一瞬ひるむが、左手は二カ月前に骨折したばかりなので、殴ったとたんに激痛が走り、それ以上強く犬の顔を殴ることはできない。

犬がすぐに回復して、また突進してくる。

犬が跳びかかり、おれはよける。体重三六キロの巨体がバスルームに跳び込み、おれはさっと向きを変えてノブをつかみ、うなっている犬の顔前で、ドアをひっぱって閉める。

拳銃を持ちあげ、犬のせいで息切れしていて、数歩よろめいたが、すぐにまた走りはじめる。

犬は撃たない。これから先も。それでも、グロックを構えて、バスルームで吠えている犬に向かって話しかけるように、ひとりごとをつぶやく。「おまえの相棒はどこだ？　どこにいる？」

イヤホンから声がひっきりなしに聞こえ、セルビア・クロアチア語がわかればいいのにと切実に思う。言葉がわかれば、あとのくそ野郎六人がいまどこにいるか、手がかりがつかめるからだ。キッチンにはいり、脅威はないかと目を配りながら進み、右側の階段のそばを通る。グロックを構えて上を見ると、階段を男ふたりが通り過ぎるのが見えるが、ふたりともこちらを見おろさない。たぶん暗視装置をつけていないからだろう。

おれは撃たない。キッチンをさらに進み、ドアに向かう。そのとき、よく聞こえない耳で、さきほど通過したうしろの広いリビングの物音を聞きつける。犬の足がハードウッドの床を叩く音が、どんどん大きくなる。

もう一頭の犬が、うしろから迫ってくる。

「くそ！」おれはまたパニックに襲われ、早く出ないといけないと悟る。犬は撃ちたくない。

黒い怪物に食いちぎられる前に外に出ようとして、必死で走るが、ノブに手をかけて引いても、ドアは動かない。

閂《かんぬき》が二本あって、いずれもかけてある。

うしろでは犬が走りつづけている。獰猛《どうもう》にうなり、キッチンのタイルの上を疾走している。

厄介《やっかい》なことになってる。とんでもない事態だが、犬は撃たない。

閂一本ははずし、もう一本に手をかけたが、犬に跳びかかられる前に出られるかどうかわからない。犬があと三度跳躍したら、おれの襟首《えりくび》に牙が食い込む。

くそ、おれは犬を撃つ。

くるりとふりむき、グロックを構え、犬の顔に狙いをつける。犬は三メートルにまで近づき、階段の向こう側にいる。

マリノアがおれに襲いかかろうとする刹那《せつな》、階段から跳び出してきた男が視野にはいる。おれの叫び声か、キッチンの物音を聞いてやってきたのだろう。男がおれのほうを向き、サブマシンガンを構えようとするときに、大型犬がそいつの背中にぶつかる。男がうつぶせに倒れる。犬が横転して、椅子や小さな木のテーブルを押し倒し、タイルの床を滑る。

おれはドアのほうを向き、二本目の閂をはずし、表に跳び出し、ドアを閉める。そこは照明の明るい私設車道《ドライヴウェイ》で、武器を持った男四、五人がおれに狙いをつけようとしているおそれがあるが、おれは脅威を探す手間を省く。走る。ひたすら……くそ突っ走る。

二十四歳のリリアナ・ブルンザは、斜面の森を駆け抜けた。闇のなかで、どこにいるのか、どこに向かっているのか、よくわからなくなっていた。たしかなのは、この二週間ほど暮らしていた地下牢から、できるだけ遠ざからなければならないということだけだった。

リリアナは、夜にここに連れてこられてからずっと赤い明かりの部屋で暮らし、一日に一度か二度、レイプされるときだけ、ひきずり出されて、あとの女たちと引き離された。あのじじいが最悪だった。鞭打《むちう》ってからレイプするのだ。黒ずくめの男が現われたときも、それをやる直前だった。リリアナは馬鹿ではないので、絶好の機会だと気づき、階段を駆けあがって、つぎにどうするかを決めるまで、クロゼットに隠れて、銃撃の音や一階の男たちの逆上した叫び声に耳を澄ました。やがて、母屋《おもや》のなかで犬が吠えるのがわかったので、思い切って裏口へ走っていった。すぐ外の犬舎はからっぽだった。表にはだれもいなかったので、裏の牧草地を走って突っ切り、森へ行って、しばらく藪《やぶ》に隠れていた。そしていま、道路か町か電話があるべつの家を探していた。なんでもいいから、この絶望的な状況から脱け出すのに役立つ手段がほしい。

リリアナは走りつづけ、素足が切れて出血し、細い枝が体を打った。もう安全だし、だれも追ってこないと、リリアナは自分にいい聞かせた。

おぞましい責め苦は終わった。

そのとき、人影が木の蔭からリリアナに駆け寄り、月光のなかで彼女の前に来た。リリアナの口をつかんで覆《おお》い、地面に押し倒した。

人影がリリアナにヘッドロックをかけ、うしろ向きにして、ふたりとも叢《くさむら》に座った。

人影は片手でリリアナの口を強く押さえていた。

リリアナは悲鳴をあげられなかったが、咬《か》むことはできた。だから咬んだ。

今夜はついていない。右手を犬に咬まれ、女に左手を咬まれる。歯が食い込んでひどい傷を負わされる前に、おれは手を口から抜いて、彼女の耳もとに口を近づけ、痛みのあまり叫びたくなるのをこらえる。片腕を彼女の首に巻きつけ、いつでも口を押さえられるように、すこし遠ざけるだけで、おれはいう。「だいじょうぶだ。だいじょうぶだ」ロシア語がわかるかもしれないと思い、「ニェット・プロブレム、ニェット・プロブレム」と、おなじ意味のことをロシア語でいう。恐怖の地下牢を脱け出し、猛犬と銃を持った男たちから逃げて、真っ暗な森を裸足で走ってきた女に向かって、なんとも馬鹿なことをいったものだ。

しかも、正体不明の男にヘッドロックをかけられているのだから、落ち着けといわれても無理だろう。

おれは押さえる力をゆるめ、英語とロシア語でいう。「きみを助けようとしているんだ」

女は数秒のあいだ、呼吸するのにも苦労する。やがて生唾《なまつば》を呑み、気を静める。英語で女がいう。「あなた……黒ずくめの男？」

彼女にはおれが見えない。そういうふうに押さえているのだから、当然の質問だ。

「ダー。いや……イエス」

遠くから犬の吠える声が聞こえるが、近くはない。森に達する前にイノシシを見ていた
から、マリノア二頭はそれを逃げた獲物だと思って追っているのかもしれない。

「イギリス人？」低い声で、女がきく。

そう思わせておいてもいい。「そうだ」おれは嘘をつくが、イギリス英語のまねはしない。

「あとの女たちは？」

「逃げるわけにはいかないそうだ」

意外なことに、女がうなずく。「そうね。家族がいるから。それか、もっとましなところへ行かされると思っているのよ。わたしには家族がいないし、どこへ連れていかれるか知っている」

「どこへ行かされるんだ？」

女が肩をすくめた。「ヨーロッパのセックス産業でしょう。でも、お金は稼《かせ》げない。奴隷になる。使いつくされる商品よ」

「きみの名前は？」おれはきく。

「リリアナ。あなたは？」

「ハリー王子だ」イギリス人だから、そう名乗ってもいいかもしれない。彼女はそのジョ

ークがわからなかったのか、不快に思ったのかもしれない。とにかく反応しなかった。

おれはきく。「どこから来た？」

「モルドヴァのチラスポリに近い村」チラスポリがどこにあるかは知っている。行ったことがあるが、口にはしない。

「どうしてここに来たの？」女がきく。

「バビッチを狙うためだ」

「あのじじい？」

「そうだ」

「殺したのね？」

おれは肩をすくめていう。「殺した」

「あなたはアルバニアのマフィアなの？」

奇妙な質問だと思ったが、おれはこう答える。「ちがう。それとはちがう人間に雇われた」

だが、そこでふと考える。その人間がだれなのか、おれは知らない。前例のないことだが、ひょっとしてアルバニア人に雇われているのかもしれない。おれはこの産業の仲介人を使っている。暗黒の連絡網にいる正体不明の人物だが、信頼できるとわかっている。二カ月以上のあいだに、その人物が十件ほどの作戦を提案した。すべて断わったのだが、ある日、メールをひらくと、〝ラトコ・バビッチ将軍〟という名前が、ターゲットの身上調書の一行目にあるのが目にはいった。

いいだろう、とそのとき思った。これならやる。報酬は百十万ドルだったが、無料奉仕でも引き受けたはずだ。信頼のあかしとしてすでに五十万ドルがおれの口座に振り込まれている。役立たずのくそ野郎を撃って失血死させるのが信頼への返報で、おれはそれをやったところだ。

業務は行なわれた。金を出したのが罪びとか聖人かはわからないが、顧客として満足感を味わうはずだ。

「どこへ行けばいいのか、わからない」女がいい、おれもおなじことを考えていたと気づく。恐怖の部屋にいる女たちはすべて、あのままだ。武装した男たちがまだいるし、自分たちを捕まえている連中に逆らえば家族が報復されるという恐怖は消えていない。

「ここにどれくらいいたんだ？」おれはきく。

「わからない。たぶん一週間くらい」

「年端《としは》も行かない女の子もいたな？」

女が向こうを見たままでうなずく。「ひとりは十四歳よ。十五歳の子がふたり。十六歳の子がふたり」

ひどい。おれは女を押さえる力をゆるめる。女がさっと身を離したが、立ちあがって逃げようとはしない。ただこちらを向いただけだ。おれはまだ目出し帽をかぶっていたので、そうするのをとめない。

おれはいう。「ジープがある。モスタールへ送ろう。そう遠くない。警察に一部始終を話せば、たぶん——」

女の表情が変わったので、おれは言葉を切る。頭がおかしいのかというように、女がおれを見つめて、首をふる。

「警察はだめか？」おれはきく。

「警察はひどいのよ、ハリー」

「モスタール警察も？」

女が弱々しい笑い声を漏らし、さっきよりも遠ざかっているように思える犬の吠え声のほうに目を向ける。「モスタール警察も、ベオグラード警察も、チラスポリ警察もおなじ」

「たしかなのか？　それとも当て推量か？」

「警察はどこもおなじ。モスタール警察も農場に来る」

おれはいう。「女たちを助けないといけない」

「わたしも助けたい。でも、みんな行ってしまう。二度と会えない」

「どうしてわかる？」

女が肩をすくめ、おれの目をまっすぐに見る。「あなたが来たからよ」

みぞおちが痛むのがわかる。しくじったと気づいた瞬間に感じる痛みだ。邪悪な男をひとり、この世から取り除いて、世界をよりよくするという目的で、おれはこれをはじめた。だが、それをやったことで、多くの人間が悲運を味わうことになるかもしれない。

ジェントリー、なんていうことをやってしまったんだ？

おれは、言葉に詰まりながらいう。「おれが今夜やったことのせいで、暴行されるかもしれないといった女がいた……ほんとうか？」

女が確信をこめてうなずく。「彼女たちが、起きたことに責任がなくても、関係ないのよ。あそこの男たちは……悪逆非道よ。このために罰をあたえるわ」

おれはのろのろときく。「女たちは殺されるのか？」

女がこんどは首をふる。「いいえ。殺しはしない。彼らにとって女は金づるだから。一日何千ユーロにもなる。女が金を稼《かせ》げるあいだは、ぜったいに解放しない」

「あいつらは何者だ？」

「セルビアのマフィア。それに地元警察。あのじじいは警察にみかじめ料を払っていると思う」

おれは話題を変える。「農場で見かけた警官を見分けられるか？」

「見分ける？」

「もう一度見たら、農場に来ていた警官だとわかるか？」

女がうなずく。「そいつらにレイプされた。セックスをした。顔を見ればわかる」

「わかった」この女をモスタールでおろして、このめちゃくちゃな事案と縁を切りたいのはやまやまだが、それができないのはわかっている。おれはあの女たちに責任がある。今夜おれがあそこへ行ったせいで、女たちがいっそう危険な目に遭うからだ。他人には納得がいかないだろうが、おれはそう考える。

彼女たちの運命は……ごく単純にいえば……おれの運命と重なっている。

おれはいう。「よし。モスタールにきみを連れていくから、農場に来る警官を教えてくれ」

女がふたたび、〝あなた、どうかしているんじゃないの〟という目つきをする。

「そいつらに見られたら殺される。どうしてモスタールに行くの？　わたしはモルドヴァに帰りたい」

「おれが護《まも》る。それがすんだらモルドヴァに送っていく。約束する」

「どうやってわたしを護るの？」

「妹よ、おれはあそこで六人……いや、七人殺した。信じてくれ。きみを護れる」

女が目を丸くする。いつもなら殺した人数を自慢するようなことはしないが、どこまでも真剣だというのをわからせる必要がある。それでも信じなかったようで、女がきく。

「どうして？　どうしてわざわざそんなことをするの？　パイプラインの女たちのことなんか、だれも気にしていないのに」

「パイプライン？」

「ダー。パイプラインよ。わたしたちの国から、セルビア、ボスニアへ通じている。その先は知らない。船だというひともいるけど、船がどこへ行くのかは知らない」

「女の人数は？」

女が肩をすくめる。「ベオグラードだけで？　アパートメントに五十人。ここの地下室に二十人か二十五人」

「ほかの女たちはどこにいる？　ベオグラードやサラエヴォできみが見た女たちは？」

「わからない。連れていかれた。戻ってこない」

なんてこった。「その女たちは救えないが、急いでやれば、ここの女たちは助けられるかもしれない。つぎにどこへ運ばれるかがわかれば。なんとかしたいんだ」

また女がきく。「なぜ？」

「おれが来たからだ」としかいえない。さっきこの女が、虐待されている女たちが、おれが来たせいでもっとひどい目に遭うといったのを、くりかえしただけだ。

「おれといっしょにモスタールに来てくれ。一日だけ。長くても二日だ。警察署を見張る。農場に来る警官を見つけてくれ」

地下室で見た人身売買の被害者の女たちを救えるかもしれないと、自分にいい聞かせる。事実かどうかわからないが、そう信じるしかない。「リリアナ、手伝ってくれるね？」

「じじいを殺した報酬をもらうんでしょう？」

藪《やぶ》から棒にそうきかれたので、おれはびっくりする。驚きのあまり、正直に答えた。

「ああ。大金だ」

女がそれを考えながら、ゆっくりとうなずく。「いいわ。おなかがぺこぺこなの」

おれは闇で笑みを浮かべる。この女とは協力できそうだ。

手を貸して、女を立たせる。「モスタールに朝食を食べにいこう」

どうにでも解釈できるように肩をすくめて、女がいう。「いいわ、ハリー。いっしょに行く。警官を見つける。でも、パイプラインはとめられないわよ」

とめる必要はない。良心に責め立てられないように、何人か女をそこから救い出せばいいだけだ。

おれは聖人ではなく、この信条に縛られている奴隷だ。女たちが足枷《あしかせ》でつながれているのと変わりがない。

好悪はさておき、おれたちはみんなこうして結びついている。

5

上の階の銃撃戦が終わってから五分たったが、若い女も少女も、暗い地下室にじっと座って身を寄せていた。立ちあがって、赤い明かりをつけようとするものはいなかった。そうするには、足枷《あしかせ》の鎖をひきずって歩き、あいたドアのそばの死体をよけて通らなければならない。

密閉されていた部屋の悪臭に、早くも血のにおいが混じっていた。女たちが鼻をすする音、咳、すすり泣きのなかで、べつの音が耳に届いた。廊下の向こうの階段から逆上した怒声が聞こえ、女たちはいっせいに身をふるわせた。

階段に光が現われて、近づき、男たちの叫び声がなおも聞こえた。地下室に囚われている女たちは全員、セルビア人警備員の顔を知っていたので、ひとりが赤い明かりをつけ、あとのふたりが銃を向けると、恐怖のあまり何人かが悲鳴をあげた。

警備員のひとりが、床の死体をたしかめ、ふたりが軽々と運んでいった。最初のひとりがドアを閉めた。

鍵がかけられる大きな音が響くとようやく、女たちは自分たちが目撃したことと、それが自分たちにどう関わってくるかということを、しゃべりはじめた。

この出来事のために殺されるのを心配している女もいれば、殴られるなど残忍なことをされると思っている女もいた。ひとりとして、いい結果になるとは思っていなかった。

女たちは加虐嗜好《かぎゃくしこう》のある残忍な老人を憎悪していたが、顔を目出し帽で覆《おお》い、アメリカ英語を話す男が現われて、その老人を殺したことに感謝している女は、ひとりもいなかった。

囚われている女性の年齢は十四歳から二十四歳で、さまざまな経路を旅してここへ連れてこられた。大半は、ドバイかイタリアのカジノで雇われるとか、美しい女性を必要としている高級レストランか五つ星のホテルでの仕事があるという話に、騙《だま》されていた。女たちはそれぞれの母国から人身売買されて密輸され、密輸業者に輸送費と宿泊費を返済しなければならないが、その金を稼《かせ》ぐ方法は売春しかないと、犯罪組織の恐ろしげな構成員に命じられた。

ナイトクラブ、副業のインターネット・ライブカメラ・ポルノサイト、娼館で勧誘された女もいる。そういう女たちは、西側で高級売春婦として働くことができるといわれた。

金持ちの紳士を楽しませて、一日千ユーロ稼ぎ、数週間後には自分と家族がどうしても必要な現金を詰め込んだバッグを持って家に帰れる、と。

それを信じて自発的にやってきた女がすこしはいるが、あとは時間をかけていうことをきかせなければならなかった。それでも、何人かは、ペテンにかけられているにちがいないと思ったが、母国で絶望的な状況に置かれていたため、希望を抱いて従った。単純に拉致《らち》された女もいる。バーで薬を飲まされてタクシーかバンに押し込まれ、夜の闇に連れ去られたのだ。

しかしいまは、二十三人の女それぞれが悲惨な目に遭い、パスポートを取りあげられて監禁されたあとでどういうはめになったかを、べつの女から聞いている。ここでは例の老人や警官によって、ベオグラード郊外のアパートメントでは犯罪組織の構成員によって性的虐待を受け、この地下鉄道を旅するあいだも非道な仕打ちを受けた……いまではみんな知っている。自分たちの決断は、善意から生じたものであろうが、いまではなんの値打ちもないのだ。

女たちは奴隷だった。

働いて借金を返せば、母国や家族のもとへ帰れると、希望を抱いている女も何人かいる。だが、そうなる見込みは薄い。二十代の年上の女たちはたいがい、故郷や家族を二度と目にすることはないと断言していた。

かてでくわえて、こういう事件が起きた。自分たちを監禁している邪悪な男たちになにをされるか、見当もつかない。

赤い明かりの部屋は、あらたにいっそう深い絶望のどん底に落ちていた。ドアの向こうで男たちがセルビア・クロアチア語でどなり合っているせいで、絶望がさらに悪化していた。

二十三歳の女が、狭い部屋で奥の壁に立てかけたボロボロのクッションに寄りかかって座っていた。ふるえる手で頭を抱え、故郷のことを思った。

拉致された日にその女は、ほかの女とおなじように新しい名前をつけられ、本名を二度と口にしてはならない、女同士でも教えてはならないと命じられた。

拉致した男たちは、彼女をマーヤと名付けた。この部屋にいる女たちは、その名前しか知らない。マーヤはやつれて顔色が悪く、暗い明かりでも目の下に隈《くま》ができているのが見えた。何日も化粧をしておらず、入浴もしていない。暗い部屋からべつの暗い部屋に移されるか、武装警備員が乗り、サイドウィンドウを覆《おお》ったバスで運ばれてきた。食事は三食出されたが、質が悪く、汚れた指で食べなければならなかった。

身許《みもと》とともに、人間性も奪われていた。

だが、彼女はまだレイプされていない幸運な女のひとりだった。でも、それも時間の問題だと思っていたので、たいした慰めにはならなかった。

ドアがカチリという音をたててあいた。ライフルを胸から吊り、Tシャツが血にまみれているセルビア人が現われた。その男が部屋のなかを眺めまわした。戦闘の興奮が収まっていないことを、マーヤは察した――怒り狂っているだけではなく、怯《おび》えているのが感じられた。

男がロシア語で女たちにいった。ロシア語がわかる女は数人しかいないが、セルビア・クロアチア語はだれも話せないので、そのほうがすこしはましだからだ。

母親がロシア語を流暢《りゅうちょう》に話すので、マーヤは子供のころに学び、男のいうことがわかった。

「おまえたちの英雄は、おまえたちを置き去りにして逃げた。すぐに見つかって、捕らえられ、殺されるだろう。新手の応援がまもなく来る。おまえたちは……今夜ここで起きたことの報いとして懲罰《ちょうばつ》を受ける」

十五分前に目出し帽をかぶって銃を持った男に話しかけたブロンドが、こんどはロシア語で答えた。

「わたしたちはなにも関係――」

男がライフルを構えて女に向け、銃身の上に取り付けたタクティカル・フラッシュライトで女の目を照らし、女の言葉がとぎれた。何日も見たことがなかったまぶしい光に、その女もあとの二十二人もひるんだ。

「あとひとことでもいったら、この部屋におまえの血を塗りたくる」

銃を持った男がさらにふたり現われ、低い声で話し合った。ようやくひとりが、女たちの鎖をはずしはじめた。最初の男がいった。「これからここを出る。ついてこい。妙なまねをしたら撃ち殺す」だれも動かなかった。数秒後に、男がわめいた。「立て！」二十三人の女が立ちあがり、寄り添って部屋を出て、セルビア人の横を通り、廊下を進んだ。片づけられずに階段と一階にそのまま転がっていた警備員たちの死体を見て、何人かが悲鳴をあげた。囚人たちを咬《か》もうとして口をぱくつかせ、うなっている犬二頭の調教師ふたりのそばを、女たちはあたふたと通った。

女たちは全員、バスに乗せられた。ここに着いたときに乗っていたバスではないと、マーヤは思ったが、サイドウィンドウにボール紙が貼ってあるのはおなじだった。恐怖のあまり何人かの女がめそめそ泣いていたが、あとは無言で座っていた。すぐにエンジンがかけられ、武装したセルビア人が前のほうの座席に乗ると、バスは走りはじめた。

どこへ連れていかれるのか、そこに着いたらなにが起きるのか、女たちには見当もつかなかった。マーヤも、この責め苦がはじまってからずっとそうだった。

狭い山道をバスは一時間走った。声を出すと叱りつけられ、脅されたので、女たちは前の座席のヘッドレストを見つめて、これからどうなるのか、そのあとはどうなるのかと心配した。

でこぼこ道と恐怖のせいで胃がおかしくなり、何人かが吐いた。

ようやくバスがとまり、やがてのろのろ進みはじめた。またとまり、数メートル前進して、ふたたびとまった。それが数分くりかえされたので、国境検問所を通っているのだろうと、マーヤは思った。つまり、警官や国境警備隊員のそばを通るはずだが、救出されるかもしれないという期待は抱かなかった。一週間前に連れ去られてからずっと、ちがう警備員、ちがう車で、ほかの国の国境を何度も越えてきた。

検問所を何度も通ったが、つねにそのまま通された。検問所の係員はサイドウィンドウを覆ったバスの〝貨物〟の性質を知っているが、買収され、見て見ぬふりをして通過させるのだろう。

じきにバスが九十九折《つづら》りの道路を前とおなじ速さで走りはじめ、べつの国に来たのだと、マーヤは確信した。

山地を十五分走ると、バスが速度を落としてとまった。セルビア人ひとりが立ちあがった。その男が片腕と頭に包帯を巻いていることに、マーヤは気づいた。全員おりて一列にならべと、男がバスの後部に向けてどなった。

マーヤがバスからおりて夜の闇に包まれると、あらたな恐怖が湧き起こった。そこは道路からはずれた砂利敷きの駐車場で、周囲は鬱蒼《うっそう》とした森だった。

また地下牢のようなところに入れられるのだろうと思っていた。農場か、倉庫か、ひと目につかない建物に。だが、そこは人里離れた辺鄙《へんぴ》な森のなかだった。

いつもとはちがう。ようすがおかしい。

女たちがバスのそばにならぶと、頭に血まみれの包帯を巻いた男が、その前に進み出た。セルビア人警備班の班長ではなかった。班長の姿はどこにもなかった。名前は知らないが、この男は今夜までは下っ端のひとりだったにちがいない。

なぜその男が新班長に選ばれたのか、マーヤには見当もつかなかったが、上の人間がすべて死んだからかもしれないと思った。

マーヤはロシア語に堪能ではなかったが、男のいうことは理解できた。

「われわれの世話から逃げようとした代償を払ってもらう」

世話？　聞きちがいかとマーヤは思った。

ウクライナ人のブロンドが口をはさむのをマーヤは予期していたが、そうならなかったるので、もっとも勇敢なその女も、この周囲のようすに、自分とおなじように怖気《おじけ》づいていのだろうと思った。

負傷した警備員がつづけた。「われわれはおまえたちに配慮して親切に接してきた。それなのに、われわれの親切は殺人で報いられた」さきほどの身勝手な断定をくりかえした。

「代償を払ってもらう」

少女たちがめそめそ泣きはじめた。新班長は、そばにいた男四人を見まわし、濃い顎鬚《あごひげ》を生やした若い男を手招きして、母国語でなにかをいった。若い男がライフルを仲間に渡し、少女たちの列に近づいて、フラッシュライトで照らしながらひとりずつ見ていった。そのたびに嫌悪をあらわにして舌打ちしたが、六人目の前で足をとめた。マーヤがステファナという名前で知っている十九歳の少女だった。男が荒々しい動きで手をのばして、ステファナの顔を平手打ちした。ステファナが砂利敷きの駐車場に前のめりに倒れると、男は彼女の髪の毛をつかんで、木立のほうへひきずっていった。

ステファナが悲鳴をあげたが、もっと乱暴にひきずられただけだった。

ふたり目と三人目の警備員が、それぞれ少女の体をつかんで列から引き出し、ライフルを持ったままで、暗い森へひっぱっていった。いまではセルビア人ふたりが、ライフルを構えて女たちを見張り、森のあちこちから残虐なレイプの物音が聞こえていた。

列に残っていた女たちが、絶望にかられて地面にくずおれた。マーヤは泣いたが、立っていた。

セルビア人ふたりは、二十人の女を見張りながら、話をしていた。口論しているように見えたが、ひとり――新班長ではないほうの男――が、ライフルを肩から吊り、進み出た。年配で、四十歳なかばのようだった。バスのそばに立っていた女ふたりをじろじろ見たが、すぐにフラッシュライトの光をマーヤに当てた。

男が手をのばして、腕をぐいと引いたので、マーヤはバランスを崩し、森のほうへひっぱっていかれた。

「やめて《ネー》！　ネー！　ネー！」マーヤはパニックに呑み込まれそうになり、ひとつだけ知っているセルビア・クロアチア語の単語をくりかえした。

だが、年配の男が砂利を敷いた駐車場を出て草地まで行く前に、新班長が大声でなにかをいい、男は足をとめた。

なにをいったのか、マーヤにはわからなかったが、そのために男ふたりが口論になった。

森のなかで少女たちが叫びつづけるあいだ、男ふたりが大声でどなり合いはじめた。

だが、やがて口論が終わり、マーヤの腕をつかんでいた男が、バスのほうへ彼女を押しやった。マーヤはそこで、ほかの女たちとおなじように砂利地に座るよう命じられた。

ひとりの女はべつだった。マーヤが口をぽかんとあけて眺めていると、年配の警備員が列を進んで、またひとりずつ顔をフラッシュライトで照らし、べつの女を森へひっぱっていった。

マーヤには理解できなかった。どうして自分は容赦されたのだろう?

森から聞こえる哀れっぽい悲鳴を締め出そうとして、マーヤは両耳を手で押さえたが、森のなかでひとりの男が叫んだので、闇に目を凝らした。人影が見えた。ディアナと呼ばれているブルガリア人の十六歳の少女が、走って逃げていた。靴下をはいているだけの裸で、全力疾走し、長い脚でガゼルのように障害物を跳び越えていた。

「だめ!」マーヤはつぶやいた。やがて大声でいった。「だめよ!」

セルビア人警備員が立ちあがり、ズボンを引きあげてちゃんとはいてから、森の地面に手をのばし、ライフルを拾いあげた。あとの男たちがその男に向かってどなり、ふたりがディアナを追いかけて駆け出した。だが、男はライフルを構えて、念入りに狙いをつけ、ディアナが繁茂した植物のなかに姿を消す直前に、一発放った。

銃声が樹林から反響して、夜の闇に消えていった。

マーヤが恐怖にかられて見ていると、十六歳のディアナが地面に倒れて動かなくなった。

「やめて!」バスのそばで座っていた女たちが、かすれた声で叫んだ。

マーヤは、ディアナの無意味な死、目の前でくりひろげられている残虐なレイプ、自分がなぜか選ばれておなじ仕打ちを受けなかったことを嘆いて、泣きじゃくった。それらすべてが、マーヤには理解できなかった。だが、いくら頭脳が激しいショックに惑わされているとはいえ、自分が容赦された理由がまったくわからなかった。周囲の女たちがふたたび悲しげな泣き声をあげ、マーヤは目の前の砂利地に何度も吐いた。

6

鮮やかなブルーの海を見おろす広いバルコニーには、鉢植えの観葉植物や樹木がならんでいて、朝の強い陽射しのなかでも涼しかった。もっとも高い樹木が、七十二歳の男が向かっている朝食のテーブルに日陰をこしらえていた。海の眺望がさえぎられない場所に、テーブルは配置されていた。

フヴァル島はクロアチアの沖合にあるリゾート地で、七月からそろそろ観光客で混みはじめ、八月になると外国人が海にこぼれ落ちそうなくらい押し寄せる。だがいまはまだ、下の通りもわりあい静かで、岩場の多い海岸の上に建つペントハウスのアパートメントを所有するその男は、静謐《せいひつ》を味わうことができた。沖にプレジャーボートが多数出ているとはいえ、美しい湾を埋めつくすほどではないので、透明に澄んだ海を眺められる。

数日後にはここを離れ、八月いっぱいクロアチアにいないので、ハイシーズンのなかでももっとも混雑するシーズンを避けることができる。

七十二歳のコスタス・コストプロスは、クロアチア人ではないが、ここでペントハウスを所有している。コストプロスはギリシャ人だが、八月のギリシャはクロアチアよりも混雑が激しいので、祖国に帰るつもりはなかった。仕事のためにヴェネツィアへ行く予定で、そのあとはやはり仕事のためにアメリカへ行く。八月中はロサンゼルスにいて、夏の観光シーズンが終わるころに、アドリア海に戻る。

コストプロスは、混雑した街路が好きではなく、ビジネスでやむをえないときを除けば、アパートメントを出て群衆のなかへ行くことはめったになかった。

コストプロスは、南はトルコ、北はウクライナまでの範囲の人身売買ルートを監督している。担当地域の終点は、西欧の東端だった。コストプロスは、数十年かけて、麻薬、武器、性的人身売買、労働者人身売買、不法移民を密輸する帝国を築いてきた。その事業で、数億ユーロの財産を築いた。だが、もっとも大きな利益を得られるのは、東欧から西欧へ売春のために女を人身売買するパイプラインだった。コストプロスは、関係者に共同事業《コンソーシ》体《アム》と呼ばれている巨大組織の地域マネジャーにすぎなかった。

コンソーシアムを経営している人物はヨーロッパのネットワークでどれほど稼《かせ》いでいるのだろうとコストプロスは思い、推測した金額に驚嘆した。正体は知らない。コストプロスは、オペレーション（物流における運搬や保管などの物理的業務）担当チーフの南アフリカ人を介して働いている。

だが、コンソーシアムのディレクターが何者であろうと、彼もしくは彼女は純金が流れ出る蛇口を所有していることはまちがいない。

コストプロスがコーヒーをゆっくり飲んでいると、背後でガラスの引き戸があき、顎鬚《あごひげ》を生やした男が、がっしりした体つきのボディガードふたりの横を通って、せかせかとはいってきた。

コストプロスは、英語でいった。「おはよう、スタニスラフ。朝食を食べ終えるまで待ってくれないか。座って、何回か息を吸い、落ち着いてから、どんな一大事が起きたのか、話してくれ」

年下の男はその言葉に従い、コストプロスが指さしたクリスタルのグラスに注いであったパイナップルジュースをひと口飲んだ。だが、あわてて飲んだために顎にすこしこぼれ、すぐさまグラスをテーブルに戻した。スタニスラフにはセルビアのなまりがあった。コストプロスはセルビア人と毎日話をしているので、わかりづらくはなかった。

「パイプラインに混乱が起きました」

コストプロスは、かすかに肩を落として不快感を示したが、それだけだった。「どこで？」

「モスタール」

コストプロスは、ヨーグルトをひと口食べてからいった。「バビッチ将軍とベオグラードの連中だな」

「そうです」

「詳細は?」

「昨夜、攻撃されました。バビッチを含めて、七人が死亡」

コストプロスは溜息をつき、クロワッサンにバターを塗った。表情をあまり変えなかったが、かなり嘆かわしい報《しら》せであることはたしかだった。それでも、ショックを受けているのをスタニスラフに見せるわけにはいかない。「それで、今回、わたしのビジネスの権益を妨害したのは、何者だ? またトルコ人か?」

「ベオグラードの連中は、だれが命じたのかはわからないが、作戦を実行した人間はわかっていると考えています。中継基地への攻撃ではなく、バビッチ将軍を狙ったのだと、彼らは確信しています」

コストプロスは、クロワッサンから目をあげていった。「そうか? 下手人はだれだ?」

間があった。「グレイマンと呼ばれる男ひとり」

コストプロスは、小首をかしげた。「男……ひとり?」

「何人かと協力してやったという情報はありません」

「たったひとりで？　四半世紀追われても捕まらなかった将軍も含めた七人を、たったひとりで殺《や》ったというのか？　ほら話のようだ」

スタニスラフは、セルビアの犯罪組織ブランジェーヴォ・パルチザンの構成員で、パイプラインを運営しているコンソーシアムとの連絡を担当している。会ったことがある接触相手はコストプロスだけで、意図的にそういう仕組みにしてある。

スタニスラフがいった。「ベオグラードが、生き残りの警備員と売春婦の両方から話を聞いた。すべての情報が、非常に技倆《ぎりょう》の高い男ひとりだったことを示しています。グレイマンという異名をとる男にちがいないと、ベオグラードは考えています。これをやれる人間は、ほかにはいないと」

コストプロスは、快適に晴れている夏の朝の海を見おろした。刺客《しかく》が単独でやったという推論は信じられなかったので、そういう話を口にするセルビア人ギャングどもは、馬鹿ではないかと思った。

「製品《プロダクツ》は無事だったんだな？」

「二十四品ありました。一品だけ行方不明」

「行方不明か。彼女の経歴は？」

「モルドヴァ人。殺し屋が現われたとき、バビッチがべつの部屋でその女とやっていたと、売春婦たちがいっています。とりたててどうということのない女ですよ。どこにいるのか、わからないそうです。出ていくのを警備員は見ていないが、殺し屋と戦っている最中だったからでしょう」

うなずいて、クロワッサンをかじってから、コストプロスはいった。「中継基地は閉鎖するんだろうな」

「いまやっているところです。製品はすでに、つぎの場所に移動しました」

「移すのが早すぎる。海岸で迎えの船に乗せる準備ができるのは、三日後だ。そのあいだに問題が起きかねない」

「申しわけありません。でも、われわれの影響地域（使用可能な手段で作戦に直接影響を及ぼすことができる地域）には、製品を保管できる場所がないんです」

「バニャルカは？」

「いま準備していますが、安全を確保できるようになるまで、二、三日かかります。売春婦たちを西に移動するほかに、手立てはないんです」

コストプロスは、いらだちをあらわにした。「コストがかかる。時間がかかる。われわれの仕事の障害になる。なあ、スタニスラフ、どうやってこの落とし前をつけるんだ？」

「グレイマンを見つけるのは難しい。もう遠くへ行ってしまったかもしれない」

コストプロスは、肩をすくめた。「刺客はあちこちに現われるものだ。ひきつづき情報を集めてくれ。パイプラインのほかのマネジャーにも注意するよう伝える。

しかし、グレイマンはとっくに姿を消している。わたしが落とし前というのは、あんたたちの下っ端がしくじったのをどうするかということだ」間を置いてから、コストプロスはつづけた。「オペレーションを保護するのに、モスタールの地元警察が関係していたはずだな？」

「そうです。モスタール警察署長が、われわれの手蔓《てづる》です。名前はヴコヴィッチ」

「そいつの仕事が杜撰《ずさん》だった。そうだろう？」

すこしたってから、スタニスラフが答えた。「そうです」

「そいつを見せしめにしよう。システムが安全に機能するようにたっぷり報酬を出しているにもかかわらず手落ちがあったのは容認できないということを、パイプラインのほかの中継基地の連中に示す」

スタニスラフが、一瞬、気まずい顔をした。

コストプロスは、それに気づいた。「その警官はベオグラードの資産《アセット》だから、殺したくない。そういうことだな？」

「いろいろと使い道がある地位にいるし、何度も役に立ってきたので——」

「ベオグラードの影響地域ではないところに、パイプラインを移してもいいんだぞ。もっと北か、あるいは南の地中海に」

スタニスラフは、黙っていた。

「この失態について、わたしは肉一ポンドを要求する（『ヴェニスの商人』の名高いエピソードより）。そのモスタールというちっぽけな街で、べつの警察署長を見つけるか、それともわたしが依頼している仕事とおなじくらい儲《もう》かるべつの事業を見つけるか、ふたつにひとつだ」

スタニスラフが、居住まいをただした。「失礼ですが、この仕事をわれわれに依頼しているのは、あなたではなくコンソーシアムですよ」

コストプロスは、それを聞いてむっとしたが、怒りと屈辱が顔に出ないように気をつけた。そして、こういった。「わたしはこの地域を支配しているし、わたしの意見はコンソーシアムのディレクターに重んじられている」

スタニスラフは、反抗的な態度を崩さなかった。「それなら、ディレクターに連絡し、ヴコヴィッチに手を出さないよう要求していただきたい。ヴコヴィッチには、ほかにも使い道がある。今後、モスタールを使わないのであれば、彼がわれわれのために働こうがどうしようが、そちらの知ったことではないでしょう」

コストプロスはそれを聞き流した。ディレクターに連絡するつもりはなかったし、たとえ連絡したいと思っても、どうすればよいのかわからなかった。

スタニスラフは、豪奢《ごうしゃ》なバルコニーにコストプロスを残して、部屋にはいり、ポケットから携帯電話を出しながらエレベーターに向かった。

コスタス・コストプロスは、仕事では癇癪《かんしゃく》を起こさないように精いっぱい自制していた。つねに感情に動かされないように努めていた。ほかの人身売買業者は、凶悪犯やギャングや根っからの犯罪者が多い。だが、コストプロスが属している組織は、下働きに小物のギャングを使うことはあっても、凶悪犯ではなくビジネスパーソンによって構成されている。不当な手段で製品《プロダクツ》を入手し、運搬し、売買し、利益を得る。取り扱っている製品が人間だという事実は、巨額の資産が記された貸借対照表と、二十年前のドットコム・ブーム以降どんな合法的企業も成し遂げていない高い成長率という長年の実績に埋もれている。コンソーシアムの管理職はだれひとりとして、製品が人間であることを知らない。資源か資産だと思っている。

商品だと。

しかし、いくら今回の出来事に冷静に対処したいと思っても、パイプラインの中継基地を一カ所閉鎖すれば、月々の製品の西に向かう物流が中断し、最終的にそれが自分に跳ね返ってくるはずだと、コストプロスにはわかっていた。

世界最大の人身売買組織の地域マネジャーとして、コストプロスは強大な力を握っているが、すべてを指揮しているわけではない。それに、もっと強大な力を握っている物騒な連中が、昨夜の出来事を知らされたら、憤懣《ふんまん》をぶつけてくるだろう。

ヴコヴィッチを殺す刺客《しかく》を送り込む許可を得るために、コンソーシアムに連絡しなければならない。なぜなら、コストプロスにはそれを決定する権限がないからだ。

ヤコ・フェルドーンは、自分の仕事のこの部分が嫌いだったが、殺人について潔癖だったり繊細だったりするからではなかった。

自分も何度となく人を殺したことがある。戦闘や武装警備員の仕事で殺し、一度は南アフリカのプレトリア地区で喧嘩《けんか》をしたときに殺した。

だが、これはどうだ？　今夜の殺人は？　自分の品位に関わるのではないか。

彼らは戦闘員ではない。羊のようにおとなしく殺される。そんな殺人にはおもしろみがなにもない。

それでも、フェルドーンは、メルセデスのSUV、Gクラスの助手席に乗っていた。車がロサンゼルスから北西に向かい、サンフェルナンド・ヴァレーの低い丘の西にあるカラバサスという町を抜けるあいだ、ぼんやりと携帯電話を見ながら、生まれ育った南アフリカで軍や情報機関にいた遠い日々のことを考えていた。

おもしろい時代だった。

今夜とはまるでちがう。

今夜これから、フェルドーンは若い女ふたりの頭に銃弾を撃ち込み、死体を用水路に捨て、ひきかえしてヴァンナイズ空港へ行き、ヨーロッパ行きの便に乗る。

その女ふたりは、メルセデスのリアシートでほとんど意識を失っている。これがはじめてではないが、ヘロインを注射され、監禁されていた大邸宅から連れ出されて、リアシートに乗せられた。そして、フェルドーンと部下ふたりが、乗り込んだ。

車が揺れると、女ふたりの頭がぐらぐら動き、フェルドーンは退屈して大きなあくびをした。

いつもと変わらない一日の仕事だ。

運転手が、ハイウェイ沿いの暗い渓谷の脇でメルセデスをとめた。人里離れた場所とはいえないが、真夜中だし、ほかに車は見えない。それに、あっというまに片づくはずだった。

若い女——ひとりは十九歳のベラルーシ人のブルネット、もうひとりは十七歳のインドネシア人――は、通りにおろされて、路肩に連れていかれ、低いガードレールの前に立ったときも、周囲のことがまったくわからないようだった。

渓谷に向かって立ったとき、ふたりはすこしまごついていた。何カ月も囚われていたあいだ、閉じ込められていた大邸宅から出されたことは一度もなかったし、車に乗せられたこともなかったので、ようすがおかしいと思った。

麻薬を注射されたせいで呂律《ろれつ》がまわらなくなっていたが、ベラルーシ人の女がつぶやいた。

「どうなってるの？」

フェルドーンは、助手席からおりて、溜息をつきながら携帯電話をポケットに入れ、きつすぎるポロシャツの下で、チノパンのウェストバンドからSIGザウアーP220セミオートマティック・ピストルを抜いた。ブルネットの後頭部に狙いをつけながら、フェルドーンはいった。「ディレクターがおまえに飽きたんだ。飽きっぽいおかたでね。つぎの貨物のために場所をあける潮時だ」

静かな斜面に銃声が響き、ブルネットが前のめりになって、反響が渓谷の向こう側から戻ってくる前に、視界から消えた。

インドネシア人の女は、麻薬で朦朧《もうろう》としていたが、大きな銃声を聞いてひるみ、ふりむこうとした。だが、フェルドーンがまた発砲し、左こめかみに命中させた。彼女も金属製のガードレールを越えて、濃い藪《やぶ》のなかに転げ落ちた。

フェルドーンといっしょにいた南アフリカ人ふたりのうちのひとりが、戦術フラッシュライトで渓谷の奥を照らした。土埃《つちぼこり》が舞いあがり、女ふたりの死体が泥の地面でとまったとわかった。

フラッシュライトが消され、ふたりが車に戻ってきたときには、フェルドーンは拳銃をしまって助手席に座っていた。こういうことをやるのは、はじめてではなかった——十回よりも多いだろう——それに、四、五カ月どころか、二カ月後には、またここかべつの淋《さび》しい山道へやってきて、おなじことをやるだろうと、予測がついていた。

それが仕事だった。

自分が望むような行動ではないが、高い報酬をもらっているし、たまにはおもしろいこともある。

メルセデスが北東のヴァンナイズ空港に向かいはじめたとき、携帯電話が鳴ったので、フェルドーンは応答した。

「フェルドーンだ」

相手のいうことをすこし聞き、首をかしげてから、フェルドーンはいった。「コスタス、たしかに嘆かわしい報《しら》せだな。ディレクターに伝えなければならないし、ディレクターが立腹することはまちがいない」

コストプロスがなにかをいったが、フェルドーンはさえぎった。

「だれがやったかはどうでもいい。おれにわかっているのは——」

ポロシャツ姿で禿頭《とくとう》のフェルドーンは、不意に言葉を切った。中継基地がすさまじい銃撃に遭い、七人が殺され、狙われたターゲットが暗殺された。それを聞いて、頭のなかでなにかの反応が起きた。フェルドーンはにわかに口調を変えた。「だれがやった？」

数秒後、メルセデスに乗っていた南アフリカ人ふたりは、だれがやったかにフェルドーンが明らかに強い関心を抱いているのを察した。「おれをからかっているのか？　やつらは、まちがいないと思っているんだな？」間を置いた。「そいつが何者か、おれが知らないわけがないだろう！」

襲撃が起きるのを阻止できなかったボスニアの警察署長についてコストプロスが話すあいだ、フェルドーンはじっと聞き、同意したが、考えていたのはその署長のことではなかった。

グレイマンのことを考えていた。

コートランド・ジェントリーのことを。

ようやく電話を切ると、フェルドーンはバニャルカにいるセルビア政府の手蔓《てづる》に電話をかけ、話を終えると、携帯電話を見おろした。

ただちにディレクターに電話をかけることも考えた。夜中に邪魔されるのがディレクターは嫌いだが、ボスニアの警官を殺すには、許可を得なければならない。とはいえ、フェルドーンはめまぐるしく頭を働かせて、ボスに報告する前に、グレイマンと呼ばれるアメリカ人刺客の情報をもっと集める必要があると気づいた。

それに、その情報をどこで得ればいいか、わかっている。

世界一危険な獲物を狩ることになりそうだと思うと、動悸《どうき》が激しくなり、フェルドーンは笑みを浮かべた。

「どうしたんですか、ボス?」運転手がきいた。

フェルドーンはいった。「あまり高望みしないように気をつけているんだが、サミュエル、近いうちに楽しいことが起きるかもしれない」

リアシートのもうひとりが、皮肉をこめていった。「これよりもスリルがあるのかな?」

フェルドーンは、その男を無視した。

運転手のサミュエルが、フェルドーンの目つきに気づいた。「あらたなターゲットですね?」ボスが楽しめると思うことはひとつしかないと知っていた。

フェルドーンは、番号を打ち込んでから携帯電話を耳に当てた。にやにや笑いながら、運転手に向かっていった。「あらたなターゲットだ」

7

おれは地下室にいた女たちの夢を見る。どの顔もはっきり見分けることができないが、目が赤く光っている。悲嘆、恐怖、絶望の宿る眼球が、おれがどこへ移動しても追ってくる。おれは彼女たちの牢獄の光景と音に包まれる。彼女たちの未来はいよいよ陰惨になり、希望も失せるはずだと察する。彼女たちもそれを察しているのだとわかる。

そのとき、目を醒《さ》ます直前に、それがおれの行動のせいだというのを思い出す。

目をあけ、赤い部屋にいるのではないと気づくが、どこにいるのかわからない。さまざまなホテル、アパートメント、安宿、二段ベッドで目を醒ますことが、頻繁《ひんぱん》にあるので、そういう感覚には慣れている。左手が痛く、全身の筋肉が酷使されたせいでこわばっていた。それもいつものことだ。

おれは戦った。全身の筋肉痛で、はっきりとわかる。

装備のバッグを枕代わりに、クロゼットの床に寝ている。つまり、作戦中だ。身の安全のために、クロゼットで眠れるときはそうする。それに、快適なベッドで独り寝るよりも、こうして床で寝るほうが安心できる。

多くの人間があんたを殺すのを一生の仕事にしているとき、あんたはこんなふうになる。

おれはそこに横たわり、夢をふり払い、昨夜の現実を思い出す。ババッチ、若い女たちと少女たち、犬、銃火、叫び声、逃走。

そのとき、リリアナのことを思い出す。

彼女はどこかへ行ってしまったのか？　すばやく身を起こす。おれが横になるときに、リリアナはすでにベッドに倒れ込んで眠っていたので、そこに目を向ける。

くしゃくしゃのシーツだけが見える。

くそ。

だが、右に目を向け、アパートメントの狭いリビングにいる彼女を見つける。窓ぎわのテーブルに向かって座り、夜の闇に包まれている通りを見おろしている。

ひとりしかいない仲間が働いているのを見て、おれはほっとして横になる。

すべてが一気によみがえる。おれはボスニアのモスタールにあるエレベーターのない三階のアパートメントで、クロゼットにはいっている。警察署を見おろせる部屋だ。けさ彼女とふたりで逃げ出したあとで、ここを借りて、ふたりの服を買った。地下室に置き去りにした女たちを助けなければならないという、漠然とした計画のことも思い出す。そのことがなかったら、いまごろは三〇〇キロメートル離れたザグレブにいて、アメリカ行きの飛行機に乗るためにプラハ行きの列車に乗ろうとしているはずだ。

それが当初の計画《プランＡ》だった。だが、プランＡ《アルファ》は撃ち殺され、正直いって、どの時点でそれを処刑したかも憶えていない。

アメリカに戻らなければならないし、昨夜、農場で武装警備員を何人も殺したところから二五キロメートルしか離れていないここにいる必要はない。人数が定かではない犯罪者の手から、人数が定かではない犠牲者を救おうとして、人身売買されたモルドヴァ人の女とままごと遊びをしている場合ではない。

ちくしょう。プランＡは消え失せたし、いまのところ第二の計画《プランＢ》もあまり有望ではない。

アメリカに帰ろうかと、もう一度考える。バビッチ暗殺はフリーランスの仕事だったが、本業もある。まあ本業のようなものだ。ＣＩＡと契約を結んでやる仕事。専属工作員だったこともあり、その後、ＣＩＡがおれを殺そうとしたが、関係を修復した。公式には、いまもＣＩＡがおれを追っていることになっているが、作戦本部本部長が、関係を否認できる資産《アセット》としておれを利用している。毒リンゴ《ポイズン・アップル》と呼ばれる違法極秘プログラムで、記録に残さない暗殺者として使っている。そのため、すこしは影響力があり、いまのところはアメリカの殺し屋には付け狙われずにすんでいる。

そうとも……CIAとの関係は、なにもかも尋常ではない。彼らはいつもおれを怒らせるし、CIA本部《ラングレー》内の薬局で胃腸薬がよく売れるのは、多分におれのせいだろう。だが、こっちも彼らを何度か助けている。彼らがおれの働きに報いてくれるかどうかはわからないが、アメリカの敵を殺すことで市民の責務のたぐいを果たしているはずだ。それが肝心だ。

ちがうのか？

CIAの女性調教師《エージェンシー・ハンドラー》に連絡して、ここで目撃したことを伝え、世界最高の情報機関の支援を求めるという手もある。だが、やめておく。さっさと仕事に戻れと彼女にいわれるだろうし、ババビッチを殺したのがおれだということを、CIAは瞬時に知る。

それは望ましくない。

おれは狭いアパートメントを見まわす。暗い明かりのなかで、女は窓ぎわに座り、落ち着かせるために買ってやった煙草《たばこ》を吸い、無言で通りを眺めている。薄暗がりでも、彼女が厳しい目つきをしているのがわかる。数週間、ひどい目に遭ってきたせいだろう。

そこでおれは自分に問いかける。ここでなにをやっているんだ？　こんなことはすべてやめるべきだ。深刻な事態になる前に、逃げ出したほうがいい。おれがぐずぐずしているときには、なにもかもが深刻になるような気がする。そうとも、脱出し、アメリカに帰り、CIAに戻るべきだ。農場にいた女たちをすべて救うのは無理だ。もう行方がわからなくなっているにちがいない。

こんな思考はすべて時間の無駄だと思い、やがて立ちあがる。もちろん、最後までやるつもりだ。つねにそうだ。超音速のフルメタルジャケット弾（底部を除くすべてを銅で被甲した弾丸）一発を額にくらって死ぬ日まで、つねにやりつづける。

その日が来るだろう。あすの朝、太陽が昇ることとおなじくらい、そう確信している。

一分後、おれは〈ヴェレビッコ〉の瓶ビールを二本持って、リリアナの隣で腰をおろす。

「元気か？」

「ええ」リリアナがいい、ビールを受け取るが、元気がない。窓から駅のほうをじっと見ている。

「なにか見かけたか？」おれはきく。

「いいえ。なにも」おれのカメラはテーブルの彼女のそばに置いてあるが、彼女は触れてもいなかったようだ。腕時計を見ると、午後九時だ。

「休憩したほうがいい。おれが見張って、写真を撮り、きみが起きたら見せる」

「あまり眠れないの」

そうだろう、と思う。

部屋が一瞬静かになり、やがておれはきく。「こいつらにチラスポリで拉致《らち》されたのか?」

「べつのグループ。モルドヴァの地元の人間よ。そのあと、パイプラインに売られて、東から西へ移動された。そのたびにちがうグループで、いまはだれが仕切っているのかわからない」

「拉致されたとき、なにをやっていたんだ?」

リリアナは、通りの向かいにある警察署の正面出入口から、目を離さない。淡々と答える。「わたしは働《ワーキング・ガール》く女だった」

売春婦だという意味なので、おれはびっくりする。そんなふうには見えない。

「どれくらい長くやっていたんだ?」

「小さな町でパンを焼いていたんだけど、都会で暮らしたかった。ひとかどの人間になりたかった。二十歳のときにチラスポリへ行ったけど、仕事がなくて……」

リリアナが言葉を切るが、そのあとのことはわかる。

どれくらい売春婦《ワーキング・ガール》をやっていたのか、おれはもうきかない。三十歳にも見えるが、とてつもなく厳しい暮らしだったはずだから、二十五歳くらいだろう。

いや、ひどい目に遭ってきたことを思えば、もっと若いのかもしれない。

どうしてつぎの言葉が口をついて出たのかわからないが、赤い部屋にいた女たちの運命に責任があると思って、うしろめたい気持ちになっていたからだろう。「こういうことになったのは……きみが悪いからじゃない」

リリアナが片手をふる。「ナイトクラブや、ふつうの仕事から拉致されたひともいる。騙《だま》されてセックス産業に誘い込まれたひともいる。わたしは娼館から連れ出された。セックスでお金を稼《かせ》いでいた。被害者じゃないわ」

溜息をついて、おれは答える。「きみのような目に遭ったら、ほんものの被害者でも被害者ではなかったというはずだ」

だが、彼女が納得していないのがわかる。説得は苦手だ。だから、相手の顔を撃つことが多い。でも、もういちど試す。「あの女たちを助けるのを手伝ってくれれば、すこしはいいことができる」

リリアナが首をふる。「あなたはあのひとたちを助けられない。あなたが来たから彼女たちに害があった」

ああ、わかっている。

リリアナが、こちらを見る。「どうしてあのじじいを殺したの？」

「戦争中、あいつはセルビア軍の将軍だった。悪辣《あくらつ》な将軍。戦争犯罪人だ」

リリアナが、あきれたというように目を丸くする。「戦争？　わたしが生まれる前のボスニア・ヘルツェゴヴィナ紛争のこと？」

「そうだ」

「もう、その戦争のことなんか、だれも気にしていない。そのためにあなたがあいつを殺しにきて、彼女たちが痛めつけられている」

おれはうなずく。「わかっている」

リリアナがなおもいう。「彼女たちはもういないわ。どこかへ連れていかれた」一瞬の沈黙のあとで、口調を和《やわ》らげ、ビールをちょっと飲んでからいう。「じきにべつの女たちが、モルドヴァから連れてこられる」

「世界では毎日ひどいことが起きている。ちがうか？」この事件の全体像を、おれは考えてもいなかった。おれの行動のせいで、もっと残忍な仕打ちを受けるはずの女たちのことしか、頭になかった。

リリアナが肩をすくめる。「世界のことは知らない。チラスポリ、ベオグラード、ここのことしか知らない。でも、そうね……毎日、新たに自由を奪われる女の子がいる」

おれはひとりごとのようにいう。「これまでずっと、そういうひどいことばかり見てきた……」おれがこれまで見てきたことは、リリアナにはまったく関係がないので、言葉を切るが、彼女の反応に驚く。

リリアナがビールをごくごく飲んでから、またおれのほうを向く。「あなたが見たひどいこと。それでどうしたいと思うの？」

おれはその質問を考える。「人を殺したいと思う」

「ええ、わたしも殺したいと思う」リリアナがうなずく。「でも、それですべてがよくなりはしない」

そうかもしれない。そうではないかもしれない。おれは人類のもっともひどい部分を見て暗澹《あんたん》とするが、はけ口はある。暗殺者だからだ。

おれは人を殺す。

リリアナのような人間は……パンを焼いていたのが、経済的苦境で売春をやらざるをえなくなり、拉致《らち》されて奴隷にされた。世間が怪物のようにベッドの下から手をのばしてくるあいだ、現状をじっと受けとめるほかに、なにができるというのか？

ふたりとも一分以上、口をきかない。ようやくおれが気まずい沈黙を破る。「モルドヴァにきみが帰るとき、おれはチラスポリには行かない」

リリアナがうなずく。「パン屋に帰る。そのほうが安全よ。パンを焼いている女を拉致して人身売買する人間はいない」

それが賢明なので、おれはリリアナのビールにおれのビールを打ち当てて乾杯する。リリアナが通りの向かいを見たまま口もとに瓶を近づけようとするが、不意に手をとめて、窓の外を指さす。「あれよ！　あの警官、車からおりてくる」

白いSUVで、モスタール警察のロゴがボディ側面にブルーで描かれている。運転手がおりて、歩道の側にまわり、リアドアをあける。

「知っているやつか？　農場にいたのか？」

「ええ。親玉ではなかったけど、親玉といつもいっしょにいた」

こんどは助手席側のドアがあき、すぐに男がひとり出てくる。リリアナがたじろぐ。

「あの男が親玉よ」

きちんとした制服を着た四十代の警官が、制帽を脱ぎ、短く刈った灰色の髪をこすってから、かぶり直した。

「あのくそ野郎だな？」

「ええ、そうよ」

「名前を知っているか？」

「ニコと呼ばれているのを聞いた。それだけ」リリアナが、急に泣きはじめる。厳しい目つきが、あっというまに消え失せる。

そのSUVから合計三人がおりて、まったくおなじ二台目のSUVからもふたりが出てくる。全員いっしょに、警察署の正面の階段を昇る。ニコという男を中心に、おれは何枚か撮り、椅子からリリアナを立たせて、腕を取り、ベッドへ連れ戻す。

まだめそめそ泣いているリリアナを、おれは座らせる。「よくやってくれた。ものすごく役に立った。休んでくれ。明日の朝、駅に連れていって、帰りかたを教える」

「ニコはどうするの？」

暗いなかで、おれはにやりと笑う。「あとでニコのところへ行く」

リリアナがゆっくりとうなずく。おれが窓のほうに戻ろうとすると、リリアナが手首をつかむ。

「あなたはいいひとね」

おれはいいひとではないが、「ありがとう」という。

リリアナがおれをさらに引き寄せて、体を重ねさせようとする。

おれはじたばたすることなく離れようとするが、リリアナはびっくりするくらい力が強い。おれはいう。「きみはわけがわからなくなっているんだ、リリアナ。眠らなければだめだ」

げる」

リリアナがまた涙を浮かべる。「あなたがなにをほしいか、知ってる。ほしいものをあ
まちがっている。これはほしくない。こういうのは。

「きみはわけがわからなくなっているんだ」おれはくりかえす。

迫られているのをやんわりとやめさせようとするが、やんわりやるのも苦手だ。すぐに
おれは彼女の腕を頭の上で押さえつけ、引き寄せようとするのをどうにかやめさせる。

リリアナが、淡々とうなずく。「これが好きなの？　乱暴なのが？」

くそ。「ちがう。そうじゃない、すまない」おれはいう。「できないんだ」腕を放すが、

リリアナは腕を動かそうとしない。

リリアナが鼻をすすり、不思議そうにおれを見る。気分を害したようではなく、驚いて
いるだけだ。「ゲイの暗殺者？　それとも恋人がいるの？」

妙なことになったと、おれは驚く。「恋人がいる」

リリアナが、また淡々とうなずく。「イギリス女？」

そういわれてまごつくが、ハリー王子と名乗ったことを思い出す。意外にも、嘘をつか
ずに答える。「ロシア人だ」

この男は馬鹿ではないかというような目つきを向けられる。かなり確信をこめて、リリ

アナが答える。「ロシア女？　あなたがお金をもらっているのね」

「この女はちがう」

つぎの言葉は。「大酒飲みのロシア女ね」

おれは肩をすくめる。「そうかもしれない」

リリアナがおれの顔を見て、またいう。「あなたはいいひとね」

いいひと？　とんでもない勘ちがいだ。おれは三度目のおなじことをいう。「きみはわけがわからなくなっているんだ、リリアナ。すこし休め」

8

ハリウッドヒルズでは、とびきり気持ちよく晴れた夏の朝だった。子供三人——十歳の男の子と、十二歳と十六歳の女の子——が、イタリア風ルネッサンスリバイバル建築の館にあるインフィニティプールのまわりで遊んでいた。四十代の惚《ほ》れ惚《ぼ》れするような美女が、裏の広いパティオでコーヒーを飲み、造園師や庭師が急傾斜の二エーカー（約〇・八ヘクタール）の敷地のあちこちで骨の折れる仕事をやっている。遠くにはロサンゼルスのスカイラインのすばらしい眺めがあり、いつも街を覆《おお》っているスモッグの靄《もや》も、心なしかあまり目につかない。

そういったことすべてに、五十四歳のケネス・ケイジは安らぎを感じていた。

ケイジの宮殿のような家は、一九四〇年代にハリウッドの大立者が建てたもので、その後の歳月、何人もの有名な俳優やミュージシャンが住まわってきた。ケイジも事業の一環でエンタテインメントの世界と結びつきはあるが、このハリウッドの住所に住んだことがある映画スターやロックスター五人よりもずっと大金持ちだった。

それに、ここはケイジがアメリカ国内に所有する大邸宅六カ所のうちの一カ所にすぎない。コロラド州のスティームボートスプリングズ、ボストン、ニューヨーク、ワイオミング州のジャクソンホール、シエラネヴァダ山中のタホー湖にもあるし、ソノマ郡の四〇〇エーカー（約一六〇ヘクタール）のワイナリーも買おうと思っているところだった。

それらの富と所有不動産には、むろんコストが付き物だ。ケイジがキッチンのアイランドに向かって座り、パティオ側のドアをあけて、自分の働きの成果を満喫している家族を眺めて楽しんでいるときでも、手入れの行き届いた敷地を三人の男がパトロールしているのが見える。視野にはいらないところにも三人がいるし、防犯カメラがあちこちにあって、警備員が詰めている制御センターに画像を送っている。

ケン・ケイジの警護班の班長は、海軍SEAL（海・空・陸特殊部隊）の元隊員でロサンゼルス市警の特殊火器戦術部隊《SWAT》隊員でもあった、ショーン・ホールという男だった。あとの警備員は一日三交替の勤務だが、ホールはパティオの近くにある五七平方メートルの独立したプールハウス（プール用の装備などを収納する建物）に住んでいて、午前九時からケイジがベッドにはいるまでずっと、ボスの行くところへはどこへでも行く。

ホールがまだプールハウスにいるのは、九時までは働くなとケイジが厳格なルールを決めているからだ。つまり、警備員が邸内にはいってはならないし、電話、メール、スプレッドシート、パワーポイントはなしで、仕事関係の客も呼ばない。

ケイジは仕事で頻繁《ひんぱん》に旅をするが、家庭を大事にする男で、家にいるときには妻のヘザーや子供たちのために時間を捻出《ねんしゅつ》する。

セキュリティの備えは、成功に伴う必要なコストだと、ケイジはいつも他人に説明しているが、じつは、体格のいい元警官や元兵士の一団の中心にいて自分は重要人物だという感覚を味わえるのが気に入っていた。ヘザーは私生活に警備員が立ち入るのを嫌がっているが、ケイジはそれが過大な自尊心の糧《かて》になるので、まったく気にしていない。

ケイジは、大理石のキッチンカウンターで朝食を終え、昨夜、ドジャースがツインズに勝ったことについて息子としばらく話をしてから、十二歳の娘が描いた水彩画を見て、すばらしいと絶賛した。

やがて子供三人は、ロサンゼルスのスカイラインを望む広いインフィニティプールで泳いだり、水飛沫《しぶき》をあげたりしはじめた。ヘザーもスイミングウェアに着替えてそのうちにそこへ行くはずだったが、いまはリビングでケイジとともにソファに座り、夫がホームオフィスへ行って仕事をはじめるまで、コーヒーを飲んでしばらくいっしょの時間を楽しんでいた。

　ふたりは、娘の大学進学のことを話し合っていた。ケイジはプリンストン大学からペンシルヴェニア大学ウォートン校へ行き、ヘザーはハーヴァード大学を卒業しているが、娘のシャーロットはカリフォルニア大学ロサンゼルス校に入学して、芸術学士号を得ることを希望している。コネを使ってハーヴァードに入れてほしいとヘザーがいい、ケイジは話題をプリンストンに戻そうとしたが、そのとき携帯電話が鳴った。番号を見おろしたケイジは、眉をひそめた。

「どうかしたの？」ヘザーがきいた。

「八時五十分なのに仕事だ。携帯電話にかかってきた」ケイジはあきれて目を剝《む》いた。

「家にいるときは、九時になるまで仕事はやらない。家族と過ごす時間だと、だれでも知っている」

　ヘザーは、ケイジに笑みを向けた。「あなた、最近はいい子にしていたから。きょうは許してあげるわ」

　ケイジは、くすりと笑った。「いや。電話を切って、きみがスイムウェアに着替えるあいだ、子供たちの相手をするよ」

　仕事で邪魔されたにもかかわらず、ケイジは笑みを浮かべて電話に出た。どうしても頰がゆるむ。快活な明るい声で、ケイジはいった。「おいおい。十五分後にかけ直す――」

ケイジは言葉を切った。相手の話を聞くうちに、笑みが消え、立ちあがった。ヘザーに向かっていった。「話をしないといけない。すまない」

向きを変え、ホームオフィスに使っている書斎へ行った。ドアを閉めると、アンティークのクルミ材のパートナーズデスク（ふたりが向き合って仕事ができるように造られた大型デスク）に近づいて、リモコンを取り、ボタンを押した。たちまち五十万ドルもする〈バックス&ミューラー〉のアクティヴスピーカーから、まるで本物のような雷雨の暖かく豊かな音が流れはじめた。

ケイジは腰をおろし、家族に対しているときとはまったく異なる、低い不機嫌な声でいった。「暗号化する」

「暗号化した」電話をかけてきた相手が確認した。南アフリカのなまりがかなり強い。ケイジは、携帯電話の画面の下のほうにある、なにも印がないアイコンをタップした。電話から伝わってくる音がすこし変わり、声音も変わったが、双方とも相手の声はよく聞こえていた。

ケイジは口を切った。「くそ、ヤコ。ルールは知っているはずだ。九時になるまで電話するな」

「重大なことが起きた」

「売春婦ふたりを〝送り帰して〟から、ベルリンへ行けと命じただけだ。そんなことで、わたしに手を差しのべてもらいたいのか？」

ヤコ・フェルドーンがむっとしたとしても、声には出さなかった。「申しわけないです
が、始末しろとおっしゃった二品のことではありません。考慮していただきたいあらたな
緊急事態です」

「どんな緊急事態だ？」

「ボスニアです」

「わかっていないな。やめろ。事件にかかずらっているような時間はない。来週の旅行の準備をしなければならない──」

「刺客《しかく》に七人殺されました。モスタール中継基地を仕切っていた、バビッチという元セルビア軍将軍も含めて」

コンソーシアム・ディレクターのケネス・ケイジは、一瞬、デスクに向かったまま凍りついた。やがていった。「そうか……大事件だな。だれが刺客を雇った？」

「一九九〇年代にバビッチがやったことに復讐するために、クロアチア人が殺させたと、セルビアの連中が考えています。バビッチのいどころを突き止めたあと、セルビアやボスニア・ヘルツェゴヴィナとことを構えるおそれがないように、殺しをアウトソーシングしたのだと」

ケイジは、ラトコ・バビッチの名前を知っていたが、自分の組織で働いていたとは知らなかった。モスタールに中継基地があることすら知らなかった。事業の事細かなこととは関わりを持たず、自分はそういうレベルの仕事とは無縁だと考えていた。効率を向上するとともに、手を汚さないために、権限をゆだねていた。

ケイジは、全世界で行なわれているこういう汚い仕事に関わるつもりは毛頭なかった。

「こんなくだらないことを、おまえと話していること自体、信じられない。わたしのところに届く前に、おまえたちが処理すべきことだ」

「率直に申しあげますが、これほどの事態は一度もありませんでした」

ハリウッドヒルズの大邸宅で、ケイジは溜息をついた。「地域マネジャーがクロアチアにいる……たしかギリシャ人だったな？」

「そうです。コスタス・コストプロスという男です。さきほど連絡しました」

「やったやつを見つけて抹殺《ターミネート》するのを白紙委任するといってやれ。こういうろくでもない仕事のとき、おまえたちはそういうんだろう？」

「ええ……そういういいかたもあります。しかし、コスタスの配下は、それをやるのに適していないと思います」

「なぜだ？」

「彼らは行動範囲が狭く、バルカン諸国の外ではほとんど影響力がありません。これはわたしが独りで処理したほうがいいかもしれません。わたしなら、そいつを見つけて、抹殺できます」

ケイジは、携帯電話を見おろした。「おまえが？　おまえには、わたしの日常的な業務を動かすという、もっとだいじな仕事がある。どこかの殺し屋を独りで追いかけるようなことは無用だ」

「お言葉ですが、その男はわたしたちの権益の脅威になりうると思います。それに、もうひとつ――」

「やめろ、ヤコ」ケイジはいった。「おまえはもう人間狩りをやっていない。わたしが年間百億ドルのビジネスを動かすのを手伝っている」

フェルドーンが黙り込み、やがて明らかにがっかりしているとわかる声で答えた。「かしこまりました。ギリシャ人に刺客《しかく》を捜せと指示します」

ケイジは電話を切り、壁のグランドファザー・クロックを見た。もう九時を過ぎていたので、デンマークの今月の数字を確認するために、メールをひらいた。

コンソーシアム・ディレクターとして、事業の損益に責任を負っている。

だが、集中は長くはつづかなかった。ボスニアの緊急事態、女ふたりの始末、数日後に予定されているイタリア出張、あらたな商品の到着。それには、ケイジがことに興味を抱いている若い女ふたりが含まれている……。

近ごろは、考えなければならないことが数多くある。いろいろなことが同時に起きている。デンマークの数字をじっくり見ながら、きょうは一日ホームオフィスにいようと、ケイジは自分にいい聞かせた。

ニコ・ヴコヴィッチ警部は、午後十時に警察署を出て、運転手と専属護衛とともに、SUVに乗った。ふたりとも高度な訓練を受けた警官だし、さらに警官ふたりが乗っているSUVが追随している。SUV二台は、モスタール中心部の北東にあるヴコヴィッチの自宅に向かっていた。そこは細く流れの速いネレトヴァ川の東岸にあたる。

灰色のメルセデスのパネルバンが、SUV二台のうしろをずっとついてきたが、夜の交通量は多かったし、警官五人は尾行を発見していなかった。

警察のSUV二台は、川から三ブロック離れた静かな狭い広場に乗り入れ、通りのすぐそばの古い灰色の建物の前でとまった。運転手以外の護衛ふたりが、ヴコヴィッチといっしょにSUVをおりて、その自宅まで同行した。

数分後、護衛ふたりは建物を出て、ヴコヴィッチだけが自宅に残った。

ヴコヴィッチを無事に自宅まで送ったところで、今夜の護衛は終わり、SUV二台は広場から出ていった。

署長のヴコヴィッチを護衛していた四人はいずれも、灰色のバンが広場の向こう側の道路を近づいてきて、交差点の一〇メートル手前でとまったことに気づかなかった。

バンにはふたりが乗っていたが、このハンガリー人暗殺チームは三人組だった。リーダーの三人目は、ホテルで地図をじっくり検討し、混雑する道路を避ける脱出ルートを決めるのに余念がなかった。

ハンガリー人は三人とも国家警察の現役の警察官だったが、スロヴァキアのブラチスラヴァを根城とする組織犯罪集団ピチョフチの殺し屋を余業でやっている。ふだんは職場と住まいがあるブダペスト周辺での仕事に限られている。ハンガリーの首都ブダペストは、スロヴァキアの首都ブラチスラヴァからは、そう遠くない。だが、今夜ははるか南のボスニアに派遣されていた。

三人は交替でバンを運転し、偽造パスポートで地元のホテルにチェックインしたが、長居するつもりはなかった。下見にひと晩、実行にひと晩、そのあとは急いで北へ帰る。

三人は前にも殺しを請け負ったことがあり、今夜もお手のものだという自信があった。

バンの助手席に乗っていた男が、携帯電話で電話をかけ、しばし待ってからいった。

「やつは家にいる。警官ふたりは護衛を切りあげて帰っていった。いや、付き添っていない。住所をメールで知らせる。ホテルから十五分の距離だ。なんなら、いますぐにやってもいい」

「だめだ」応答があった。「計画がある。そのとおりにやる。あすの晩、おれたち三人全員でやる」

「わかった、ボス。ここにいたほうがいいか？」

「客が来ないかどうかたしかめるために、あと一時間だけいろ」

「了解《メジエルテム》」助手席のハンガリー人が電話を終えて、運転していた男のほうを向いた。「難しいはずがない。ボスニアの小さな警察署長だ。どうということはない」

「ゼンテのことは知ってるだろう。やつが計画を立てたら、変えることなんかできない」

「そうだな」助手席の男がいった。「あくまでボスでいたいやつだからな」

　バンがとまっている道路からは、小さな広場の向かいの建物がよく見えたが、ハンガリー人のその監視所からは、正面の交差点の右にある小ぢんまりしたモスク（教礼拝所《イスラム》）のくぼんだ暗い玄関口は見えなかった。黒いレインコートを着た女がそこに立ち、視界の外にいる左手のハンガリー人とおなじ建物を見張っていた。

その女、タリッサ・コルブは、二十九歳で、瘦《や》せていて、小さな顔が妖精を思わせる。赤く染めた髪は、コートのフードにほとんど隠れていた。タリッサはボスニアでは外国人だが、バンの男たちとおなじように法執行機関に属していた。

今夜は、タリッサがモスタールに来てから二日目だった。一日目は目当てのものを見つけるまで警察署を十時間見張り、ニコ・ヴコヴィッチを自宅まで尾行した。けさここに戻り、午前十時ごろにヴコヴィッチが出かけるのを見て、昼間にヴコヴィッチのアパートメントビルに押し入ろうとした。だが、部屋の錠前が頑丈で、セキュリティシステムが整っているうえに、建物のべつのアパートメントにも警報装置があった。それに、隣が民間のデイサービスなので、昼間は正面の歩道の往来が頻繁《ひんぱん》だった。

そこで、侵入するのはあきらめ、ヴコヴィッチが帰宅するのを待った。〝古い橋《スターリモスト》〟の一キロメートル北にあるこの広場の中心の小さな公園で一日過ごし、ヴコヴィッチが帰宅するのを待った。

いまは明かりが消えるのを待っている。

数分後に明かりが消え、タリッサ・コルブは時刻を書き留めて、立ち去ろうとした。

あすにしよう、と心のなかでつぶやいた。あした、目当てのものを手に入れる。

頭のなかでくりかえす分には響きのいい言葉だが、ほんとうは自分の計画にそれほど自信はなかった。

ハンガリー人たちとはちがい、タリッサはだれかに依頼された仕事のためにここにいるのではなかった。そうではなく、個人的なことだった。まったくの私人としてこれをやっている。外国で警察署長から情報を引き出そうとしているのだが、そういうことをやるような訓練は受けていない。

だが、ほかに方法はない。

数分後にホテルに戻り、階段をあがって部屋に行くあいだ、もっといい計画はないかと考えていた。いまの計画では、目当てのものを見つかる前に殺される可能性が高いからだ。

9

　リリアナとおれは午前五時に起きて、サラエヴォまで車で行き、朝の通勤客で混雑している八時に中央駅に着く。リリアナはパスポートを持っていないので、モスタールを発《た》ってからずっと、列車で入国管理官を避けるのにおれが使う諜報技術《トレードクラフト》を説明する。駅に着くと、クロアチアへ北上し、そこから北東のハンガリーへ行って、南のルーマニアに下り、そして最後に東のモルドヴァに向かう、長い遠まわりの乗車券を用意する。運がよければ、おれが教えた情報を使って、無事に故郷へ帰れるだろう。順調に通過できるように途中で賄賂《わいろ》を使わなければならなくなった場合と、故郷にたどり着いたらやり直すのに使えるように、五千ユーロを渡した。

　このルートならセルビアを避けられるし、モルドヴァに列車が到達したら、チラスポリの手前でおりるように約束させる。そこから地方バスで故郷の小さな町まで行けばいい。リリアナはだいじょうぶだと、自分にいい聞かせる。とにかく、当分はだいじょうぶだ。

長期的にはどうか？　今回の経験がどういう影響をあたえたかはわからないが、想像はつく。

リリアナを気の毒に思う。今回のことは片づいたが……それで終わりにはならない。

ザグレブ行きのアナウンスが流れ、リリアナが無言でおれを見る。

「気をつけるんだよ」としか、おれはいえない。

リリアナがいいよどみ、やはり言葉を探しているのだと気づく。ただありがとうというだろうと思うが、彼女のことを思いちがいしていたと気づく。

「あとのひとたちはね、ハリー。わたしとはちがう。あんな目に遭ういわれはないの」

なんてことだ。この女は精神的なダメージを受けていて、回復できるかどうかわからない。これほど暗澹《あんたん》としたことは、いまだかつてなかった。暴力、殺人、拉致《らち》、レイプだけではない。こういうことは、人間の脳をめちゃめちゃにするという結果をもたらす。

かつて、おれにそういうことをやった人間もいた。

この世界。おれは神に誓う。この世界に、何人かの善良なひとびとが残されていなかったら、おれは自分もろともそれを焼き払う。

リリアナ自身の過失であういう目に遭ったのではないと彼女をなんとか説得できればいいのにと思うが、おれはそういうことには向いていない。「うちに帰れ。無事に過ごせ。

満足できることを見つけて、それをやるんだ。だれでも、そういうことをやらなければならない」というだけだ。おれなりに笑みを浮かべてみせる。緊張して疲れた顔で無理やり笑う……でも、それが精いっぱいだ。

リリアナがうなずき、列車に乗る。故郷の町に帰るのか、それともチラスポリに舞い戻ってまた売春をやるのだろうかと、ふと思う。

おれは拳銃使いだ。以上。周囲で起きているそのほかの物事は、おれの頭脳では理解できない。

だから、くよくよ考えるなと自分にいい聞かせるが、そうはいかない。

ずっとそのことばかり考える。

一分後、おれはジープに戻り、汚《けが》らわしい警官を痛めつけるために、モスタールにひきかえした。リリアナにいったように、だれでも満足できることをやらなければならないからだ。

午後十時になる直前、スロヴァキア人ギャングに雇われたハンガリーの警察官三人が、ヴコヴィッチの住む古い建物の正面ロビーから二五メートルしか離れていない路地の暗がりに立って、煙草《たばこ》を吸い、一日ずっと全身にみなぎっているアドレナリンを抑えようとしていた。ターゲットが帰宅する時刻が、近づいていた。

三人の計画はしごく単純だったが、これまでのおなじような状況でうまくいっていた。ヴコヴィッチの車が建物の前にとまったときに、夜の散歩をしている男三人という風情で、その方向へ歩きはじめる。

そして、ヴコヴィッチと護衛ふたりが歩道を近くまで歩いてきたところで、三人は拳銃を抜く。ふたりが歩いている三人を撃ち、もうひとりがとまっているSUV二台の運転席側のサイドウィンドウめがけて弾倉の全弾を発射する。

三人で五人を攻撃するので、成功の見込みが薄いようにも思えるが、完全な不意打ちで優位をものにできると、ハンガリー人の殺し屋三人は確信していた。

三人のなかのリーダーが、携帯電話を見た。「警察署を出たころだ。十分くらいでここに来るだろう」

カーロイが答えた。「準備はできてる」

フローリアーンもいった。「すばやく、汚くやろう。去年、スロヴェニアのマリボルでやったみたいに」

リーダーのゼンテがうなずいた。「マリボルみたいにやろう」

ハンガリー人三人が昨夜よりも近くに陣取っていたのに対し、タリッサは昨夜隠れていたのとおなじくぼんだ玄関口の闇に立っていた。昨夜とおなじように、その位置からハンガリー人は見えなかった。三人がいる路地が、角の建物の蔭になっていたからだ。

モスタール警察署長をいま付け狙っている人間がほかにもいることを知らないタリッサもまた、自分の計画を練っていた。ヴコヴィッチが車をおりて、アパートメントで独りきりになるのを待ち、広場を渡ってドアをノックする。ポケットに入れてある本物の身分証明書をさっと見せ、名前を読まれる前にひっこめる。アパートメントにはいったら、数日前にベオグラードの街路で買った小さなステンレス製の拳銃を抜く。

ヴコヴィッチに、答えるよう要求し、拳銃と身分証明書で脅しつけ、知りたいことを聞き出すまでそこで訊問する。だれかを撃ったことはないし、情報を知るために暴力をふるったこともない。だが、家をあとにしてから、日がたつごとに、我慢が限界に達し、限界を超え、なにをやってもいいように思えてきた。

くぼんだ玄関口に立ち、スマートフォンで時間を確認し、頭のなかで逆上したようになんどもつぶやいた。「あなたにはこれがやれる。やれるわ」

おれは視線を左から右へ動かし、眼前の状況をひと目で見てとり、解釈しようとする。

ターゲットの家近くの路地にとめた灰色のバンのそばの暗がりに、三人の男が見える。ターゲットの護衛チームではないことははっきりしている。警官らしい物腰だが、私服だし、ヴコヴィッチが住んでいる建物のほうを盗み見しながら、落ち着かないようすで路地を歩きまわっている。暴力沙汰をもくろんでいるにちがいない。

あの男たちはモスタール警察署長を待ち構えているが、サインをもらうためではないだろう。ヴコヴィッチを殺すために来たにちがいない。殺させるわけにはいかない。いまのところは。

だが、路地の男三人は、方程式の一部にすぎない。おれの左前方、静かな狭い広場の向こう側に、明かりがついていないモスクの前で姿を隠そうとしている、フード付きの黒いレインコートを着た男がひとりいる。この五分のあいだに車が二台通り、二回ともヘッドライトの光の隅にその人影が捉えられ、緊張したようすでそわそわと身じろぎし、足踏みするのが見える。

黒い玄関口に目の焦点を合わせると、ヘッドライトの光がなくても、もうすこしよく見えるようになる。だが、顔は見分けられない。あの男は、路地の三人のために見張っているのか？　筋が通る解釈はそれしかないが、たしかとはいえない。そばにだれも見当たらないので、あるいはおれとおなじ単独行動なのか。

おれはバンのそばに男三人が立っている路地の向かいの不動産代理店にはいり込んでいる。距離は四〇メートルくらいある。現場の周期的な動きを感じ取るために、広場を見張れる安全な場所がほしかったので、三十分前にここに侵入した。何台か車が通り、暖かい夜に石畳の道で犬を散歩させる人間がひとりかふたりいる。あちこちのアパートメントビルの窓は、ほとんど明かりがともっている。

だが、おれの計画には使いやすい場所だ。

ただし、路地の三人が邪魔になる。

それと、もうひとりの男が。

ヴコヴィッチが帰ってくる前に、建物にもっとも近い三人を排除しなければならないとわかっている。ヴコヴィッチが毎晩おなじ時刻に警察署を出るようなら、十分以内に現われるだろう。これから起こることに気を引き締め、モスクの玄関口の男のことはしばらく意識から追い出し、不動産代理店のドアの掛け金に手をかけ、深く息を吸う。それから、歩道に出て、路地の方向へ歩いていく。右側にあるターゲットの建物の前をぶらぶら通り過ぎて、暗がりで煙草《たばこ》を吸っている三人に近づく。そちらは見ないで、ただ歩きつづけているように見せかけて足を進める。

暗殺チームの見張りだとおぼしいモスク前の男の視界をさえぎっている建物のそばを通り、三人まで三メートルに近づくと、足をとめ、路地のほうを向く。三人ともおれを見て、煙草を歩道に捨てる。

「おい、あんたたち。ひょっとして英語がわかるかな？」

まんなかの男がリーダーだ。一瞬でわかる。「なんの用だ？」

「どうなっているのかと思ってね」

「なんだと？」

「とぼけるなよ。でかい男が三人、レイプ・バンのそばで暗い路地に立ってる。女を狙っているんだろう、あんたたちは？」

「そのまま歩きつづけろ」べつのひとりがいい、なまりがあるのがわかる。こいつらは地元の人間ではない。ハンガリー人だ。

そいつらの服と靴をじろじろ見ながら、おれはいう。「今夜はやめたほうがいい。ビールでも飲みに行け」

三人がまごついて顔を見合わせ、おれはそいつらのジャケットの皺《しわ》、前ポケット、ズボンに取り付けた手錠をつぶさに見る。銃の輪郭《りんかく》は浮かんでいないが、暗いし、この連中はプロだから、銃をどこに隠しているかがまだわからないからといって、銃を隠していないとはいい切れない。

まんなかの男が一歩近づき、あとのふたりもおなじようにした。「おまえは何者だ？

警官じゃない。このあたりの人間でもない。どうしておれたちのことを気にするんだ？」

おれはすぐには答えない。薄笑いを浮かべて、そいつを睨《にら》みつける。たしかにおれの行動は奇抜かもしれないが、ちゃんとした計画がある。いまは話をしているだけだが、おれが変なアメリカ人観光客ではなく、危険な男だとそのうちに気づくように、じわじわと圧力をかけながらしゃべっている。

すべて、おれが狙っている反応を引き出すためだ。

だが、いまのところ、必要な反応が得られていない。

もうすこし圧力を強める潮時だ。

三人をじろじろ見ながら、快活な口調をやめ、声を低くして、いくぶん重々しくいう。

「あんたらが今夜やろうとしていることを阻止する男。それがおれだ」

明らかな脅しなので、願っていた反応をハンガリー人三人が示しはじめる。

おれの稼業では、それを身づくろいの手がかりと呼ぶ。武装している人間が脅威を感じると、武器を隠している場所に無意識に手を動かして、抜く構えをする。

たちまち、三人がすべてそういうしぐさをする。向かって左の大男は、腰の前で両手を重ね、股のやや右上をこっそりと叩く。ベルトのバックルの右でアペンディックスキャリーホルスター（ズボンのウエストバンドの内側に差し込むホルスター。拳銃を隠しやすい）に拳銃を入れているのだとわかる。

中央の男は、ジャケットのジッパーをあけて、片手を体から離し、右胸の腋《わき》の下をそっとこする。やはり拳銃を持っているが、ショルダーホルスターに入れているのだとわかる。

向かって右の男は、複数の武器を持っている可能性があるが、左手をなにげなくズボンのポケットに入れる。そこでなにかを握ったのが見える。生地に輪郭が浮かび、刃をたたんだ飛び出しナイフらしいとわかる。

こういったことが起きているあいだに、リーダーがおれに、おまえは何者でなんの用があるのかと、もう一度きく。時間を稼《かせ》ぎ、おれがヴコヴィッチの手先なのか、それとも間抜けなアメリカ人密輸業者なのか、それ以外のなにかなのかを、見定めようとしているのだとわかる。

来るぞ、ジェントリー。数秒後にはじまる暴力に備えて気を引き締めながら、おれは頭のなかでつぶやく。だが、その間もしゃべりつづける。「だから、あんたらはバンに乗ってブダペストに帰るのが、いちばんいい。なにもいいことは起こらない――」

向かって右の男がなにげなく一歩進むが、狙いはわかっている。距離を詰め、攻撃できる位置につこうとしている。つまり、ナイフが突き出される。

銃を使ってもいいのだが、まもなく拉致《らち》しようと思っている人間の家のすぐ近くで発砲するわけにはいかない。そんなことをやれば、ヴコヴィッチが帰ってくる前に、暗い広場に野次馬が殺到するだろう。そこで、おれはしゃべりながら、ナイフを持った男が襲いかかってきたときに顔を蹴るために半身になる。

そいつが襲いかかってくる。

おれが体重を移動すると同時に、そいつが体をまわして、飛び出しナイフを構えながら、電光石火の動きで跳びかかってくる。刃が飛び出すカチッという音が、路地に反響する。だが、そいつがナイフで突く前に、おれはサイズ一〇・五（二八・五センチ）の〈メレル〉のブーツを勢いよく持ちあげてそいつの鼻に叩き込む。鼻の骨の折れる音がして、そいつが大きくのけぞり、血飛沫《しぶき》が飛ぶ。

おれは蹴り出した右脚を戻す前に、ジャケットの下のショルダーホルスターから拳銃を抜こうとしているまんなかの男めがけて突進する。そいつの拳銃を抜こうとする手を押さえつけ、右足が着地すると同時に、左足を向かって左の男に向けてくり出し、そいつのベルトにかけた手を蹴とばして、アペンディックスキャリーホルスターから抜くのを妨《さまた》げる。

そいつの指が一本折れ、拳銃が路地にガタンという音とともに落ちる。

つづいて、まんなかの男の銃を握った手をそいつの体に押しつけたまま、鼻の頭に思い切り頭突きする。

耳鳴りがして、頭から背骨まで激痛が走るが、そいつはうしろ向きに壁にぶつかり、歩道面にずるずると倒れる。鼻血が盛大に出ていて、やはり鼻の骨が折れたとわかる。

これまでのところ、銃が使われていないのは好材料だが、音もなくやれたわけではない。おれが襲いかかったとき、三人ともけっこう物音をたてたし、路地から広場に音が響いていったので、五〇メートル離れたくぼんだ玄関口にいる見張りは、仲間が乱闘に巻き込まれているのに気づいているはずだ。

まんなかの男が石畳に倒れる前に、おれはショルダーホルスターから拳銃を奪う。そいつは気を失ってはいないが、鼻の骨が折れていて、戦える状態ではない。右の男も鼻が折れているが、灰色のバンのリアバンパーにつかまって、起きあがろうとしている。そのようすからして、脅威になるまであと三秒あるようなので、おれは左の男のほうを向く。

そいつにはまだ戦意があると、瞬時にわかる。

そいつは拳銃を見失っていたが、ジャケットの下で腰のベルト鞘《シース》から刃先が鉤状《かぎなり》のナイフを抜き、指が折れていないほうの手でやみくもにふりまわしながら突進してくる。おれは右に身をかわしてナイフをよけ、三人のリーダーから拝借したばかりの拳銃で、そいつの左こめかみを思い切り殴る。

そいつが両腕をふりまわして、ナイフを落とし、バンの後部に顔からぶつかる。そいつが激突したせいで、車体がショックアブソーバーの上で大きく揺れ、バンに盗難防止アラームがないのをありがたく思う。

右側のハンガリー人は、体を半分引き起こしていたが、そのせいで、おれが顎《あご》をドロップキックするのに絶好の位置に頭があった。たぶん鞭《むち》打ち症を起こしていただろうが、今回は首がちぎれそうなくらい蹴とばす。

そいつが仰《あおむ》向けに倒れ、横の男とおなじように気絶する。

おれはリーダーの拳銃を本人の顔に向けて、ひざまずき、小声で口早にいう。ヴコヴィッチの車がいまにも到着するかもしれないし、やつの家のエントランスから丸見えの路地に長居したくはない。

「おまえの仲間を呼び出せ。無線機はどこだ？」リーダーのジャケットを探るが、なにも見つからない。「連絡に携帯電話を使っているのか？」

男の鼻血が、あけた口にだらだら流れ込む。「どの仲間だ？」

「モスクの見張りだ。もうひとり――」

うしろの広場で車二台のヘッドライトがひらめき、ヴコヴィッチのアパートメントがある建物の窓ガラスに反射する。数秒後には、その二台に乗っている連中に姿を見られてしまう。ヴコヴィッチと護衛にちがいないから、なんとかして彼らの見通し線から出なければならない。右手をうしろに引いて、リーダーの顎を殴り、仲間ふたりとおなじように気絶させる。急いでリーダーをバンの裏にひっぱっていき、もうひとりの片腕をつかんで、やはり物蔭にひきずり込む。

そして、モスタール警察のSUV二台が、ヴゴヴィッチの家に面した路地が視界にはいる通りに曲がってくると同時に、おれは三人目の体をつかんで持ちあげ、一歩あとずさって、倒れているハンガリー人ふたりの上にいっしょに倒れ込む。バンの蔭になって、ほぼ見えないはずだ。

だが、まったく見えないわけではない。おれの足はバンのうしろから突き出しているし、ベアハグをかけている上の男の足も突き出している。四人の体が折り重なって山のようになり、路地を覗《のぞ》かれたら丸見えだ。

それでも、路地はかなり暗いし、SUVから二五メートルほど離れている。とまりかけているSUV二台に乗っている男たちが注意をよそに向けてくれることをおれは願う。さもないと、説明に四苦八苦することになる。

右のほうでハンガリー人のリーダーがうめき、身動きする。顔を肘《ひじ》打ちし、また頭を石畳にぶつけさせると、音と動きがやむ。

股のあいだから覗くと、車二台から男三人がおりてくるのが見える。ヴコヴィッチがそのなかにいて、三人ともアパートメントがある建物に向かっている。

だれもこっちを見ないのはありがたいが、三人がなかにはいると、車二台が走り去った。

それはまずい。

今夜、ヴコヴィッチ署長には仲間がいる。護衛がふたり。通りで拉致《らち》するのには間に合わないし、家に押し入れば銃撃戦になる可能性が高い。

だが、起きあがって第三の計画《プランC》をひねり出そうとすると、おれが抱えていた男が意識を取り戻す。そいつがのろのろとまわりを見る。戦えそうには見えないので、そいつの耳もとでおれはささやく。

「仲間を連れて国に帰るんだ。傷を治せ。二週間後に用意ができたら、戻ってきてヴコヴィッチを付け狙い、殺せ。だが、いまおれはヴコヴィッチが必要なんだ」

二週間後もヴコヴィッチがここにいるかどうか、おれにはわからない。刑務所にはいっているかもしれないし、身を隠しているかもしれない。死んでいるかもしれない。だが、おれが失敗したときには、このハンガリー人たちが片をつけてくれる。

おれが立ちあがり、朦朧《もうろう》としている男を突き離す。

そして、まっすぐに立つとき、黒いレインコートを着た男が、くぼんだ玄関口から歩道に出て、ヴコヴィッチの家に向けて歩いているのが見える。

その男がこちらを向きかけたとき、おれは凍りつくが、今回は効果がない。男の目がまっすぐにおれの目を捉える。

そのとき、男ではないとわかる。

若い女が、目を丸くし、口をあけて、おれを見つめる。歩くのをやめ、通りのまんなかに立つ。

見張りが女？　ありえないわけではない。

おれが男三人を叩きのめしたことを彼女が知ったと仮定し、武器を持っていれば、それをこっちに向けるにちがいないと判断する。グロックをウェストバンドに差してあるので、おれは抜こうとするが、二〇メートル離れたところに立っていた見張りの女は、思いもよらないことをやる。

女が左に向きを変え、あっというまに建物の角をまわって姿を消す。

おれも駆け出して、あとを追う。

10

向きを変え、暗い広場に黒いレインコートの女はいないかと捜す。姿は見えないが、東の路地を抜けて走っている人間の長い影が見える。

おれは躍りあがり、ベンチを跳び越え、木立をまわり、急勾配の石畳の道を駆けあがる。ネレトヴァ川の人道橋《じんどうきょう》を渡り、影が見えたところを過ぎる。もう影は見えないが、前方左のひらめくような動きを捉える。

車のドアがさっと閉じる音。運転している人間が、2ドア・ハッチバックのエンジンをかける。つぎの瞬間、車がこっちに向けてガクンと発進し、ヘッドライトの光がおれを呑み込む。

黒いレインコートの女だと一〇〇パーセント確信してはいないが、その可能性が高い。発砲して近所の人間を警戒させたくはないが、運転している人間が殺傷力のある拳銃を見て、殺傷力のある車でおれを轢《ひ》き殺す前に車をとめることを願って、グロックを抜く。

グロック19が、手品《マジック》のような妙技を発揮する。車が横滑りして、その行く手に立つおれの一五センチ手前でとまり、銃口がフロントウィンドウの向こうの顔にまっすぐ向いている。

おれは助手席側にまわり、運転している人間に狙いをつけたままで乗り込む。そのときにようやく、黒いレインコートの女だとわかる。

頭髪はフードに覆《おお》われているが、赤く染めた髪のひと房が突き出ている。肌は雪花石膏《アラバスター》みたいに白く、目が大きい。白眼がかなり充血し、目の下に半月形の灰色の隈《くま》ができている。

自分に向けられている銃に、視線をロックオンしている。

「武装しているのか？」ハンガリー語はわからないので、英語できく。

「えっ？」

「銃だ！　銃を持っているのか？」

持っていることが、目つきでわかる。つぎの瞬間、女が小さくうなずき、広場を駆け抜けて橋を渡ったために息を切らしながらいう。「わたしの……ポケットにはいっている」なまりはあるが、かすかだ。ほとんど完璧な英語だ。

数秒の間を置いて、おれはいう。「どのポケットか教えてくれれば、体のあちこちを探らずにすむ。会ったばかりだし」

女はひどく怯《おび》えているらしく、それを裏付けるようにひどく怯えた声でいう。「ジャケット。右側」

おれは手をのばし、ステンレスのセミオートマティック・ピストルを抜き出す。見かけでも手触りでも、屑《くず》だとわかる。それを尻ポケットに突っ込む。「ほかには？」

女が激しく首をふり、おれは持っていないと信じる。女がひどく緊張しているので、自然発火するかもしれないと心配になる。この手のことをやった経験がほとんどないのだろうと、すぐに察する。

仲間の男三人とは、まったくちがうようだ。

すこし考えて、ニコ・ヴコヴィッチについての情報を、この女から聞き出せるかもしれないと判断する。ハンガリー人たちはヴコヴィッチとその動きにおれよりも詳しいようだ。

「落ち着け」おれはいう。「車を走らせろ」

若い女が、荒い呼吸が収まらないままできく。「どこへ行くの？」

「話ができる静かなところを探そう」

「わたし……あなたといっしょに行きたくない」

「そんなことは関係ない」おれはグロックをふってみせる。「走らせろ！」

坂の多い街を出て、急傾斜の道路を登るあいだ、女はひとこともしゃべらない。おれもしゃべらない。路地で戦ったあとなので脈拍が速く、呼吸に集中しなければならないが、女が恐怖を発散させているのが感じられる。

彼女の気持ちが楽になるようなことはなにもしない。恐怖は彼女を従わせる道具になる。それをたやすく手放すつもりはない。

十分近くたって、おれは見晴らしのいい静かな高台に車をとめるよう指示する。道路からほとんど見えず、近くに車もいない。女がいうとおりにする。モスタールの街明かりを見おろすそこで、おれはイグニッションからキーを抜き、ポケットに入れる。

真っ暗に近いが、女のふるえている両手は見える。武器を取ろうとすればすぐにわかるし、おれのグロックはすぐに撃てるように膝の上に構えている。

おれはいう。「おまえの仲間はみんな生きているが、医者に行かないといけない。あいつらが今夜、街から出ていくようにしたい」

「仲間って……？」驚きととまどいが女の顔に浮かぶ。演技がうまい。それは褒《ほ》めてやる。

「あるいは」おれはつづける。「あいつらを置き去りにして、ひとりで家に帰れ。そうしようとしていたんだろう。好きなようにしろ」

「わたし……ここに仲間なんかいない。二日前にボスニアに来たばかりだし、オランダに住んでいるのよ」

「待てよ……ハンガリー人じゃないのか？」

「だれがハンガリー人だといったの？　ルーマニア人よ」

こんどはこっちがとまどうが、顔には出さない。「ヴコヴィッチの家を見張っていた三人の仲間じゃないのか？」

女がこんどは真っ赤な嘘をつく。

「ヴコヴィッチってだれ？」

嘘っぱちだ。真実を告げている人間の態度ではない。さっきまでは怯えた目でおれをまっすぐ見ていたのに、いまは左下に視線を落とし、片腕で胸をかばうような格好でハンドルを握っている。そういったしぐさから本音を見抜くコツは、ノースカロライナ州ハーヴィー・ポイントで訓練を受けたCIAの独立資産開発プログラムの初日に習い憶えた。どれもひと目でわかるしぐさなので、なんなく欺瞞《ぎまん》を見破ることができる場合が多い。

おれはいう。「おまえもヴコヴィッチの家を見張っていた。いまさら嘘をついても無駄だし、おれを怒らせないほうがいい」

女が、フロントウィンドウの外を見てうなずく。疲れ切っているように見える。「ええ、ヴコヴィッチ署長の家を見張っていたわ。ほかにも見張っているひとたちがいるとは知らなかった」

「ハンガリー人三人を見なかったのか？」

「見なかった。あなたを見て、そのあと、路地で戦っている音が聞こえた。なにが起きているのか、わからなかった。あなたを見て、怖くなって逃げたのよ」

「怖くなった？」おれもいつだって怖がるが、現場で怖いのを認める人間に会うことはめったにない。

女がうなずく。まだ怯えている。不信と不安の色が浮かんでいるが、それはすべておれのせいだ。女がいう。「あなたはギャング？　パイプラインの一員？」

おれはゆっくりと首をかしげる。グロックを握っている手とは反対の手を、リアシートの彼女のハンドバッグに入れて、財布を引き出す。ぱっとひらくと、最初に目にはいったのは、ルーマニアの運転免許証ではない。政府機関のような感じのIDバッジが見える。おれの世界では、それはけっしてうれしい報《しら》せではない。

タリッサ・コルブ、下級犯罪アナリスト

欧州連合法執行協力庁　経済犯罪課

ＥＵＲＯＰＯＬ

たまげた。前に調べたとき、EUROPOL《ユーロポール》は、ダブリン、タリン、キエフ、ストックホルムなどでの犯罪容疑について、おれを国際指名手配しているとわかった。世界的な警察組織の国際刑事警察機構《インターポール》も、香港、メキシコシティ、ホーチミン市、ワシントンDCなどでの犯罪容疑十数件で、おれを国際指名手配している。おれが警官をかなり怖れているのは、彼らに世界有数の悪者だと見なされているからだ。

だが、この女は、おれを窓のない監房にぶち込みたいと思っている機関に属しているとはいえ、おれが何者か知らないのは明らかだし、おれを捜しにきたのではないこともはっきりしている。

おれはいう。「ユーロポールは、EU各国の法執行機関と連携し、支援している。どうしてきみがひとりで来て、地方の警察署長の家を見張っているんだ？」

彼女がいっそう怪しむようにおれを見る。たしかに怪しいだろう。どこかのいかれた男が、男三人を叩きのめして、車に乗り込み、顔に銃を突きつけ、道端の暗い脇道にとめさせたのだから。

「あなたには関係ないでしょう」

「おれは銃を持っているから、なんだって関係があるといえる立場だ」

女が、神経質に大きな笑い声をあげる。「やっぱり構成員《ギャングスター》なのね」

「おれはギャングスターではない。ギャングスターは犯罪組織のために働く。おれはちがう。自営業だ」

女は返事をしないが、信じていないのだろう。彼女の恐怖は消えるどころか、手に取るように感じられる。暗いなかでも、気分が悪くなっているように見える。

すこし気を静めてやらなければならない。こんなふうに神経をとがらせていると、役に立たないし、顔に向かってクッキーを吐かれても困る。おれはいう。「安心しろ。おれときみは敵ではないかもしれない。おれもヴコヴィッチを追っている」

「どうして？」ほんとうに驚いたように、女がきく。

「あんたが先にいえ」

「わたし……ひとを捜しているの」

「だれを？」

「いう必要は……ないでしょう」

おれは信じられないというように首をふる。「〝銃を突きつけられて捕らえられている〟という状況がどういうことなのか、まったくわかっていないようだな。要するに、あんたはしゃべらなければならないんだよ」

十五秒間、女は口をきかず、わっと泣き出す。女を泣かせるのは好きではないが、慰めはしない。どういうことなのか、さっぱりわからないからだ。

「だれを捜しているんだ？」おれはどなる。

そのとき、驚いたことに、弱々しい子ネズミのような女がどなり返す。「妹よ！　妹を捜しているのよ！」

そんなことは予想していなかった。

「あんたの……妹？」

タリッサ・コルブという名の女がうなずき、涙が膝《ひざ》にこぼれ落ちる。すすり泣きながら話すとき、また子供のように見える。「ロクサナ。九日前に行方がわからなくなったの。おなじ部屋に住んでいる子が、ロクサナはブカレストのナイトクラブへ行って、帰ってこなかったといったの。翌日、わたしは飛行機で行った。地元警察は、ユーロポールのアナリストのわたしが頼んでも、なにもやってくれなかった。ドイツかイタリアかフランスに逃げたんだろうというの。そういう馬鹿な小娘は多いと。でも、ロクサナがそんなことをやるはずがない。わたしは手を尽くして捜したけど、そのうちに警察にやめろといわれた。庁の上の人間にもかけあったけど、家族の問題はあいている時間にやれといわれただけだった。ひとりで妹を捜すために、休暇をとるしかなかった」

「ひどい話だな」おれはいう。

「そのうちに、母のところに電話がかかってきた。あとで発信源を調べると、ベオグラードからだとわかった。セルビアのなまりがあると、母はいっていた。ロクサナの携帯電話で母の電話番号を知ったと、そのセルビア人がいった。セルビアのギャングの問題にちょっかいを出したからおれが殺し、それを伝えるために電話したといったそうよ」

おれは溜息をつく。タリッサは妹を捜しているのではない。認めるかどうかはともかく、妹の遺体を捜しているのだ。

袖《そで》で涙を拭きながら、タリッサが話をつづける。

「電話をかけてきた男は、妹をベオグラードで殺し、死体は川に投げ捨てたといった。でも、発見されていない」おれの顔を見て、悲しみ、疲れている目に、つかのま希望が宿る。「もしかして……もしかして、妹は死んでいないのかもしれない」

事実を認めさせるのは、おれの立場ではない。そこでこういう。「なにを……きみの妹はどうやって暮らしを立てていたんだ？」

「ブカレスト大学の学生よ」

「それだけ？」

「ええ……女優でもある」

信じられないという顔で、おれはその言葉をくりかえす。「女優」

「そうよ。テレビのコマーシャル。演劇。生活費を稼《かせ》げるようなことではないけど」

「でも、どうしてベオグラードへ行ったんだ？　それに、どうしてセルビア人ギャングと関わりを持ったんだ？」

タリッサが、両手に視線を落とした。「まったくわからない」

知っているのだ。とにかく、話したこと以外に知っていることがある。だが、いまは追及しない。「それで、きみはどうした？」

「車でベオグラードへ行った。こういう身分だから、地元の官憲が協力してくれるだろうと、あさはかなことを考えたの。でも、ユーロポールはセルビアでは司法権がない。警察も最初は親切だった。ドナウ川の河岸を捜索し、暗黒街にも探りを入れるといってくれた。だけど、何度も警察に行って、しつこく頼むと、国外追放すると脅された。結局、ユーロポールの資源を使って、母のところにかかってきた電話の発信源を突き止めた。発信源は逆探知を回避するソフトウェアを使っていたけど、技術課の友人に頼んで、番号を探り出した。ヨーロッパの犯罪組織の要注意人物リストに載っている男の妻の番号だった。その男は、セルビアでもっとも凶悪な犯罪組織ブランジェーヴォ・パルチザンの構成員よ」

「それで……当ててみよう。きみはひとりでその男をスパイした」

「彼が商売をやっている店の外へ行った。ブランジェーヴォ地区のビリヤード場。怖くてはいれなかった」

怖がるのがまともな反応だろう。「それで」おれはうながす。

「その男が出てきたので、バーまで尾行したの。そいつはそこからべつの男といっしょに、川の近くのビルへ行った。データベースから、セルビアの犯罪組織構成員の顔写真を数百枚ダウンロードしてあったので、照らし合わせた。目の前に、データベースに載っているギャングスターが何人もいた。

顔写真を検索すると、数人が人身売買に関わっているとわかった。地元警察に記録があり、わたしはそれにアクセスした」

「ユーロポール経由で」

「そうよ。組織犯罪の収益を追跡するのがわたしの仕事だし、性的奴隷市場は、麻薬と貨幣偽造に次ぐ、地球上で三番目に大きい犯罪事業なの。四番目は武器密売。だから、その世界のことはかなり詳しい」

「きみの妹は、その世界に関わったんだな」

タリッサが一瞬、ウィンドウの外を見る。はじめて恐怖以外の感情、小さな怒りをこめていう。「関わっていない。ただの大学生よ。若者よ」

おれは聞き流す。「きみはユーロポールで働いている。警官ではない。経理担当だ」

「法廷会計士（会計や監査などを用いて犯罪捜査を支援する法科学者）よ。データ・アナリストよ」

「経理担当だ」おれはくりかえす。「それなのに、外国の街で組織犯罪の構成員を追っている。独りで。じつに勇敢だ」見た目より勇敢だといいたいところだが、いわないでおく。武装した警官と護衛ふたりがいる家に、独りで侵入しようとするのを見たのだから、高く評価してやるべきだと気づく。

タリッサが手をふり、おれの言葉を斥《しりぞ》ける。

「そこではとんどの構成員を識別したけど、数人がデータベースに載っていなかった。その連中の写真を撮り、顔認証アプリを使って、ひとりの身許を突き止めた」

「モスタール警察のニコ・ヴコヴィッチだな」

タリッサが正確にいい直す。「ニコ・ヴコヴィッチ警部、モスタール警察署長」涙をすっかりぬぐい取る。他人に話をして安心したのか、それともおれに作り話をするのに集中しているからだろう。

「翌日、ヴコヴィッチがまた来た。バス一台と、べつの男たちが乗った車数台で。バスはボスニア・ヘルツェゴヴィナのナンバーだった。車列を組み、ハイウェイを西に向けて走っていった。ロクサナは殺されたのではなく、密輸業者に拉致《らち》されたのかもしれないと思えてきた。女性を人身売買しているのだとすると、つぎはセルビアの西のボスニアに寄るはずだと、わたしは推理したの。その警官は妹の身に起きたことに関係があり、妹はバスに乗せられているかもしれない」

かなり疑わしいと思うが、おれは疑念をすこしだけ示していう。「きみは……三〇メートル離れたところに立っていた大男のハンガリー人の殺し屋三人に気づかなかった。きみは会計士なのに、ふたつの国を横断し、たった独りで四〇〇キロメートルも車列を追跡した」

「まったくちがう。わたしは追跡しなかった。モスタールに飛行機で来て、ヴコヴィッチが現われ、出勤するのを待った。二日後に、ヴコヴィッチが現われた」

「バスに乗っているのがだれなのか知らないのに、どうしてそんなことをやった？」

長い間があった。「バスには女性たちが乗っていた」

「見たのか？」

タリッサが、顔をそむける。おれを信用していないからすぐに答えないのか、作り話を考えながらしゃべっているせいなのか、見極めるのが難しい。

「ええ。ほんの数人だけど。バスに乗るのを見た。怯《おび》えて、疲れているみたいだった。でも、バスにもっと乗っていたにちがいない」

「どうしてそう思う——」

「窓に紙を貼って、なかが見えないようにしてあったから。隠していたのよ。バスに乗っている人間を隠すために決まっている」

「バスの大きさは？」

「市販車の大宇《ダイウ》。調べたの。三十人乗りよ」

街路での諜報技術《トレードクラフト》の知識はないかもしれないが、知力はたいしたものだ。ラトコ・バビッチもリリアナ・ブルンザも、モスタールの農場には女が二十五人いるといっていたし、おれはわざわざ数えなかったが、それぐらいだと推定していた。若い女と少女合わせて二十五人と見張り数人が乗れる大きさのバスだ。タリッサの話の一部とおれの知識が、はじめて一致する。

タリッサがいう。「ヴコヴィッチを追えば、バスの女性たちを見失うだろうとわかっていたけど、どこに連れていかれたかを聞き出せると思ったのよ」うなだれたので、また泣くのかとおれは思う。

「それで銃を持ってきた」

「ベオグラードの街で買った。使えるかどうかもわからない。試すのが怖かった」

「きみの計画は……具体的にどういうものだったんだ？」

「ヴコヴィッチの家にはいり込んで、顔に銃を突きつけ、脅す」

たとえ火炎放射器を顔に向けられても脅されやしないといって、タリッサを侮辱したくはないので、おれはいう。「危険な計画だ。ヴコヴィッチには護衛がいる。昼間も夜もそばにいるようだ」

「そうね」

「だから、その計画はうまくいかない」

タリッサが、おれのほうを見る。「うまくいくはずがないわ。ギャングスターに拉致《らち》されたから」

「拉致?」おれは驚いてきき返してから、グロック19を膝の上で彼女のほうに向けていることを思い出す。グロックをホルスターに入れてからいう。「ボディチェックしなかったから、きみが急な動きをすると揉《も》み合うことになるだろうが、そうでなければ……危害をくわえるつもりはない。それでなくてもつらい目に遭ったようだからね。それから、おれはギャングスターなどではない」

拳銃がホルスターに収まると、タリッサはすこし落ち着いたようだが、まだおれを敵かもしれないと思っているのがわかる。

おれは脚を指ですこし叩いてからいう。「きみの話には納得がいかないところがあるんだ、タリッサ。この一週間、なにをやっていたかについて嘘をつくのは簡単だ。日にちや時間はごまかせる。しかし、きみがいま体から発散させている恐怖のにおいはごまかせない。きみは一週間ずっと眠っていなかったように見える。たった独りでベオグラードのギャングを見張ったというのは、とても信じられない。それにきみは、武装した護衛を連れていて、ギャングと結びつきがある警察署長と、女独りで対決しようとしている。いったいなにができると――」

「ロクサナのことがあるからよ！　だいじな妹だからよ！　妹にはわたししか頼れる人間がいないのよ！」タリッサがわめく。「ロクサナは死んだか、あいつらに囚われている。でも、なんとかして見つける。でなければ、ロクサナを殺したやつを見つける」また泣き出す。「ぜったいにそうする」

これが演技だとしたら、たいした演技力だ。

泣きじゃくりながら、タリッサがいう。「あなたの名前は？」

「ハリー」

「苗字は？」

「ただのハリーだ」

「ききたいことがあるわ、ハリー、あなたが何者でも。愛するひとを失ったことがある？

この世のだれよりも大切に思っているひとを」

ああ、ある。だが、おれは答えない。それでも、これについて考え、あのとき感じた苦しみを考えると、タリッサの話への疑いが弱まる。「わかった。見かけで判断してはいけないようだ。きみのいうことを信じる」

鼻をすりながら、タリッサがうなずく。「でも、あなたのいうとおりよ。ヴコヴィッチに銃を向けても、殺されるだけだわ」

「それに、そうならなくても、そのいかれた真っ赤な髪は、敵に見分けられやすい。やつらは尾行されているのに気づいて、きみを捕らえるだろう」

「もう……見つかった。ベオグラードで」

こんな女が見破られずにギャングを尾行できるはずがないと思っていた。やはり見つかっていたのだ。

「バスが出発するときに、ナンバーを見ようとして、通りに出たの。トラックがバスのうしろを走っていた。わたしは気づかなかった」

「追躡車《ついじょうしゃ》」おれはいう。「ごくふつうの手順だ」

「そうね。トラックが追ってきたけど、路面電車に乗って逃げることができた。そいつらが仲間にわたしの外見やなにをやっていたかを伝えたかどうか、わからないけど――」

「伝えたに決まっている」おれは彼女の髪を見る。「当ててみよう。見破られたあとで、髪を染めれば見つからないと思ったんだな」

「ええ」

笑いたいが、笑いごとではない。「人混みにまぎれこめると思って、そんなキャンディアップルの色にしたんだな。そうだろう？」

タリッサが、無意識に髪を片手で梳《す》く。「これ……こんなふうに見えるとは知らなかった。髪を染めたことはなかったのよ」

おれは聞き流す。諜報技術がないのにいままで生きてこられたのは奇跡だが、現に生きている。ビギナーズラックというやつもあるが、おれの経験では、命を懸けられるようなものではない。

おれはいう。「きみは正体がばれた。顔も身許も敵に知られている」

「でも、わたし――」

「だめだ。よく聞け。もう現場での仕事はできない。だが……だが、べつのやりかたでつづけられる」

「どういうこと？」

「おれは正体がばれていない。いまのところは。おれがきみの代わりにヴコヴィッチをかっさらう」

「かっさらう？　捕らえるということ？」

「そうだ」

「でも、単独で作戦をやっているんでしょう。そうよね？」

「そうだが……おれはこの手のことをやっている。気を悪くしないでくれ、タリッサ。きみはこういうことをやるのははじめてだろう」

タリッサが、おれの顔をつかのま見る。おれは顔を見られるのが嫌いだ。ようやくタリッサがいう。「あなたはなんのためにヴコヴィッチ警部を捕まえたいの？」

「その女たちのいどころを知るためだ」

タリッサがまたおれのほうを見る。「そのなかに……近しいひとがいるの？」

おれは首をふる。「理由はあるが、そういうことではない」

「それで、ヴコヴィッチを捕まえたら、訊問するのね？」

ああ、それが正確ないいまわしだと思う。「そのとおり」〝訊問〟という言葉をタリッサとおれがまったくちがうように解釈していることは承知のうえで、きっぱりという。

「訊問する」

タリッサが、一瞬、フロントウィンドウからモスタールの街を見おろし、やがてようやくうなずく。「手伝うわ。性的人身売買の手口は知っている。その産業のオペレーションやお金の流れを知っている。わたしの仕事だから。訊問を手伝える」

「わかった。それじゃ、いっしょにやろう」そういったとたんに、これから起きることに耐えられる度胸がタリッサにあるだろうかと不安になる。

11

コスタス・コストプロスは、穏やかに砕ける波を曙光《しょこう》がちらちら照らしているアドリア海を見渡した。数分前に起きたばかりで、まだ朝の一杯目のコーヒーを持ってくるようコックに命じていなかった。いつもより早く目を醒《さ》ましたのは、モスタールからの報《しら》せを早く聞きたいからだった。

きのうはずっと電話にかかりきりで、警察署長を殺す手配をして、付近でグレイマンを捜させた。自分の担当地域で起きている出来事が悪い結果になり、上司が不満を抱くようなことは、七十二歳のギリシャ人のコストプロスにとって望ましくない。

コストプロスは、自分の立場をわきまえていた。ここバルカン諸国では、コンソーシアムの王だが、指導者層の一員ではないし、警察署長を始末するためにハンガリー人の刺客《しかく》を送り込んだのとおなじように、コンソーシアムは世界のどこからでも資産《アセット》を送り込んで、コストプロスを付け狙うことができる。

だからといって、そうなると予想しているわけではなかった。それはないだろう。ヴコ

ヴィッチが死に、中継基地が完全に消毒《サニタイズ》（好ましくない物証や書類を除去すること）されて、バニャルカで開発中の新しい中継基地が開業すれば、この問題は忘れ去られるはずだと、コストプロスは確信していた。

だが、ものには順序がある。ハンガリー人三人が任務を完了したことを確認する必要があるが、いまのところなにも連絡がない。

そのとき、目の前のタイルのテーブルに置いてあった携帯電話が鳴った。画面を見ると、ハンガリー人刺客を用意したスロヴァキアの犯罪組織ピチョフチの手蔓《てづる》からだった。

コストプロスは電話に出た。「片づいたか？」

相手がいった。「たったいま電話があった。チームは失敗した。三人とも負傷し、いま逃げてるところだ」

コストプロスは、冷静をよそおうこともできなくなって、電話に向かってどなった。

「馬鹿者どもが！」

「ヴコヴィッチとは無関係な人間に襲われたと、やつらはいってる。たった独りに」

中継基地とおなじだと、コストプロスは思った。

スロヴァキア人がつけくわえた。「とてつもなく腕が立つやつだったそうだ」

中継基地とおなじだ。

コストプロスの胸のなかで、にわかにパニックが湧き起こり、スロヴァキア人に食ってかかった。「ぶちのめされたから、そういうに決まっている。ちがうか？」しばらくじっと座って、怒りを静め、この一件で上層部からどんな仕打ちをされるだろうかという恐怖を抑え込んだ。ようやくこういった。「なにがあった？」

「いまいったことしか知らない。べつのチームをすでに派遣した。八人だ。今夜晩《おそ》くにモスタールに着くだろう。機会を見つけてヴコヴィッチを始末するだろうし、例のアメリカ人も捜すはずだ」

コストプロスは電話を切り、アメリカ人の暗殺者のことを考えた。バビッチを殺すのが目的だったと、ベオグラードの連中は確信していた。しかし、バビッチが死んだあとも、アメリカ人は付近にいて、ヴコヴィッチを殺しに行った男たちを襲った。いったいなにが目的だ？

ギリシャ人の人身売買業者は、ふたたびアドリア海を見渡したが、急に前ほど美しく思えなくなった。不気味な感じがする。あさってこのフヴァルに一隻の船が到着する。コストプロスはそれに乗り、沿岸を南下して、商品を受け取る。そして、商品を乗せて、パイプラインのつぎの中継地点へ行き、品物の大部分をよその組織に売る。

システムではいまもすべてが機能しているが、コストプロスは、この正体不明のアメリカ人がまた現われるのではないかという不安をふり払えなかった。

コストプロスは携帯電話を取り、コンソーシアムの連絡相手の番号にかけた。かけたくはなかったが、かけないのが賢明ではないことも承知していた。「ヤコか？　コスタスだ。あいにく、また悪い報せがある」

午前六時、タリッサ・コルブはアパートメントの小さなテーブルで、ジェズヴァと呼ばれる銅製の小さなコーヒーポットを持ちあげた。エスプレッソカップの大きさの欠けた陶器に濃いボスニアコーヒーを注いだ。ミルクと砂糖を入れるほうが好きなのだが、コーヒーをいれる道具、挽《ひ》いた豆がはいった古い袋、カップ三つ、スプーン二本が戸棚にあっただけだった。

狭いアパートメントの古ぼけた戸棚には、ほとんどなにもなかったので、コーヒーを見つけただけでもよかったと思った。

ジェズヴァのコーヒーを注ぐとき、手がふるえているのに気づいた。いま恐怖を味わっているからではなく、この一週間半、目醒めているあいだずっと感じていた激しい不安のせいだろうと思った。

妹の身になにが起きたのかを突き止めようとしていることが、肉体をさいなんでいるのだ。タリッサには、それがよくわかっていた。そして昨夜、悪党と対決する計画を実行しようとしたときに、拉致《らち》され、顔に銃を突きつけられて……不安がいっそう激しくなった。ふたつ目の小さなカップを、タリッサはテーブルに置いて、肩ごしにふりかえり、コーヒーを注ぐべきか、それともアメリカ人が目を醒ますのを待つべきかと考えた。男ひとりがはいれるような大きさではないクロゼットで、体を丸めて横になっているのが、闇のなかで見えた。

なんという風変わりな男だろう。

その男が何者なのか知っていれば、信頼できたかもしれない。彼がなにを望んでいて、どういう目的でこれをやっているかがわかるだけでも、すこしは安心できたはずだった。タリッサはこれまで善良な男にはほとんどめぐり会っていなかったし、善良でありながらこの男のように危険な人間など見たこともなかった。

だめ……いまは頭のなかの考えがまとまらない。タリッサはもう一度ハリーに目を向け、眠っているのを見守った。タリッサが眠っていたあいだ、ハリーは夜通し起きていた。そして、二時間前にタリッサが目を醒ますと、すこし休むといった。彼女の銃とスマートフォンを持ってクロゼットにはいった。タリッサが見えるようにクロゼットのドアはあけたままだった。ものすごく眠りが浅いにちがいないと、タリッサは思った。怯《おび》えていて、この男のことがよくわからないにもかかわらず、逃げようと思わないのは不思議だった。そもそもボスニアに来たために、抜き差しならない難局に陥っている。ロクサナの拉致に関わっていた悪党に見つかって命を落とすのは時間の問題だと、頭の奥では悟っていた。

ハリーという男も恐ろしいし、信用できない。

だが、彼が必要だとわかっていた。自分には行けない場所にいけるし、自分にできないことをやれるのはたしかだ。

タリッサは、悪党どもをかわして進むのに、悪党ひとりを利用するのにやぶさかでなかった。

この状況を打開するためなら、なんでもやる。だから昨夜、このアメリカ人に、これまでの出来事について嘘を並べたてた。ハリーに真実を知られてはならない。もし知ったら、ぜったいに手を貸してもらえないだろう。

おれはモスタールのアパートメントのクロゼットで、ふたたび目を醒まし、表で夜が明けそうになっているのを見る。窓の外では小雨が降っている。昨夜の出来事が、洪水みたいにどっと押し寄せ、おれはタリッサ・コルブのほうを見る。タリッサはリビングにいて、おとといリリアナとおれが向き合っていた小さな木のテーブルの前で、リリアナが座っていたのとおなじ椅子に座っている。ジーンズとダークブルーのプルオーバーを着て、窓から雨か、あるいは通りの向かいの警察署を眺めている。どちらなのかはわからない。やはり少女のように見える。染めたばかりの赤い髪、子ネズミみたいな顔。蒼白い肌、疲れと恐怖のにじむ目。

だが、ここへ来て、妹を殺した人間を独りで捜す度胸がある。それは認めてやろう。コーヒーの香りがしたので驚く。コーヒーがあるとは知らなかった。

目を閉じて、これからなにをやるか、自分に問いかける。眠り込む前におれは二時間かけて、街中で騒々しい銃撃戦をやらずにヴコヴィッチを捕まえる方法をひねり出そうとした。

仕事を終えて自宅に帰ったヴコヴィッチを夜に襲うというのは、いい計画だった。ほかに四人がそれをもくろんでいたぐらいだから、かなりいい計画だった。だが、夜に拉致《らち》することは、もう考えられない。ヴコヴィッチが家に帰るまで、モスタールにずっといたくはない。ハンガリー人がもう上の人間に報告しているはずだから、バンに何人ものくそ野郎どもが乗って、ハイウェイをこちらに向かっているにちがいない。

だめだ。昼間のうちにやらなければならない。最初のチャンスに。

それに、タリッサ・コルブがたいして役に立つとは思えない。警官ではなく経理担当なのだ。

つまり、これを独りでやるしかない。きょうに限ったことではないと思う。

暗い気分をふり払い、立ちあがって、タリッサのほうへ歩いていく。キッチンの戸棚で見つけたらしい小さな銅のポットから、おれのコーヒーをカップに注いでくれる。おれは腰かけて、熱いコーヒーを飲む。濃くて美味《うま》い。おれがいれるよりもずっといい。おれはコーヒーマニアではないが、トルココーヒーみたいな味で、かなりなじみがある。

タリッサがけさはじめておれにいう言葉は、「いつもクロゼットで眠るの？」。

おれは肩をすくめる。「おれは変わってるんだ」

タリッサは答えない。おれをどうにか理解しようとしているのだとわかる。アナリストの頭脳でおれの全体像を組み立てられず、混乱しているのだ。

しばらく無言で向き合ってから、おれはいう。「きょう、昼間のうちにやつをひっさら《ロール・アッ》う《プ》」

「ひっさらう《ロール・アップ》？」

「捕らえる」

タリッサがびっくりする。「勤務中に？　銃を持っているのに？」

「おれが会うやつは、みんな銃を持っている」

「わたしは持っていない。あなたに取られた」

おれは溜息をつく。「おれが会う悪いやつは、みんな銃を持っている」

おれがやろうとしていることに、タリッサはびっくりしたようだ。こういう。「わたしはどう手伝えばいいの？」

「その場にいなくていい。捕らえるときには。でも、やつを連れていく場所が必要だ。街の中心から遠いところだ。都合のいい場所を見つけるのを手伝ってくれ」

「きのう車をとめた山のなかみたいなところ？」

「いや、あそこはだめだ。道路に近すぎる。だが、たしかに山のなかがいい。あの高台から道路の向かいの森にはいって、建物か開豁地《かいかつち》か納屋を探してくれ。うまく隠れている場所が必要だ」

「質問できるように」

さて、真実をはっきりさせるときが来た。咳払いをして、おれはいう。「タリッサ……きみが考えている訊問は、おれが考えているものとちがっている。おれはヴコヴィッチみたいなやつをよく知っているし、逆らうはずだとわかっている。どう反応するかわかっている。ヴコヴィッチから情報を引き出すには、おれのやりかたでやらなければならない」

タリッサが、小首をかしげる。「つまり、こういうことね……拷問するということね？」

「上品にきいても、なにもいわない可能性が高いから、汚いやりかたになるだろう。そばにいたくないのなら、それでもかまわない。きみの妹が殺されたことについても、きいてみよう」

「行方不明になったこと」タリッサがいい直す。

「そういうつもりだった」

タリッサの声にまた緊張がよみがえる。「その情報を聞き出したあと、ヴコヴィッチを殺すの？」おれが悪党で、頭がいかれていると思っているのだ。それなのに、熱心におれの手を借りようとしているように見える。

「殺しはしない」おれはいうが、嘘になるかもしれないとわかっている。どういう成り行きになるか、わからないのだ。捕らえるときに暴力沙汰になるかもしれないし、ヴコヴィッチが銃を向けるかもしれない。そうなったら、心臓に二発撃ち込んで片づける。だが、タリッサの手伝いが必要なので、精いっぱいいっしょにやるよう仕向ける。

タリッサがまだ疑っているのは明らかだった。「あなたが何者なのか、わたしはまだ知らないのよ、ハリー」

「パイプラインを動かしているやつらを懲《こ》らしめにきた男だ」

「でも、どうして？　どうして気にするの？　あなたの妹が殺されたの？」皮肉をこめてタリッサがいう。すこしは教えてやる必要がありそうだ。

「ちがう」作り話をでっちあげようと思うが、考え直す。彼女はこれまで、おおむね率直だった。完全にではない。話に抜け落ちている部分があるのはわかっているが、おれはまだそれを問いつめていなかった。とはいえ、真実の一端を教えるべきだろう。「二日前の夜、おれはここから三〇キロメートル離れた農場へ行った。ちょっとした……仕事のためだったが、性的人身売買の被害者が詰め込まれている部屋を見つけた。逃げろといっても、逃げようとしなかった。故郷の家族の身を案じていた。

その女たちが、おれがそこへ行ったことで……罰せられるおそれがあると思う。だから、このまま立ち去るわけにはいかない。なんとかして助けなければならない」

おれの話を聞いて、タリッサは度肝を抜かれたような顔をする。「中継基地？　ここで中継基地を見つけたのね？　女性たちを見たのね？」

「そうだ」

タリッサが、椅子にかけたジャケットのほうに突然、腕をのばし、脇ポケットに手を突っ込む。速い動きにはっとしたおれは、立ちあがり、タリッサのほうを向き、右腰のウェストバンドの内側の拳銃を抜くのを一連の動作でやる。「それを出すな！」高飛車にいう。〝それ〟がなにかは知らないが、タリッサは明らかにそれをつかんでいるし、おれは不意を打たれないために必要なことをやる訓練を受けている。

タリッサが動きをとめて凍りつき、あわれにも失禁しそうに見える。たどたどしくいう。

「これ……ただの写真よ。写真を見てもらいたいの」

「写真？　ゆっくり出せ」

手がポケットから出て、掌《てのひら》くらいの大きさの写真を持っている。おれは拳銃をホルスターに戻す。タリッサが、ウェストバンドの内側のグロックを見つめたまま、写真を差し出しながらきく。「農場でどういう仕事をやったの？」

「きみが質問しないほうがいいようなことだ」

「女性たちを救おうとしていたの？」

おれは首をふる。タリッサがおれの目を見て、激烈な目つきに気づき、それ以上きくのをやめる。

おれが写真を受け取ると、タリッサがいう。「妹のロクサナよ」期待のにじむ声になっている。「そこで見なかった？　似たひとを。ロクサナはたいがいほとんどお化粧しないんだけど、これがいちばん新しい写真なの。五月に、ティミショアラでいとこが結婚式を挙げたときの写真」

写真を見もせずに、おれはいう。「セルビア人はきみの母親に、彼女は死んだといった」

興奮が冷めて、タリッサがまた苦しげな表情を浮かべる。「ええ。ほんの小さな願いをこめて――」

「わかった」願いは戦略ではないと、かつて師のモーリスはいったが、恐ろしい真実を否定するのに役立つことはたしかだ。

おれは写真を見る。裾《すそ》の長いドレスを着て、シャンパンのフルートグラスを手にした女ふたりが、パーティ会場に立っている。最初は左の女がタリッサだとは気づかない。写真ではすこし茶色がかったブロンドの髪がもっと長いが、いまは赤く染めた髪をショルダーレングスにカットしてある。それに、写真では化粧しているが、いまは素顔だ。タリッサは、不器量ではないが平凡な顔立ちで、取り立てて特徴がない。

おれとおなじように。

それに、ドレスアップして、自信をみなぎらせ、楽しそうにしている写真の女と、目の前の怯《おび》えて疲れているよそよそしい女を、すぐには結びつけられない。

だが、写真でタリッサの隣に立っている女をおれは見る。はっとするような美女。すばらしく美しい。この世のものとは思えないくらい美しい。

タリッサがいう。「なにを考えているかわかるわ。姉妹のようには見えないでしょう」

「そんなことは考えていない」おれはそういうが、じつはそう考えていた。

ロクサナは柔らかな顔立ちで、目が大きく、唇《くちびる》が豊かだ。タリッサは茶色がかったブロンドで肌が白いが、その女は焦茶色の髪で肌の色も濃い。それに、タリッサよりも一〇センチくらい背が高い。

「父親がちがうの。それに、ロクサナは六つ年下なの」

写真をよく見て、ロクサナには一度も会ったことがないと確信する。似たような女は記憶にないといい切れる。

だが、無言でさらに数秒、写真を見つめる。地下室にいた女たちの顔は、まったく憶えていない。憶えているのはリリアナだけだ。リリアナはモルドヴァ人だし、写真の女にはまったく似ていない。

「すまない。彼女は見ていない……しかし、暗かったし、おおぜいいたから――」

「いいのよ。ロクサナは死んだ。死んだとわかっている。生きているのを見つけられると思ってはいけないと、何度も自分にいい聞かせているのよ」タリッサが間を置く。「現実的に望めるのは、彼女を殺したやつを見つけることだけよ。そいつが、遺体のある場所を知っているかもしれない」急に激しい目つきになって、おれを見る。「ヴコヴィッチを連れていく場所を探すわ。道路やひとが住んでいるところから遠く、隠れているような場所を」冷たい笑みを浮かべて、つけくわえる。「ヴコヴィッチがいくらでも悲鳴をあげられるように……だれも助けに来られないように」

おれは両眉をあげる。「この仕事のコツがわかってきたようだな」

12

ニコ・ヴコヴィッチ警部は、モスタールの警察署長だが、金を稼《かせ》いでいる稼業がべつにあった。さまざまな行為によってベオグラードの犯罪組織から報酬を得ていたが、収入の大部分は東欧から西欧へ、場合によってはアジアへの人身売買の移動を手伝うことで得ていた。

自分が一役買っているオペレーションの全体の規模を、ヴコヴィッチは知らなかった。ヴコヴィッチはモスタールという小さな池の大きな魚一尾だった。ここは自分が牛耳《ぎゅうじ》っているつもりだった。過去数年間、この地域のパイプラインがよどみなく流れるようにしていたのは、おとといの夜まで中継基地を運営していた老将軍ではなく、警察署長の自分だと思っていた。

ババッチが明らかに政治的意図で暗殺されたあと、ヴコヴィッチはパイプラインに関わっている連中に責任をとらされるのではないかと心配していた。ヴコヴィッチの仕事はバビッチの警護ではなく、女たちを中継基地に運んでくるときと、連れ去るときに、道路の安全を確保し、まずいことになったときに警察として協力することだった。それでも、農場が襲撃されたことを聞くと、ただちにもっとも優秀な警官四人を護衛に任命した。

四人とも、ヴコヴィッチとおなじように、ベオグラードの犯罪組織ブランジェーヴォ・パルチザンに買収されていた。警察署で勤務しているときや、セルビア人ギャングの連絡相手が出入りする旧市場《スターリパザル》通りの小さなホテルの二階にあるレストランへ行くときの護衛として、信頼できる。

ホテルは坂の多い旧市街の石畳の交差点にあり、流れの速いネレトヴァ川からは一ブロック離れている。地元の基準では高級ホテルで、小ぢんまりとしたロビーにはほとんど人影がなかった。ヴコヴィッチは、護衛とともに階段を昇ってレストランへ行き、そこもほとんど客がいないとわかった。ランチには遅すぎるし、ディナーには早すぎる。連絡相手と会うのに都合がいいとヴコヴィッチが思っている時刻だった。

銀髪をたてがみのようにのばしたがっしりした男が、奥のボックス席に独りで座り、セルビアのリキュールを前に置いて携帯電話をかけているのが目にはいった。

ヴコヴィッチはうなずいた。つねに四時に来ている。時間に正確だ。

ヴコヴィッチは、護衛四人を引き連れてはいっていった。レストランのドアの近くにいろと四人に命じて、奥へ行った。

「やあ、フィリップ《ズドウラヴォ》」といって、ヴコヴィッチは腰をおろした。「しばらく連絡がなかったな。そろそろ話をする潮時か？」

セルビア人ギャングが、半端にうなずいてから、電話を終え、ヴコヴィッチに酒を注いだ。

ふたりは、熱のこもらない乾杯をしてから、無言でショットグラスのリキュールを飲み干した。

つぎの一杯が注がれ、それを飲むと三杯目が小さなグラスに注がれた。だが、ヴコヴィッチはグラスを取って飲もうとはせずにいった。「ベオグラードのあんたのところの人間が、コンソーシアムのだれかと話をしたんだな」

フィリップが、黙ってうなずいた。

「連中はどういっていた？」

「見当はつくだろう。おれたちとバビッチとあんたに怒ってる」

ヴコヴィッチはたしかに見当がついていたが、反論しなければならないことも承知していた。「中継基地の警備はおれの担当ではなかった。それをいってくれたか？　それはおれの役目じゃない」

「ああ、いった。いいか、この一件はじきに収まるだろうが、やつらは中継基地をよそに移す。すでに閉鎖された」

「くそ」ヴコヴィッチは毒づいたが、驚きはなかった。

ベオグラードから来た男が、なおもいった。「売春婦どもは、ドゥヴロヴニクに運ばれた。つぎの製品群はサラエヴォからバニャルカに運ばれる」

「バニャルカ？　おれの縄張り外だ」

「おれになにがいえる？　コンソーシアムが決めたことだ」

「おれはどうなる？」

銀髪の男は、肩をすくめた。「あんたがどうなるか？」間を置いてからいった。「いいか、おれたちはここでもべつのことをやってる。あんたを切り捨てはしない」

「そのべつの仕事は、おれがパイプラインからもらっているよりも実入りがいいのか？」

ベオグラードの犯罪組織の構成員は、首をふった。「あんたはその仕事で、西側の人間の金をもらってた。気の毒だが、ニコ、その金鉱は閉鎖されたんだ。コンソーシアムがあんたを抹殺しろとおれたちに命じなかっただけでも、ありがたく思え」

ヴコヴィッチが、声を荒らげた。「おれを抹殺する？　おれの落ち度じゃない。やつらにもそれはわかってるはずだ」

フィリップが、また肩をすくめた。どうでもいいと思っているようだった。やがて、物柔らかにいった。「いいか、ニコ。あんたはここでおれたちによくしてくれた。ベオグラードは、今回のことであんたを責めていない。おれたちはあんたを弁護する。しかし、コンソーシアムの連中は、物事がすべてつねに順調に進むことを要求する」

「あんたたちはおれを狙わない。しかし、よそのやつらはどうなんだ？」

セルビア人ギャングのフィリップは、レストランの入口近くにいる警官四人を顎《あご》で示した。「何週間か、あの連中を近くに置いたほうがいい。そのころには、この一件も落ち着いているはずだ」

ヴコヴィッチは目をつぶり、グラスをぎゅっと握って、中身を飲み干した。空《から》のグラスをテーブルに叩きつけていった。「まだいいたいことがある。ここにいろ。小便してくる」

フィリップがうなずき、携帯電話を持って、また電話をかけた。ヴコヴィッチが立ちあがり、護衛のひとりを手招きして、ホテルの一階にある洗面所に行くために、ぶらぶらと階段へ向かった。

護衛の警官が、ヴコヴィッチよりも先に洗面所にはいり、装備ベルトのCZセミオートマティック・ピストルに手をかけて、付近のようすを調べた。手前の個室三ヵ所は空いていたが、いちばん奥の個室のドアを押すと、ロックされていた。セルビア・クロアチア語で、警官はいった。「警察の用事だ。こっちに出てこい」

すぐに水を流す音が聞こえた。警官のうしろで、ヴコヴィッチが洗面所の出入口に立っていた。

警官が片手をあげて、ヴコヴィッチに注意を促した。「ちょっと待ってください」個室を使っているホテルの客を確認したかったので、右手を拳銃にかけ、左手をあげて、ヴコヴィッチに待つよう合図した。

個室のドアがぱっとあき、警官が反応する前に、鼻の三〇センチ前に黒いセミオートマティック・ピストルが突き出された。目出し帽をかぶった男がすばやく出てきて、もう一挺の拳銃をヴコヴィッチに向けた。

ニコ・ヴコヴィッチはゆっくりと両手をあげただけで、動かなかった。

おれは警官にグロックの銃口を向けて個室から跳び出し、ステンレスのセミオートマティック・ピストルを出入口に立っているヴコヴィッチに向ける。ふたりとも銃を抜く気配がないので、グロックをウエストバンドに差し込み、警官のホルスターからチェコ製の拳銃CZを抜き取って、遊底《スライド》被をベルトのバックルにひっかけて引き、薬室に一発送り込まれているのを確認する。弾薬が排出され、床に落ちる。おれは警官にそいつの拳銃で狙いをつける。

ふたりとも凍りついたのはありがたい。

おれは手順を心得ている。速度、奇襲、激しい動きによって、たいがいの暴力的な勝負で一発も撃たずに勝てる。

警官に、おれは目出し帽ごしにどなる。「無線機と携帯電話を床に落とし、手錠を出せ。便器に手錠で自分をつなげ」

英語がわからないらしく、そいつは目を丸くしておれを見るだけだ。おれはヴコヴィッチのほうを見て、洗面所にはいってドアを閉めろと、手ぶりで命じる。ヴコヴィッチが従うと、おれはいう。「おれの言葉がわからないのなら、五秒で憶えないとふたりとも撃ち殺す」

たちまち、なまりのきつい英語で、ヴコヴィッチがいう。「なにをしろというんだ？」

「いまおれがいったことを、そいつに伝えろ」

ヴコヴィッチが、部下の警官に話しかけ、許可をあたえているかのようにうなずく。警官がしぶしぶ個室に入り、水槽の下のパイプに手錠で自分の手首をつなぐ。おれは無線機と携帯電話を洗面所の向こうに蹴り、ふたつとも洗面台の下まで滑っていく。ヴコヴィッチに無線機をはずせと命じ、携帯電話は持たせておく。個室でひざまずいている警官を調べて、命じたとおり手錠がしっかりかかっているのを見届けるあいだ、タリッサの小さな拳銃をヴコヴィッチに向けたままにする。警官の手錠を確認すると、安物の拳銃をポケットに入れ、CZをヴコヴィッチに向ける。

「うしろ向きになれ」

向きを変えるときに、ヴコヴィッチがいう。「コンソーシアムの手先か？」

なんの話かわからないが、それを知らせる必要はないので、おれは答えない。

ヴコヴィッチがつづける。「おまえが何者だろうと、ここはおれの縄張りだ。おまえの縄張りじゃない。きょうおまえは命を捨てたことになる」

おれはヴコヴィッチに近づき、すばやくうしろを向かせ、襟首《えりくび》をつかんで、背中の急所《キドニー》に銃口を押しつける。ドアを蹴りあけ、ヴコヴィッチを押してホテルの一階を急いで横切る。

ほとんど閑散としていたが、ロビーにいた数人がすぐさまおれを見る。ショックでだれもが動けず、脅威かどうかを判断するために、おれはひとりひとりを見る。ホテルの警備員がゆっくりジャケットの前をあけようとするが、おれが銃を向けると、両手をあげる。

十五秒後に、おれが侵入するのに使った従業員専用出入口を、ヴコヴィッチとともに通り、旧市街の静かな路地に出る。ヴコヴィッチを押して、ジープの助手席に乗せ、運転席にまわって、跳び乗る。

運転席に座るとすぐに走らせはじめ、横のセルビア系ボスニア人に銃を向ける。一五メートルほど走ってからバックミラーを覗《のぞ》くと、ヴコヴィッチの護衛ふたりがホテルの正面エントランスから駆け出すのが見える。自分たちのSUVに向かっている。路地で近くにとめてあった警察車両のタイヤをおれは切り裂いたが、正面にとまっていたSUVはそのままにした。エントランス付近に立っているホテルの従業員に見つかる危険を冒したくなかったからだ。

おれはグレイマンと呼ばれているが、手品のようなわけにはいかない。目立たないかもしれないが……透明人間ではない。

警察のSUVが回転灯をひらめかせ、サイレンを鳴らして、猛追してくる。

ヴコヴィッチが、助手席側のサイドミラーに目を向け、部下が追ってくるのを見る。

「おれを解放して、このまま逃げれば、追わないようにしてやる」

どこへ向かっているのかもわからず、おれは坂の多い街の中心部でジープを猛スピードで走らせる。助手席の男に拳銃を向けながら片手で運転するのは厄介《やっかい》で、左折するときに駐車してあったパネルバンのミラーを折る。

おれはヴコヴィッチに話しかけ、ベルトの携帯電話を九ミリ口径のグロックの銃口で叩いた。

「やつらに電話しろ。追うのをやめないと撃ち殺されるといえ!」この速度でジープを制御するのはほとんど不可能だし、追ってくる警官たちがすでに無線連絡して、前方で行く手をさえぎるよう指示しているにちがいない。ヴコヴィッチを脅して、部下の追跡をやめさせ、モスタール中の警官が殺到する前に街を脱け出さなければならない。

だが、ヴコヴィッチは動こうとしない。恐怖を浮かべずにおれを見て、落ち着いてしゃべる。おれが殺しにきたのではなく、情報が知りたいだけだとわかっているからだ。ヴコヴィッチがいう。「おまえは死ぬぞ」

おれはヴコヴィッチのこめかみを狙っていたCZを下に動かし、膝《ひざ》に押しつける。「かもしれない。だが、その前におまえは片脚が不自由になる」

「なんだと?」

「おれはおまえから情報を聞き出したい。おまえの片脚が吹っ飛んでも聞き出せる」

ヴコヴィッチが拳銃を見て、自分が窮地に追い込まれているのを悟り、かすかに顔色が変わる。はじめて不安そうな表情になる。

ヴコヴィッチが携帯電話を手にして、ボタンをひとつ押し、耳に押し当てる。

おれはロシア語がかなりできるし、スペイン語に堪能で、ドイツ語とフランス語もすこしわかるし、ポルトガル語の単語もいくつか知っている。セルビア・クロアチア語の文句も十種類くらい憶えたが、ヴコヴィッチのいうことはひとこともわからない。ヴコヴィッチがしゃべっているあいだ、理解しているように思わせるために顔を見たが、そのせいで、狭い通りを走るのがよけい危なっかしくなる。

ヴコヴィッチが携帯電話に向けてどなり、おれはまた、駐車している車に駐車違反だということを思い知らせるために、車体の左後部で小さな2ドア・セダンをこする。ヴコヴィッチが電話を終えるとき、角を曲がる拍子にタイヤが縁石に接触する。

バックミラーを見ると、警察のSUVが速度を落としているのでほっとする。SUVが向きを変え、急坂の脇道を下っていく。

おれはヴコヴィッチの膝に銃口を押しつけたままできく。「やつらはおまえの携帯電話を追跡できるのか？」

「いや」

ほんとうなのか嘘なのか、確実に知るすべはないので、携帯電話を奪って、サイドウィンドウから投げ捨てた。

こういうときは、嫌なやつになるほうが割に合う。ヴコヴィッチがきくが、その話をする前に、すこし下準備をしなければならない。

「なにが望みだ?」

おれはグロックをヴコヴィッチの膝から遠ざける。「手錠をうしろ手でかけろ」

ヴコヴィッチがそれに答えていう。「おまえはバビッチを撃ち殺した男だな。ブランジェーヴォ・パルチザンが、おまえを殺そうとしている。必死で逃げたほうがいい。おれと話をしているひまはない」

おれがCZをまたこめかみに向けると、自分は強い男で怯《おび》えていないことを示すために、ヴコヴィッチが溜息をついて、手錠を出し、手首にはめる。おれはキーチェーンをヴコヴィッチのベルトからひきちぎり、自分で手錠をはずせないようにサイドウィンドウから投げ捨てる。恐怖を強がりで隠してヴコヴィッチが無言で気を揉《も》んでいるのをほうっておき、山地へと登っていく。

13

なにも問題なく街を離れることができ、タリッサ・コルブが電話してきて、訊問のために見つけた場所への道順を教える。あとを跟《つ》けられていないことをたしかめるために、すこし遠まわりしてから、おれは彼女の指示どおりにジープを走らせる。そこまで行くと、道路から離れた茂った樹木の奥にジープを突っ込んで隠してから、とめて、ヴコヴィッチをひっぱり出す。

街を出るとすぐに、おれはヴコヴィッチの頭に黒いフードをかぶせた。うしろ手にかけられた手錠とフードで、完全に服従させている。

その樹林を通って斜面を登るのは、かなり大変だ。つまり、タリッサはだれも来ないような場所をうまく見つけていた。つかのま道に迷うが、タリッサが電話してきて、方角を教えてくれ、ヴコヴィッチを連れてジープをおりてから十分後に、その場所に着く。ボスニア内戦時代のコンクリートの掩蔽壕《えんぺいごう》で、蔓草《つるくさ》や藪《やぶ》にほとんど隠れ、弾痕《だんこん》や携帯式対戦車擲弾発射器《PG》の擲弾《てきだん》が当たった跡が点々とある。それでも、大部分はそのまま残っている。おれはヴコヴィッチをなかに押し込む。爆発でコンクリートにあいた頭上の穴から水滴がしたたり、暗い掩蔽壕内にその穴から光が射し込んでいる。

壁は落書きに覆《おお》われている。サッカー・チーム名の〝レッド・スター〟が、真っ赤な文字で描かれている。〝チトー〟とスプレーで大書されているのは意外だ。チトーは、遥かな昔、ユーゴスラヴィア時代の大統領だった。四十年前に死んだし、生きていたときはろくでもないやつだった。

このあたりの若者が、チトーの名前をわざわざ落書きするとは奇妙だ。

タリッサ・コルブが、暗い掩蔽壕のなかごろに立っている。おれが指示したとおり、レインコートを着て、フードを赤い髪の上にかぶせ、スカーフを巻いて顔の下半分を隠している

おれは必要になったときのために、手錠のスペアキーをズボンの背中側のベルトループに差しておいた。それを使っていったん手錠をはずしてから、両手を上にあげさせ、漆喰《しっくい》の穴から突き出していた曲がった鉄筋にあらためてつなぐ。フードをかぶせたまま、ヴコヴィッチをそこに残し、タリッサといっしょに外に出て、小声で話をする。

「ここならうまく使えるだろう」

明るい表に出ると、タリッサの目に恐怖と不安がみなぎっているのが見える。すこし怯《おび》えた声で、タリッサがいう。「なにか問題はあった？」

どういう意味できいたのか、わかっている。「だれも殺されなかった」

タリッサは見るからにほっとしていたが、下唇《したくちびる》がまだふるえている。「これからどうするの？」

「これから汚らしいことをやる。どれほどひどくなるか、はじめてみないとわからない。ここで待っていたいか？」

「とんでもない。あの男のいうことを、その場で聞きたい。でも……最初から拷問するのはやめて。真実を話す機会をあたえて」

これはタリッサがふだんやっているようなことから大きくかけ離れている。これをやるのは妹のためだと熱弁をふるうのとはべつだ。五分ほどたって手荒になったら、彼女には耐えられないのではないかと心配になる。

「最初はやさしくやる。しかし、おれがやさしいと思うやりかたでも、きみはそうじゃないと思うだろう。訊問は推定に基づいてやる。つまり、われわれがなにもかも知っているわけではないが、知っているように思い込ませて訊問する。おれが先導する。やつがパイプラインとコンソーシアムの一員だというのを知っている、というところからはじめる」

「コンソーシアム?」

「車に乗っているときに、コンソーシアムの手先かと、ヴコヴィッチがおれにきいた。なにか心当たりはあるか?」

タリッサが首をふり、掩蔽壕の入口に視線を向ける。「わたしはどうすればいいの?なにをやってほしいの?」

「なにか伝えたいことがあるというふうに、おれの耳もとでささやいてくれ」

タリッサがうなずいて、了解したことを示したが、まったく乗り気ではない。おれはヴコヴィッチのほうを向き、セルビア・クロアチア語でなにかをつぶやくのを聞く。なにをいっているのかわからないが、気に入らない。頭の横を殴ると、ヴコヴィッチが黙る。

タリッサが、驚いてうしろで息を呑む。

「英語でしゃべったほうがいい、ニコ。さもないと、おれたちが交わす言語は痛みというやつだけになる」

ヴコヴィッチが英語に切り替えて、さきほどいったことをくりかえす。「バビッチを殺したのはおまえだな?」くすりと笑ってからいう。「悪いやつらが、おまえを捜しているぞ」

「女たちはどこだ?」

「おまえは何者だ？　なにが望みだ？」

質問されるためにこんな手間をかけているわけではないから、答えない。おれはくりかえす。「女たちはどこだ？」

ヴコヴィッチが、「どの女たちだ？」と答えたので、おれは顎《あご》を殴る。おれも顔を殴られたことがあるので、かなり痛いとわかっている。

タリッサが、また息を呑む。

ヴコヴィッチがうめき、フードをかぶされた頭をふる。やがて首が前に垂れる。気絶したのではなく、敗北を認め、この先のことはおれしだいだと悟って恐ろしくなったのだ。一日ずっと殴りつづけずにすむかもしれないと、おれははかない希望を抱く。

「ラトコ・バビッチの家の地下室に監禁されていた若い女と少女たちのことだ。どこへ連れていかれた？」

ヴコヴィッチがフードの下で唾《つば》を吐き、血の混じった痰《たん》が流れ落ちて、制服の上着にかかった。

おれはもっと高飛車な口調でいう。「彼女たちは……どこへ……連れて……いかれた？」

「いなくなった。どこへ行ったか知らない。モスタールに来る前になにがあったのか知らない」

タリッサ・コルブが進み出てどなり、おれはびっくりする。「嘘つき！　あんたがベオグラードでブランジェーヴォ・パルチザンといっしょにいるのを見たのよ。あんたは彼女たちを受け取って、モスタールの近くの農場へ運んだ」

ヴコヴィッチが、首を横に傾ける。女の声を聞いてびっくりしたのかもしれないが、返事をしない。

おれはヴコヴィッチの顔のほうへ身を乗り出す。「ちくしょう、ニコ。おまえはおれに嘘をついているのか？　そろそろ叩きのめす潮時だな」また殴る。あまり強いパンチではなく、手加減している。それでも右手がずきずきするので、長引いたときにヴコヴィッチの顔を殴る道具はないかと、まわりを見る。

フードからまた血がこぼれ落ちる。タリッサは落書きに覆《おお》われた壁まであとずさっていた。自分が大声を出したことにも驚いたにちがいない。

おれはいう。「よし……パイプラインの前の中継地点のベオグラードのことを知っているようだから、つぎの中継地点のことも知っているにちがいない」

ヴコヴィッチが、激しく首をふる。「おれはなにも聞いていない。ベオグラードはセルビアのマフィアだ。ここもそうだ。だからベオグラードへ行く。やつらの仕事をやる。つぎの中継地点は……べつの組織だ」

「どの組織だ？」

「知らない」

「パイプラインはどこへ通じている？」

ヴコヴィッチが肩をすくめる。「知らない。それを動かしている人間は……よそにいる。

知らない。ギャングじゃない」フードが動かなくなり、考えているように見える。「ギャングじゃないと思う。セルビア人じゃない。知ってるのはそれだけだ。ビジネスだ。たんなるビジネスなんだ」

「たんなるビジネス？」おれは怒りをたぎらせていい、このくそ野郎をもっと殴らなければならないと思うが、タリッサのほうが先にパンチをくり出す。おれの左に突然現われ、突進して、拳骨《げんこつ》で思い切りヴコヴィッチの顔を殴りつけた。

パンチは頬骨の上に命中し、当たったときの音からして、ヴコヴィッチよりもタリッサのほうが長く痛みを感じるだろうとわかる。

タリッサが痛む手を反対の手で押さえる。生まれてはじめてひとを殴ったことを後悔しているにちがいない。おれはタリッサをすこし引き離す。「荒っぽいことはおれに任せろ」

手の痛みにもめげずに、タリッサがいう。「わたしの妹」痛いほうの手で、写真を出して、おれに渡す。

おれはヴコヴィッチのほうを向く。「若い女の写真を見せるから、会ったことがあるかどうか、正直にいえ」

ヴコヴィッチが、馬鹿にするように鼻を鳴らして笑った。「売春婦のひとりか？　そいつが目当てか？　売春婦がほしいのか？」

「妹は売春婦じゃない！」タリッサが叫び、また突進しておなじ拳《こぶし》で殴ろうとする。拳がぶつかる前に、おれは手首をつかんでとめる。ヴコヴィッチのためではなく、タリッサがまた手を痛めないようにするためだ。

「おれにやらせろ」おれはすたすたと進み、タリッサをふりむかせ、隅のほうへ連れていく。

ヴコヴィッチが、タリッサに向けていう。「あいつらはみんな売春婦だ。おまえとおなじ……売春婦だ」

おれはもっと強く殴り、右頬骨にパンチが激突する。ヴコヴィッチがのけぞり、背骨まで衝撃が伝わったとわかる。こっちも肩まで衝撃を感じたからだ。

ヴコヴィッチがまたうなだれ、おれはいう。「これから写真を見せる」

「だれが関心を持っているんだ？　その女のことを？」

「おれだ。おまえも関心を持ったほうがいい」

目出し帽でまた顔を覆い、ヴコヴィッチのフードをひっぱってはずす。鼻と口から血を流して、ヴコヴィッチが感情を表わさずに写真を見る。「見たことがない」ヴコヴィッチがいう。

ほんとうなのかわからないが、おれは圧力をかける。「また嘘をつくのか。おれが我慢するかどうかためしているのか」

ヴコヴィッチが、もう一度首をふる。「いや、農場をすべて見てまわるような時間はない」

囚われていた女たちには、もっと時間をかけたにちがいない。おれは拳を固めたが、気を静めて、その手をひっこめ、べつの戦術をとることにする。写真をしまっていう。「おれになにをされるか心配しているんだろうが、おまえを付け狙わせるためにハンガリー人をよこしたやつらのことを心配したほうがいい」

まごついた顔で、ヴコヴィッチがおれを見る。鼻と口から血がしたたっている。「ハンガリー人？」

「昨夜、殺し屋が三人、おまえの家の外にいた。そいつらがおまえを殺《や》ろうとする前に、おれが片づけた」ヴコヴィッチが黙っているので、おれはつけくわえる。「礼は結構だ」

「嘘だ」ヴコヴィッチがいう。「ハンガリー人とは揉《も》めていない」

「どうかな。しかし、おまえの組織の上のほうの人間が、パイプラインのべつの下っ端グループに、警察がへまをやらかしたと伝えたんだろう。そいつらがべつのギャングからハンガリー人を雇ったんだ」

ヴコヴィッチは、しばらく答えない。ようやくささやく。「ピチョフチか」

タリッサが、おれの耳もとに口を近づけてささやく。「スロヴァキアのギャング。北のブラチスラヴァにいる」

「どうしてそれを知っている？」

「ルーマニアの連邦検察局に勤務していたときに、対処したことがある。ブカレストでも活動しているのよ」

ヴコヴィッチに向かって、おれはいう。「しかし、スロヴァキアのマフィアが、みずからあんたを殺すよう命じたのではないだろう。何者かが、手蔓《てづる》を使ったそいつらに依頼したんだ」

ヴコヴィッチは答えない。

「その何者かは、コンソーシアムだな？」コンソーシアムがなにか、おれはまったく知らないが、それが推定訊問のやりかただし、一か八かに賭けなければならないこともある。

ヴコヴィッチが、おれのほうを見あげる。肯綮《こうけい》に中《あた》ったとわかる。

その先は、即興でいう。「将軍の農場であんいうことが起きたあと、連中はおまえに腹を立てた。おまえは見せしめに使われ、おまえが排除されたあとでだれかが取って代わる」ヴコヴィッチが、血が流れている鼻を鳴らして、そっぽを向くが、おれはなおも圧力をかける。「時間がないぞ、ニコ。スロヴァキア人はまた殺し屋をよこすだろうし、おれはもうそいつらを叩きのめしはしない。おまえが死ぬのを願っているやつがいるんだ、署長。そいつはまさにおまえが尽くしてきたやつなんだ」

おれはヴコヴィッチの頭脳にはいり込んでいる。それがわかる。

「おまえはおれをどうするつもりなんだ？」ヴコヴィッチがきく。

「選択肢は三つある。おまえをここで殺すか、ピチョフチの殺し屋たちがすでに近くにいる可能性が高いおまえの家に連れていくか、ここでこのまま生かしておくか。ひとつ目とふたつ目のほうが、おれにとっては楽しいが、女たちを見つけるのに役立つ貴重なことを教えれば、三つ目にしてやる」

ヴコヴィッチが、口から血の泡を噴きながら考える。「ひとつだけ知ってる。教えられるのはひとつだけだ。事実をいう。おれが知っている事実を……そうすれば、おれをここに置いていくんだな？　殺さずに？」

おれはヴコヴィッチの耳もとに顔を近づけて、そっとささやく。「おれは約束を守る人間だ。おれが殺すといったら殺されると信じているのなら、助けてやるというのも信じたほうがいい」

ヴコヴィッチは選択肢を比較して考えるあいだ、じっと血を流している。かすかにうなずき、口をひらこうとする。おれはさえぎる。「いいか、ほんとうに役に立つことでないとだめだ」

ヴコヴィッチが、ようやくいう。「ドゥブロヴニク」

おれは首をかしげる。「ドゥヴロヴニク？」

「クロアチアの街だ」

「それは知っている、間抜け。それがどうした？」

「モスタールから売春婦はドゥブロヴニクに運ばれる」

「どうして知っている？」

「おれの部下がやってくるトラックを護衛して、クロアチア国境まで送り届ける。山地を抜ける南寄りのルートを通って……ドゥブロヴニクまで行く」

「ドゥブロヴニクのどこだ？」

「知らない」

「それでは役に立たない、ずる賢いやつだ」

恐怖と怒りが相《あい》なかばする声で、ヴコヴィッチがどなる。「おれが知っているのはそれだけだ！　それしか知らない！」

タリッサが、また口をひらく。「小さな町じゃないのよ。どうやって見つけろというの？」

ヴコヴィッチが、またうなだれた。「答えられない。おれはパイプラインの内部の人間じゃない。護衛するだけだ」

おれはいう。「そして、これまでは、かなりうまく仕事をやってきた。そうだな？」

ヴコヴィッチが、目出し帽をかぶったおれの顔を見るが、怒ってはいない。あきらめの色が浮かんでいる。おれがいま命を奪わなくても、死んだのとおなじことだというのを、知っているのだろうか。死ぬのを覚悟しているとすると、これ以上、情報を引き出すのはかなり難しいが、やってみるしかない。「コンソーシアムについて話せ」

うなだれたままで、ヴコヴィッチが口を割る。「パイプラインを動かしてる組織だ。ブランジェーヴォ・パルチザンとそいつらが取引し、ブランジェーヴォがおれと取引してる。それだけだ。それがすべてだ」

事実を話しているように見えるので、おれはタリッサのそばに戻る。「手はどうだ？」

「だいじょうぶではない。これだけだ」

おれはいう。「こいつから聞き出せるのは、これだけだ」

「あの男はどうなるの？」張りつめた声でタリッサがいう。おれがヴコヴィッチの頭を撃って、このまま肉屋の肉の塊みたいにぶらさがったままにしておくのではないかと、心配しているのだ。

正直いって、そういう光景のほうが満足できるが、タリッサが必要だし、取り乱してもらいたくない。

「このまま置き去りにする。生かしたまま。おれの車は見られているから、きみの車で行く」

「でも……どうやって女性たちを見つけるの？」

「途中で話し合おう」

腕を頭の上にのばして手錠でつながれた格好のニコ・ヴコヴィッチを、そのままにしておく。手錠の鍵は渡さない。だが、ジープを隠した場所から出して、道路に戻し、道端にとめておく。

ヴコヴィッチはすぐに部下に発見され、解放されるだろう。そのあと、コンソーシアムに付け狙われていると悟ったときの、ヴコヴィッチの表情から判断すると、殺し屋に発見されて殺されるのはまちがいない。

おれはヴコヴィッチが死んでも、ちっとも悲しくはない。

おれたちは、モスタールから南に向かって車を走らせた。行方不明の妹に関する情報を探している若いルーマニア人のユーロポール職員と、自分の失敗を埋め合わせようとして思慮の浅い調査を行なっている暗殺者。

たしかに奇妙な二人組だが、いまのところ目的はおなじだ。

静かだ。灰色の低い夏空から雨がしとしとと降っている。おれはタリッサのほうを見る。手をさすっている。掩蔽壕《えんぺいごう》で強烈なパンチをくり出した女には見えない。怯《おび》えた若い会計士に見える。

「どうしてユーロポールで働くようになったんだ？」

タリッサが、窓の外を見ながら話をする。「法廷会計学の学士号をとったの。ブカレストの検察局で働きはじめた。何年かたって、ユーロポールに志願した。いまはハーグに住んでいて、ＥＵのマネーロンダリングの捜査にくわわっているの」

「性的人身売買にも？」

「ルーマニア検察局では、国際的な犯罪事業から国内の犯罪組織への資金の流れを追うのが、わたしのおもな仕事だった。わたしの国では、毎年、数百人……いえ、数千人の若い女性が行方不明になっている。彼女たちは人身売買され、外国に密輸されて、人間性を奪われた奴隷として、性的労働を強要される。資金が犯罪組織の口座にはいるのは突き止められても、それは洗浄《ロンダリング》されていて、出所がつかめない。ユーロポールに移ったのは、もっと大きなレベルで変革をもたらすことができると思ったからよ。でも、わたしのいる部門は、人身売買にはあまり関心を抱いていない。法廷会計の領分ではなく、法執行上の問題だと見なしているの。もちろんそれはまちがいだけど、わたしは下級職だから、だれも話を聞いてくれない」

「おれは聞く。コンソーシアムがなにかということを理解したい」

「人身売買とのつながりでは聞いたことがないけど、コンソーシアムというのは複数の組織による共同事業体のことよ」

「ふつう、人身売買はどういう仕組みになっているんだ？　犠牲者はどこへ連れていかれるんだ？」

「大規模な民間セックス産業が成り立つ経済規模の国なら、どこへでも。発展途上国、ヨーロッパ、アメリカ、中東とアジアの富裕国」

「どうやって連れ去られる?」

「やりかたは千差万別だけど、立場が弱いことが、女性迫害では重要な意味を持っているの。性的人身売買の被害者の九〇パーセントが、採用《リクルート》される前になんらかの虐待を受けている。性的虐待、肉体的虐待、悲惨な経済状態。その三つが重なっていることも多い」

「〝採用される〟とは、どういう意味だ?」

「不公平な用語だと、わたしも思うけど、そういう言葉が使われているのよ。女性たちが人身売買システムに引き込まれる道すじをすべて、その言葉がいい表わしている。まず、採用担当《リクルーター》がいる。たいがい女性で、狙いをつけた女性に最初に接触する。仕込みの段階と呼ばれることが多い。リクルーターはお金やお世辞で、被害者をひきずり込む。信頼を得るために人間関係を築く。そして、甘い言葉に釣られやすくなったところで、運び屋《トランスポーター》が呼ばれる」

おれはそれに答えていう。「パイプラインだな」

「そのとおり。ヴコヴィッチはセルビア人に渡されたといったわね。つぎに渡された相手も、べつのだれかに渡すはずよ。最終的に、奴隷として売られる」

「逃げ出すことは?」

「たまにある。そんなに多くない。でも、たとえ逃げたとしても、外国で囚われていたから、現地政府には不法移民として扱われる。なんの権利もなく、国に送り返されるだけよ。証人保護法はないから、警官になにを話しても、人身売買業者に筒抜けになる。

そうやって逃げて故郷に帰れた女性は、脱け出そうとした苦しい暮らしに戻る。何度もくりかえし被害者になる女性も多いのよ」

おれは、リリアナ・ブルンザのことを考え、彼女がそうならなければいいがと思う。

「ひどい話だな」

「パイプラインや似たようなシステムを動かしているひとたちは、巧妙な仕組みを創りあげている。中継基地は悲惨な環境だけど、そこは保護施設でもある。食事があたえられ、音楽が聞けて、見張りと囚われている女性たちの絆《きずな》もでき、麻薬もあたえられる。すべて計画の一環なのよ。若い女性も少女も、何百年もかけて発達してきたシステムに組み込まれている。何千年も前から行なわれてきたことなのよ」

そしていま、このおれがそのどまんなかに、はいり込もうとしている。

タリッサが、大きな溜息をついてからきく。「ドゥブロヴニクみたいな街で、いったいどうやって彼女たちを見つけるの？」

「考えがある。でも、きみは嫌がるかもしれない」

「なんでもやる。これをやっている人間を捜し出すためなら、なんでもやるわ」

「そういってくれるだろうと思っていた」おれは長い溜息をつく。名案とはいえないが、それしか計画がない。「きみを餌《えさ》につかう」

おれが車を走らせているあいだ、タリッサがゆっくりとこちらを見る。「餌？」

「いいか、パイプラインの中継点の警官は、買収されている。モスタールだけではなく、べつの場所でもおなじだ」

「そうね」タリッサが理解したことがわかる。「だから……だから、ドゥブロヴニクへ行って、警察であれこれ質問しろといっているのね？」

「そのとおり」

「妹のことを？」

「それはやめたほうがいい。彼女が生きている確率が一パーセントしかないとしても、彼女を捜していることが敵にわかれば、その確率はゼロになる。犯罪の証拠を彼女が知りすぎていて、生かしておけないとやつらは判断するかもしれない」

タリッサは、それについてだいぶ長いあいだ考えていた。「それは無理ね。死んでいると思う……でも、遺体がないとはっきりとはいえない。それで……どういえばいいの？」

「パイプラインやコンソーシアムのことを知っているというんだ」

「でも……コンソーシアムについて、なにがわかっているの？」

「なにもわかっていない。その名称のほかには。それをぶつけろ。その場で思いつくままやればいい。おれがさっきヴコヴィッチを相手にやったように」

「そのあとは？」

「ホテルに戻ってくれれば、あとはおれが引き受ける。やつらはきみを捕らえようとするだろう。捕らえられないように、きみを逃がしてから、おれはホテルへ行き、やつらが何者なのか、どこへ行こうとするかを突き止める」

タリッサは、しばらく無言で座っている。おれは迷いはじめる。危険すぎるから、べつの計画を練るといおうかと思う。だが、ほかに手立てがないのはわかっている。

彼女にもわかっている。「そうね。それがいちばんいい案だわ」

「いちばんいいかどうか、自信はない、タリッサ。しかし、唯一の案なんだ」

「いつドゥブロヴニクへ行くの？」

その話をしていたときにはハイウェイに出て、低山地帯を抜け、南の山脈を目指していた。

「二、三時間で着く」

タリッサがうなずき、車は走りつづける。

われわれの計画を、おれは自分が思っているよりもずっと簡単なように説明した。ドゥブロヴニクが、パイプラインのつぎの中継点だとすると、これを動かしている連中は、おれたちをそこで捜そうとするはずだ。おなじ男——つまりおれ——が、中継基地を襲撃して何人も殺し、協力している警察署長を拉致《らち》したのだから、パイプラインのつぎの中継点におれが現われると推定するのは当然だろう。

女たちの護衛にふだんは銃を持った悪党五人を配置しているようなら、こんどは十五人を配置するだろう。ふだんはふたりで女ひとりを拉致しているとしても、タリッサが自分たちを調べにきたことを知ったら、六人よこすだろう。

おれがこれにかかり合っているせいで、当事者すべて——被害者、味方、敵——がいっそう窮地に追い込まれている。

でかした、ジェントリー。

錯綜した状況になっているのに、まだ正体がわからない敵に、妹が行方不明の会計士とおれがふたりだけで立ち向かっている。

そう、どういう見かたをしても……かなりやばい。

14

ケネス・ケイジは、プラスティックの椅子に座り、正面で踊っている少女をじっと見ていた。動きは優美だったが、表情が固く、動作を思い出すのに苦労していることが専門家にはわかる。

少女が踊るのをやめて、お辞儀《じぎ》をした。観衆が礼儀正しく拍手をした。

ケイジは立ちあがって、喝采《かっさい》した。

踊っていたのは十二歳の娘ジュリエットだったし、すばらしかったとケイジは思っていた。

ケイジはすぐに着席し、娘のバレエリサイタルのつぎの少女が舞台に出るのを見守った。あと一時間じっと座っていなければならないのはわかっていたが、下手《へた》なバレエに我慢するしかないと覚悟を決めたとき、ポケットで携帯電話が震動した。携帯電話を見るとへザーに睨《にら》まれたが、発信者を見てケイジは顔をそむけ、会場を出た。

ボディガードがすぐうしろにつづき、表にとまっているメルセデスGクラスの運転手に、雇い主が移動すると無線連絡した。

だが、ケイジはGクラスには行かなかった。ハリウッド・ダンスタジオの正面に出ると、ベンチへ向かいながら、怒りをこめた声で電話に出た。ボディガードは、すこし離れたところにとどまった。

「タイミングが悪いぞ、ヤコ」

「暗号化してもらえますか」

ケイジは溜息をつき、キーボード画面をタップして、送話を暗号化してからいった。

「こんどはなにが起きた？」

「バルカン諸国の件です」

「処置しろといったはずだ」

「決断を下す人間が必要です」

ケイジは駐車場のそばのベンチに座り、顔を伏せた。「ちくしょう」まわりを見て、話が聞こえるところにだれもいないのをたしかめてからいった。「こんどはどういう問題だ？」

ヤコが、例によってきぱきとした口調でいった。「ボスニアで警備員が殺されたのは、中継基地を運営していた男の暗殺に巻き込まれたからだと思われていました。パイプラインとは無関係だと」

「超凄腕の刺客《しかく》のことだな?」

「そうです。しかし、そうだったのであれば、その男は殺人が起きたところから、とっくに遠ざかっていたはずですし、パイプラインに対する脅威とは見なされなかったでしょう」

「しかし?」

「しかし、あらゆる報告が、先日バビッチを殺した男が、現地時間できょうの午後、モスタール警察署長を拉致《らち》したことを示しています」

ケイジは答えた。「それで、わたしが興味を持たなければならない理由がどこにある?」

「ニコ・ヴコヴィッチ署長が、パイプラインの末端で働いていたからです」

ケイジは、激しい怒りにかられた。「つまり……何者かがわたしのオペレーションにちょっかいを出しているというんだな」

「そのようです。モスタール警察が署長を捜していますから、じきに報告があるでしょう。生きているのが発見されれば——」

「刺客に拉致されたんだぞ。生きているのを見つける可能性は、高くないんじゃないのか？」

「そうですが、生きているヴコヴィッチが見つからなかったとしても、なんらかの手がかりがあるでしょう。警察は付近を徹底的に調べて、刺客を捜しています。そいつがヴコヴィッチを捕らえているのか、それとも殺して死体を捨てたにせよ」

ケイジはいった。「コストプロスには処理できないのか？」

「だめでしょう。わたしはこのグレイマンについて、いろいろなことを知っています。すこぶる優秀な男です」

「わたしにどうしろというんだ？」

「チームを編成したいんです。パイプラインのつぎの中継点ドゥブロヴニクへ飛行機で行きます。わたしの配下はいま世界のあちこちにいるので、すこし時間がかかります。ですが、ドゥブロヴニクへ行って、貨物を護《まも》り、このアメリカ人刺客に目を光らせることができます」

ケイジは、片手を宙でふった。「承認する。コストプロスとアルバニア人に処理できないようなら、あとはおまえとおまえの配下しだいだ。わたしは二日後にヴェネツィアの市《マー》場《ケット》に行く。この頭のいかれたやつが、そこに現われるようなことがあってはならない。これはいま片づけろ。一気に叩き潰せ。わかったか？」

間はごく短く、上官に仕える軍人なみの服従を示す返事があった。「かしこまりました。配下を編成します」

ケネス・ケイジは電話を切り、嫌悪をあらわにして首をふった。オペレーション全体のことは、まったく心配していなかった。強大で厳重に護られている仕組みだし、コンソーシアムに属する男女と下部組織は、必要なことをなんでもやる。そんなことよりも、暗殺者と拉致のことを聞いて、一日を台無しにされたことのほうが不愉快だった。

ケイジは、自分のことを犯罪者だとは思っていない。きわめて優秀なビジネスマンだと思っている。

ケイジは、時価総額八億ドルを超えるハリウッドの映画製作会社のパートナーで、運用できる資産がその七倍のヘッジファンドのシニアパートナーでもある。

ウォートン大学で経営学を専攻したあと、ケイジは八〇年代に金融業界にはいり、九〇年代にはコンピュータープログラミングに携わった。この三十年間、金融業界に導入されてきたそのテクノロジーの進歩の大部分で、ケイジは先駆けとなった。最新鋭の電子ツールで市場につけこんで名声を得るとともに、富を築いた。

ドットコムバブルの絶頂期にケイジはヘッジファンドを立ちあげて運用したが、バブルがはじけると、一夜にして財を失った。ケイジの受けた痛手は大きかった。投資家が大損したからではなく、金持ちのライフスタイルと、富に伴う個人的な権力に慣れきっていたからだ。一年間、零落していたあと、どういう手を使ってでももとの身分を取り戻そうと、罪の意識や迷いを片時も感じることなくケイジは決意した。

ケイジは、コンピューターと金融の広範な技倆《ぎりょう》を駆使して、資金洗浄《マネーロンダリング》を開始した。最初は大損害を出したファンドの顧客の医師や弁護士の危険にさらされている資産を、それぞれの妻やビジネスパートナーやアメリカ政府から護るためにやった。だが、ケイジはすぐに、汚れた金をもっと大規模に洗浄する方策とプロセスを開発した。

二〇〇七年から二〇〇八年にかけての株式市場大暴落の際には、ケイジが不況に強いことが実証された。麻薬カルテル、第三世界の独裁者、大企業や政府の金を横領している連中、革命組織、テロ組織にまで手をひろげ、その他のいかがわしい顧客多数も引き受けていたからだ。

ケイジはさまざまな手口で、現金をパレットに満載した飛行機や貨物船を、健全な合法的資産に変えた。ケイジは身の安全に気を配り、警察の目に留まらないように用心していたが、暗黒街の人間は、自分たちの巨額の現金を追跡できないオフショア口座に隠してくれたり、不動産、高級車、ジュエリーのような換金しやすい資産に変えてくれたりする正体不明の人物がアメリカにいることを知っていた。

ケイジは、そういう仕事をやるのに欠かせない頭脳、ノウハウ、ずばぬけた独創性を具えていた。そして、ヘザーと三人の子供を愛するように、その仕事を情熱的に愛していた。違法金融取引に携わった最初の数年、ケイジはマネーロンダリングというスリルのある豆隠し手品をやるのに満足しきっていたし、だれよりもそれを巧みにやっていた。

ケイジは家にいるときは家族を大事にする男だったが、家にいないときには、暗黒街の末端での役割を楽しんでいた。自分の仕事によって地球上で最大の犯罪産業である、麻薬密輸、武器密売、人身売買を知るようになったので、たやすいことだった。

アジア、東欧、西欧のあらゆる国の女を人身売買している中東の一組織が、ケイジの独創的な金融サービスを満喫していて、ケイジがマルセイユに出張したときに、売り物を味見してみないかと勧めた。ケイジは、若い女たちを服従させ、虐待できる自分の力を楽しんだ。自分は男らしく、精力が強いと思えるからだ。ケイジは、この奴隷制にもっと深入りすることを狙い、その産業向けのサービスを提供できるように自分の違法なビジネスモデルを微調整した。

ケイジは、麻薬や武器の密輸にはじかに関わっていなかった。道義的に嫌悪していたからではなく、興味がなかったからだ。ケイジは、王国拡大の魅力に取り憑《つ》かれているビジネスマンだが、麻薬や武器を扱えばもっと稼《かせ》げる可能性があっても、たしかめるためにデータを集めたことはなかった。

ケネス・ケイジは、性的奴隷に一心不乱だったので、それはどうでもよかった。

数年以内に、ケイジは名前のない大組織を率いていた。重要な当事者のあいだでは、たんに〝コンソーシアム〟と呼ばれていた。ケイジは、トルコ、スロヴァキア、セルビア、ギリシャ、イタリア、ベラルーシ、ウクライナにくわえ、ドイツ、フランス、イギリス、ベルギー、スペイン、アメリカなど、世界各国の犯罪組織二十五団体以上と取り決めを結んだ。

ケイジは、狙いをつけた地域の専門家の助言により、最高の製品《プロダクツ》を見つけて市場に投入するシステムを開発した。アルバニア人、ベラルーシ人、ウクライナ人の〝採用担当《リクルーター》〟が、女たちを拉致《らち》するか甘言《かんげん》で騙《だま》し、パイプラインに売った。

アメリカ人の黒幕のケイジは、自分は整備が行き届いている効率的なすぐれた機械の発明者で、プロセスの監督だと思っていた。コンソーシアムの年間売上は、財務担当者たちの現在の推算によれば、世界の人身売買年間売上千五百億ドルの七パーセント弱に相当する。

コンソーシアムのさまざまな事業には、年間百億ドルが流れ込み、現金と世界の奴隷供給におけるシェアは、二桁《けた》の伸びを示している。現実にそれだけの金があるので、関係者がその金を手に入れるために人を殺し、コンソーシアムに対する脅威からその金を護《まも》ろうとするのは当然だった。これまでも、そのために何人も殺してきた。

暗殺、縄張り争い、働けなくなったりパイプラインのことをしゃべったりした奴隷の処刑など、コンソーシアム関連の暴力は、無数に行なわれてきた。それにくわえ、女たちをレイプし、屈辱を味わわせ、服従させ、自由を奪い、性的労働を強いるのが、コンソーシアムのオペレーションでは日常茶飯事だった。

警察は買収されている。発展途上国の政府職員は腐敗している。

ケネス・ケイジはそれを起業し、管理運営の大部分で最大の支配力を握っていたが、ダミー会社数十社を使って関与を秘《ひ》匿《とく》するというルールにくわえて、暴力で汚れることはぜったいに避けるというルールを決めていた。それは他人にやらせる。この警備部隊――ヤコ・フェルドーンの小規模だが特殊な能力を備えた練度の高い南アフリカ人突撃部隊――だけではなく、パイプラインの各部分を支援する組織すべてが、殺し屋、拉致担当、買収担当、用心棒を抱えている。

MS-13（中米からアメリカに至る大規模犯罪組織）、ンドランゲタ（カラブリア州を根城とするイタリアのマフィア）、ガルフ・カルテル（メキシコの犯罪組織）、ピチョフチ、ブランジェーヴォ・パルチザンなどのギャングやカルテルやその他の犯罪組織の名称は、ケイジがこのプロセスを開始する前には、新聞の見出しで目にしていただけだったが、いまはケイジの成功に不可欠になっている。

ハリウッドヒルズの住人のケイジは、途方もない大富豪であることを除けば、どこにでもいるような凡人を装っている、超極悪人だった。ロサンゼルスの街路でこの小柄な禿《は》げた中年の男を見かけても、悲惨な不幸をもたらす巨大な世界的組織をほとんど独りで築いた張本人だと思うようなことはありえない。

巧妙に仕組まれているからだ。ケイジは犯罪行為と家庭生活を、はっきりと区分けし、そのふたつの世界を分けておくことを、もっとも重要視している。

ケイジは約四カ月ごとにさまざまな国に出向いて、囲い込む女をみずから選び、必要な手段で〝採用〟して、自分のオフショア会社がロサンゼルス北部に所有している大邸宅のうちの一軒に運ばせる。そして、そこへ行って、最高の製品《プロダクツ》のなかの逸品を試食する。

その牧場を、ケイジは一種の施設に拡大し、女たちの付き添い――実質的な看守――を常駐させ、堅固な警備チームも配置して、親しい友人やビジネス仲間を招待して、施設やそこに保管しているプロダクツを使わせた。ハリウッドの大立者、投資銀行家、運輸業界の実力者、航空会社のCEOにとって、〝牧場〟は乱交のディズニーランドになった。

去年の冬、ケイジはリトアニアのヴィリニュスへ行き、取り巻きとともにナイトクラブで楽しんだ。ヤコ・フェルドーンとその配下が、専属の警護班をつとめた。ケイジと仲間たちは女六人を選んで、一週間過ごしてから帰国した。

採用担当がその女たちを拉致《らち》して北のパイプラインに入れ、数週間でカリフォルニアに女たちが到着し、ケイジの前に立った。

だが、いつもどおりケイジは数カ月後に、その新商品ひと組に飽きて、あらたな供給品が欲しくなった。

そこで、六週間前に、ブカレストへ行った。二度目だったのは、前回の旅行が実り多かったからだ。そこで女三人を選び、そのうちのひとり、すばらしい美女のブルネットとは、ナイトクラブでしばらく話をした。ブルネットは、ケイジよりも頭半分背が高く、頰桁《ほおげた》が高く張っていて、じつに柔らかそうな唇《くちびる》で、いままで見たこともない、貫くようなまなざしの持ち主だった。

その女が自分のものになると、ケイジは飽きたが、いまは自分の根城で好きなだけありとあらゆる屈辱を味わわせて服従させるのを楽しみにしている。それを期待して、途方もなく豊富な〝快感〟の化学物質が、ケイジの脳に充満していた。

それがケイジの生き甲斐《がい》だった。

ブカレストをあとにするとき、ケイジは地元の採用担当に、その女をパイプラインに入れて、あらゆる手立てを駆使して、できるだけ早く届けるよう命じた。

そして帰宅し、億万長者の父親を演じ、野球の練習に付き合い、ロデオドライヴのアウトドアカフェで友人たちと食事をし、妻と家族の問題を話し合いながらホットタブに浸かる生活に戻った。

ケイジは携帯電話をポケットに入れて、ダンススタジオのドアに向けて歩きはじめたが、不意に立ちどまった。警護班班長のほうを向いていった。「どうでもいい、ショーン。ジュリエットの番は終わった。中座したことで、どうせヘザーは怒っている。きょうはこれでおしまいにする」

「お宅に帰りますか？」

ケイジは首をふり、メルセデスに向けて歩きはじめた。ホールがあとをついていった。

「うちに帰っても、ヘザーにどなられるだけだ。ごめんだね。牧場へ行こう」

「かしこまりました」

15

マーヤは海をじっと眺めた。夕陽が海の上にかかっている。ここはいったいどこなのだろうと考えた。爆撃された古い大きな倉庫の崩れた壁が、視界の一部をさえぎっていたが、沿岸は見え、景勝地だというのはわかった。

だが、明るい気持ちにはなれなかった。窮境はなにも変わらず、景色が変わっただけだった。

この二日間ときょうの午前中、マーヤとモスタール近くの農場に監禁されていた女たちは、地下駐車場にとめたウィンドウをふさがれたバスに乗ったままだった。ファストフードをあたえられ、便器代わりのバケツふたつがバスの後部に置いてあり、バスから出たり音をたてたりすることを禁じられた。みじめな二日間で、マーヤは背中が痛くなり、涙がとまらず寝不足のために、目がぼやけてひりひりと痛んだ。

やがて、女たちはきょうの午後、明るいうちに廃墟のような建物に連れてこられた。拉《ら》致《ち》された夜以来、太陽を目にするのははじめてだったので、マーヤは意外に思った。

いま、森を抜けて逃げようとしたときに撃ち殺されたディアナを除く女たちとマーヤは、窓が破れ、ゴミが散乱する、仕切りのない広い部屋に閉じ込められている。広い海が表に見えるが、垂直の壁の一五メートル下には割れた煉瓦《れんが》やコンクリート、曲がった鋭い鉄筋、ガラスの破片が積もっているので、窓から跳びおりてビーチまで走り、泳いで逃げようとするものはいなかった。建物は空爆か戦車の攻撃を受けていたが、下の瓦礫《がれき》のあいだに大きな木が生えているので、かなり前のことだとわかる。

マーヤは歴史の授業にあまり関心がなかったが、ボスニア、クロアチア、コソヴォなど、バルカン諸国全体で戦争があったことは知っていた。ここはクロアチアにちがいないと、ほぼ確信した。正面にあるのはアドリア海だ。

バスをおりたとき、セルビア人がいなくなっているのを見て驚いた。いまではちがう男たちが見張っている。それがなにを意味するのか、マーヤにはわからなかった。女たちを追い立てていた男は英語を話したし、男たちはみんな浅黒かった。トルコ人か、アルバニア人か、あるいはギリシャ人かもしれないが、これまで彼女たちを監禁していたギャングよりもずっと無駄のない動きで、プロフェッショナルらしかった。

それが明るい情報なのか、それとも暗い情報なのか、マーヤにはわからなかった。

その部屋にはドアがなく、家具もなかったので、女たちはコンクリートの床に座っていた。階段へ行って逃げようとすれば、戸口近くで立ったり座ったりしている男五人に行く手をさえぎられるだろう。

マーヤはこの二日間、レイプされていなかった。ブカレスト、ベオグラード、農場の地下室でもレイプされなかった。ここにいる女たちで、そういう仕打ちを受けていないのは、ごく少数だった。なぜなのか、マーヤにはわからなかった。目立たないようにして、あとの女たちも含めて、だれとも目を合わせないようにしているからかもしれないと思うしかなかった。

そう考えたとき、新たな見張りのリーダーが女たちに近づき、英語でいった。ネイティヴスピーカーではないマーヤには、どこのなまりなのか、わからなかった。

「数日前の夜にひとり殺されたと聞いた。われわれのやったことではない。セルビア人の仕業《しわざ》だ」〝セルビア人〟という言葉を、吐き捨てるようにいった。「おまえたちに危害をくわえたくはないが、われわれの世話から逃れようとしたら、回収するしかない。そのあと、逃げようとしたものも含めた全員を、ひとりの不品行のために罰せざるをえなくなる。出ていこうとしなければ、丁重に扱う」

丁重? ほんとうに〝丁重〟といったの? マーヤは笑いとばしたかったが、目をそらし、口を閉じていた。

男はなおもいった。「どうしてここにいるのか、どこへ行くのかと、おまえたちは思っているにちがいない。ひとつだけ教えてやろう。先日のボスニアでの襲撃のせいで、おまえたちは予定よりも早く到着した。われわれはおまえたちを受け入れる準備ができていなかった。ふつうはもっとましな宿舎に入れるのだが、われわれは精いっぱいやった。いま、船を待っている。あすの夜に到着する。そうしたら、全員それに乗り、つぎの目的地へ向かう」

だれも口をきかなかったが、全員が考えていた質問の答を、男がいった。「どこへ行くか、知りたいんだな？　おれは知らない。部下とおれは、おまえたちを安全に護《まも》り、ひとりも欠けないように船に乗せるために、ここにいる。知っているのはそれだけだ」

質問を待っているように、男が間を置いたが、だれも質問しなかった。ようやく男がいった。「おまえたちを救い出そうとしたアメリカ人のことも聞いた。ボスニアでべつの襲撃もやったそうだ」

その襲撃のことを、マーヤはなにも知らなかった。

「これを肝に銘じておけ。おれの部下は、おまえたちを取り囲んでいたセルビア人のチンピラとはちがう。訓練を受け、技倆《ぎりょう》が高い。警戒は緩《ゆる》めないが、この目出し帽をかぶった男など怖れていない。

さて」男はつづけた。「きょうとあすの昼間はずっと、ここにいることになる。体を休め、食事が届いたら食べ、くつろぐようにしろ。おまえたちが話をするのをセルビア人が禁じていたのは知っている、われわれは禁止しない。話がしたければしていいが、小さな声でしゃべるんだ。さもないと、その特権を失うことになる」

リーダーが背を向けて、部屋を出ていった。武装した見張りが四人残り、立っているか、壊れた窓枠に腰かけた。

マーヤは静かに座っていた。長い焦茶色の髪が目の上にかかっていた。すると、ひとりの女がさっと近づいてきて、そばに座った。

「ロシア語はわかる？」女がロシア語できいた。

マーヤは、ロシア語がすこしわかるが、話をする気分ではなかった。「いいえ《ニェット》」

「英語は？」

マーヤはためらった。話をするのは怖かったが、ベオグラードで英語を使ったのを聞いていたにちがいない。いまさら否定できなかった。「ええ」

「あたしの名前は――」

マーヤはさえぎった。「だめ。ルールは知っているでしょう。本名はいわないで」

「低い声でしゃべれば、だれにも聞こえない」

マーヤは、床を見つめた。「本名は知りたくない」

女が、マーヤのほうに身を乗り出した。「いいわ。あたしはここではアンケと呼ばれている。あなたはどこの出身？」

「ルーマニア」マーヤはいった。

「わたしはウクライナのキエフ」

「わかった」

「あなたと話がしたかったのは、ほかのひとよりも年上みたいに見えるからよ」マーヤは二十三歳になったばかりだが、この女たちのなかでは年上のほうだった。

「話すって、なにを？」

「このなかにスパイがひとりいるとわかったのよ」

マーヤは驚いて目をあげた。「なんですって？」

「バスをおりるときに、セルビア人の見張りが教えてくれたのよ。そいつ、あたしのことが好きなのよ。それで、帰っていく前に、仲間のひとのことを密告する女がここにひとりいるから、いうことに用心しろと、そいつがあたしにささやいたの」

マーヤは、薄暗い部屋を見まわした。「そんな……馬鹿げてるわ。自分から望んでここにいるひとは、ひとりもいないのに」

モルドヴァ人だとマーヤが知っているべつの女が、身を乗り出して話にくわわった。

「馬鹿げてるかもしれない」モルドヴァ人の女がいった。「でも、あんたかもしれない」

声を大きくしていった。「あんたが密告者《たれこみや》かもしれない」

「わたしは……たれこみやじゃない」

ほかの女たちが、床の上でにじり寄り、話を聞こうとすると、モルドヴァ人の女がつづけた。「あたしはあんたをずっと見てた。あたしは二度レイプされた。一度はベオグラードで、もう一度はこのあいだの夜、森のなかで。みんなたいがいレイプされてる」

話が聞こえるところにいた女たちが、すべてうなずいた。

「殴られたひともいる。でも、あんたは指一本触れられていない」

べつのウクライナ人の若い女がいった。「この女が触れられたのを見たよ。このあいだの夜、森のなかで。男ひとりが、ひきずっていこうとした、でも、ほかの男にどなりつけられ、列に戻された」マーヤを睨《にら》んだ。「なにか理由があって護《まも》られてるみたいだね。どうして？」

「わたし……知らない。なにがあったのか、わからない。誓うわ」

最初のウクライナ人の女が、鋭い声でマーヤにいった。「嘘つき。あんたはやつらの仲間だ」

マーヤは抗議しようとしたが、女たちは離れていき、マーヤは部屋のまんなかに独り残された。

これまで起きたことを思うと、涙はもう涸《か》れたとマーヤは思っていたが、ふたたび泣きはじめた。


タリッサ・コルブとおれは、ドゥブロヴニクの警察署から二ブロック離れたところに座る場所を見つける。アンテ・スタルチェヴィッチ通り近くの坂が多い住宅地の路地。土砂《どしゃ》降《ぶ》りの雨だ。タリッサはレインコートを着て、傘をさしているが、いまは雨のことなど気にしていない。警察署へまっすぐ歩いていって、かなり悪辣《あくらつ》だと思われる連中に、悪辣な行為をあばくために来たことを明かすにあたって、覚悟を固めているところだ。

おれだってやりたくないようなことだから、二の足を踏んでいるのはよくわかる。

できるだけタリッサを励ましているつもりだが、今日の午後にこの仕事を達成するには、ありったけ気力を使わなければならない。しかし、タリッサにそんな気力があるかどうか、おれにはなんともいえない。

だが、頼みの綱はタリッサだけなので、彼女を送り込む。

手順はふたりで決めてある。タリッサは、ユーロポールの犯罪アナリストだと名乗る。性的人身売買のパイプラインが国際コンソーシアムによって運営されているという噂を調べているのだが、そのパイプラインが東からこのドゥブロヴニクに通じていると話す。地元警察はタリッサの身分をすぐに照会できるだろうし、問い合わせて上司と話をすれば、彼女が休暇をとっていることがわかる——それに、マネーロンダリングその他の金融犯罪でヨーロッパの法執行機関と連携するのが仕事だということもわかる。

その時点で、人身売買ネットワークの首謀者を追っているというタリッサの話には、ほころびが生じる。タリッサがなんらかの理由で上層部とは離叛《りはん》していて、ここでの捜査活動の許可を得ていないことに地元警察は気づく。そのあと——われわれの狙ったとおりになれば——腐敗した警官やドゥブロヴニクでパイプラインに協力しているギャングが、タリッサとその調査は危険だと見なし、口を封じるのは簡単だと考えて、殺すか、脅してコンソーシアムについて調べるのをあきらめさせるために、彼女のもとへ行くだろう。

タリッサと父親がちがう妹の姓がちがうのは、幸いだ。身分証明書のたぐいを見せないと、タリッサが警察と話をすることができないのはわかっているし、間に合うようにすばやく書類を偽造する方法はない。ロクサナは生きているかもしれないので、彼女の名前を出して危険にさらすことはできない。

モスタール近くの農場の地下室でおれが見た若い女や少女を見つけられるかどうかはわからないが、彼女たちはじきに世界のあちこちに分散されて、行方がわからなくなり、助けられなくなるだろう。だから、できの悪い筋書きが通用することを願うしかない。ましな話をでっちあげる時間はない。

願いは戦略ではない。それはわかっているが、チャンスに賭けるしかない。

おれたちはきのうドゥブロヴニクに着いて、部屋を二カ所借りた。一カ所は壁に囲まれた旧市街の最上階の貸間で、もう一カ所も旧市街にあるが、もっと広いアパートメントで、貸間から数ブロック離れた地階にある。

貸間はタリッサが使う。南側の坂の上にあり、裏は旧市街と海を隔てる中世の城壁だ。そこでタリッサは、コンソーシアムが彼女を狙って送り込む手先を待つ。おれはその界隈《かいわい》や建物の階段を歩いて、入念にそこを選んだ。窓があくことを確認し、屋根と正面の中庭を見て、敵の戦術に左右される行動手順をいくつか決めた。歩行者しか通れない広い旧市街に決めたのは、敵がバンで車列を組み、タリッサをベッドから拉致《らち》して走り去ろうとしたら、阻止する時間がないからだ。だが、おれが選んだ場所では、敵は徒歩で来て、戸外の狭い路地で、石畳の階段を何度も昇らなければならない。姿を隠して待ち伏せれば、そいつらがどのルートで来ても、タリッサのいる建物に着く前に見つけ、音を聞きつけることができる。敵は中庭を通って、エントランスにはいり、三階上まで階段を昇らなければならない。

それに、頼りにするのは肉眼だけではない。ラトコ・バビッチを暗殺するために持ってきた装備を、バックパックに入れてある。小型の遠隔操作カメラ六台はすべて、アプリでおれのスマートフォンと接続されている。そのうちの二台を、タリッサが待ち構えている建物の庭とエントランスのプランターに隠し、さらに二台を高みのおれの監視所から死角になっているところに取り付けてある。

数ブロック離れたところに借りた地階の狭いアパートメントは、パイプラインのオペレーションについて情報を得るために無許可で活動している小うるさいヨーロッパ女の口封じのために送り込まれた連中のひとりを捕らえることができれば、急遽《きゆうきよ》、拷問室に変えることもできる。

どちらの部屋にも、持ち物は置かない。おれの持ち物はリアシートのバックパックに入れてあるし、タリッサの持ち物はトランクのなかの機内持ち込み用バッグかハンドバッグにはいっている。それにくわえて、おれは昼間のうちに街の東端のアウトドアショップで、必要になるはずの品物を買った。そのほかに、ギフトショップで使い捨てスマートフォンとプリペイドカードを買った。

これがCIAの作戦《エージェンシー》ならいいのにと、つくづく思う。もしそうなら、情報、支援要員、さまざまな道具を手に入れられるが、いまは限られた資源しかないし、支援はない。だから、あるものを精いっぱい使うしかない。

小さなヴォクソール・コルサの4ドアのルーフに、雨が叩きつける。「きみならできる」おれはいう。「きみはすばらしい働きをするさ」確信をこめていい、ほんとうにそう思っている。それに答えて、タリッサが小さくうなずく。だが、おれの計画がそんなに順調に進むとは、ふたりとも信じていない。おれにはそれがわかっているし、タリッサがおれの怖れていたとおりのことをいって、おなじように思っていることをおれに伝える。

「でも、わたしがいったことを確認しているあいだに、そいつらがわたしを拘束したらどうするの？」

一日ずっとそれを考えていたので、答は用意してある。「いっしょに捜査している同僚がいるというんだ。やつらがきみを帰らせないようなそぶりを見せたら、使い捨てスマートフォンでおれに電話し、話をしている相手の名前をいえ」

「わかった」

「きみのことを調べて、嘘をついているとわかっても、電話をかければ、ほんとうに上層部に関係なくやっていると確信するまでは、身柄を拘束しないはずだ」うまくいくかどうか、見当もつかなかったが、いい方法のように聞こえる。

タリッサがもう一度うわの空でうなずき、雨を透かして警察署のほうを見る。不安のせいで顔がひきつり、短い赤い髪の房が額に垂れている。「そろそろ行ったほうがよさそうね」

「用事が終わったころに、ここに車をとめる」

「ええ」タリッサがいい、最後までやり抜けるかどうか、おれは危ぶむ。

「いいか。きみならできる」

タリッサはこんなふうに恐怖ですくみあがってしまうのに、これまで必死で突き進んできた。それがおれにはいまだに理解できない。妹が死ぬか、絶望的な危機にさらされているのはわかっているし、地元の官憲の手助けが期待できないとタリッサが思っているのもわかる……しかし、恐怖に対してこういう肉体的反応を示す人間が、危険を冒してやり遂げようとしているのは、いままで一度も見たことがない。

タリッサを尊重して先へ進みたいが、彼女の話におれがまだ細かく調べていない部分があることはまちがいない。

タリッサが呆然とフロントウィンドウから外を見つめているのに気づき、おれの思考はそのことから遠ざかる。タリッサはなにか重大なことを考えている。唇《くちびる》がまたふるえはじめ、おれの目の前でいまにも取り乱しそうになっている。

おれはあわてていう。「よく聞け。なかでなにかが起きたら、ようすがおかしくなったり、捕らえられそうになったりしたら……おれはきみを連れ出す」

タリッサが、血走った目をおれに向ける。口から出た言葉と目つきが、懇願している。

「お願い、ハリー。わたしがどうなっても、ロクサナの身になにがあったのか、突き止めて」溜息を洩らし、つけくわえる。「わたしのことは心配しないで。ロクサナのことを心配して。警察署に突入して撃ち合うのは無理よ」

それではうまくいくはずがないので、そういうことはもくろんでいない。おれはターミネーターではない。「そうならないと約束する。冷静にして、役割を演じてくれ。必要とあれば、おれも芝居を打つ。この一幕が終わったら、いっしょにロクサナを捜そう」

その言葉がすこしは役立ったようだ。タリッサが、決意をこめて視線を据え、ひとこともいわずに小さな車をおりて、雨のなかを歩いていく。

おれはタリッサが歩くのを見守り、彼女の作り話につじつまの合わないところはないだろうかとあら捜しをしながら、ここでこれからなにが起きるだろうと、不明な部分を自分の推理で埋め合わせる。

16

午後五時、タリッサ・コルブは、ドゥブロヴニク警察署の正面ドアを通り、受付に身分証明書を見せて、警察署でもっとも階級が高い警察官と話がしたいと頼んだ。がっしりした体つきの中年の女性が、笑みを浮かべて近づいてきて、タリッサと握手を交わしてから、オフィスに招き入れた。

ルーマニア人のタリッサには読めなかったが、壁の数々の表彰状を見れば、その女性がこの街の警察官のトップだということは察しがついた。

ということは、末端の警官が人身売買に関与していて、警察署の上層部にはパイプラインに関与している人間がひとりもいないか、あるいは笑みを絶やさないこの中年の女性署長本人が、東から西への性的奴隷輸送に関与しているか、どちらかだろう。

タリッサには、この署長が関わっていることはありえないように思えた。

署長が英語できいた。「どういったご用件ですか、コルブさん?」

「会ってくださって、ありがとうございます。性的奴隷にする目的で、何人もの女性がドゥブロヴニクを経由して売買されている疑いがあるので、それを調べるためにここに来ました」

女性署長が目をしばたたいたが、タリッサは、相手が騙《だま》そうとしているかどうかを表情や体の動きや態度で見破る訓練を受けていなかったので、なにも読み取ることができなかった。

「ユーロポールに監督されている捜査なのですか？」

「そうです」

署長が、タリッサの身分証明書をもう一度見た。「あなたは経済犯罪が担当だと書いてありますね」

「そのとおりです。わたしはお金の動きを追っています。それが人身売買をやっている人間に結びつき、最終的にドゥブロヴニクに結びついたのです」

「この捜査について、わたしはなにも聞いていません。ここではだれといっしょに活動しているのですか？　わが国の連邦捜査機関ですか？」

「わたしはクロアチアでの正式捜査に先んじてここに来ています。予備調査で、事実を確認するのが目的です」

「協力している機関がないのですか。それは異例ではないですか？」

「異例ですが、前例はあります」

「なにか証拠を示してもらえますか？」

タリッサが予期していた質問だった。汗をかいている掌《てのひら》を、署長に見えないように膝《ひざ》のあいだでこすり合わせ、できるだけ落ち着いた呼吸を心がけた。「モスタールの警察署長が、きのう拉致《らち》されました。それはご存じでしょう」

署長が答えた。「ええ、たいへん恐ろしいことです」つづいていった。「数時間前に、自宅で死んでいるのを発見されました」

タリッサは、その情報に驚愕し、ショックをほとんど隠せなかった。「それは……拉致されただけだと思っていました」

署長が、怪訝《けげん》な顔でタリッサを見つめた。「ユーロポールは、情報を集めるのが得意ではないようですね」

「わたし……ずっと自分の作業に追われて、本部に何時間も連絡していなかったんです」

「それなら、最新情報を教えましょう。ヴコヴィッチ署長はきのう生きているのを発見されたあと、アパートメントにいっしょに留まっていた警官ふたりとともに、夜のあいだに殺されました」

「そうですか」タリッサはいった。

「すみませんが、それがこのドゥブロヴニクとどう関係があるんですか？」

タリッサは、できるだけ落ち着いた声を出すのに苦労していた。「わたしたちは……ヴコヴィッチ署長が人身売買組織と関係があったと確信できる証拠をつかんでいます。女性たちを監禁する家があって、それがヴコヴィッチの管轄区にありました。それから、われわれの調査は、ドゥブロヴニクがパイプラインのつぎの中継地であることを示しています」

「パイプライン？」

「そういう名称を耳にしています。源《みなもと》はモルドヴァやウクライナです。ひょっとしてロシアかもしれません。その西の端がドゥブロヴニクです。その先は……まだわかっていません。食い物にされている女性たちのこの地域での移動について、なにか教えていただけるとありがたいと、わたしたちは考えています」

女性署長は、もう笑みを浮かべてはいなかった。「わたしたちの隣国の警察署長が、この犯罪に手を染めていると考えているのね？　ほんとうは、わたしの協力を求めているのではなく、容疑者として話を聞くために来たんじゃないの？」

「そんな容疑のことは申しあげていません。わたしは捜査員ではなくアナリストです。警察に協力をお願いしているだけです、署長」

中年の女性警察署長が、椅子に背中をあずけて、片手をふった。「そう……わたしはその問題についてはなにも知らない。もちろん、以前、人身売買業者の組織を叩き潰したことはある。たいがいアルバニア人よ。トルコ人もいる。恐ろしいやつら。おぞましい犯罪。でも、最近はないし、ボスニアからは来ていない。ヴコヴィッチ署長に会ったことはないけど、評判は高かったそうよ」

タリッサは、唇《くちびる》がふるえたので、しっかりと結んでからきいた。「コンソーシアムと呼ばれるもののことを、聞いたことはありませんか？」

署長がまた目をしばたたいたが、タリッサにはそれに特別な意味があるのかどうかわからなかった。

「どういうコンテクストで？　だって、コンソーシアムと呼ばれるものは、ありとあらゆる種類があるのよ。貿易やビジネスのために集団や組織が提携することをいうんだし」

署長の最後の言葉に、タリッサは弁解するような声音《こわね》を感じ取った。片方の眉をあげた。

「すみません。いいかたが曖昧《あいまい》でしたね。人身売買というコンテクストで、聞いたことがあるかどうかをおたずねしたんです」

女性署長がタリッサをじっと見てから、身分証明書に視線を落とした。「でも、あなたは犯罪アナリストだと、自分でいったわね。それに、下級職のようね。あなたがどうして興味を抱いているのか、どういう命令を受けているのかわからないので、説明してくれないかしら」

タリッサとハリーことジェントリーは、相手がそういう疑惑を口にすることを願っていた。それでも、恐怖が喉《のど》もとにせりあがり、タリッサは生唾《なまつば》を呑んだ。

「ハーグの本部に問い合わせてもらえますか。わたしは事実確認のために来ただけです。まだ予備調査の段階なんです」

「そう。では問い合わせます」署長が、タリッサの顔を見た。「あなたは独りでこの街にいるのね？」

タリッサの動悸《どうき》が激しくなり、椅子の肘《ひじ》掛けをぎゅっとつかんだ。餌《えさ》の役目を果たすには、弱そうに見えたほうがいいから、あまり力を見せつけるなと、ハリーに注意されている。

タリッサは答えた。「本部の同僚と連絡をとり合っていますが、いまは独りです」

「どこから来たの？」署長がきいた。

「オランダに住んでいます」

署長が両腕をデスクの上でのばし、目つきが鋭くなった。「ちがうわ。どこで生まれたかときいているのよ」

署長の声が、かすかな脅しを含んでいた。

「わたし……ルーマニア人です。でも、ここへはユーロポールの仕事で——」

「人身売買されている女性たちだけど、ルーマニア人もいるでしょう？」

タリッサは、ぱっと立ちあがってそこから跳び出したい気持ちを抑えた。署長はなにかを察し、ハーグの本部に照会する前に、作り話の弱点を衝《つ》こうとしている。危険なやりとりだった。パイプラインのことを知っていると思われてはならない。もしそうなら、ユーロポールもとっくにその情報を知っているはずだからだ。そうではなく、独りで調べているという印象をあたえる必要がある。ただし、不確かな部分も残しておかなければならない。そうすれば、彼らは裏付けをとる時間を得るため、タリッサが警察署から出るのを許すはずだった。

タリッサはいった。「ルーマニアから人身売買されてきた女性もいるでしょうね。女性が行方不明になる事件も多いですから。若くて感化されやすい娘や少女が、わたしたちの街で姿を消しています」

「それじゃ……ある程度、個人的なこともあるのね？」

共感のかけらもない言葉だった。人身売買された女性たちや、彼女たちを捜しているといっている捜査員を気にかけているようすはなかった。それどころか、どんどん険悪な表情になり、声も態度もあからさまな敵意を発散していた。

タリッサ・コルブは、クロアチア人の女性署長の目を覗《のぞ》き込んで、パイプラインのことをすべて知っているにちがいないと悟った。脅威と見なされていることも察した。

タリッサは、落ち着いた声を保った。「仕事です、署長。ドゥブロヴニクの住民の安全を護《まも》るのが、あなたの仕事であるように」ボールペンとメモパッドをハンドバッグから出して、手がふるえているのを意識しながら、泊まっている部屋の住所を書いた。「ここにいます。二、三日いることになるでしょう」

署長がメモを見て、タリッサのほうを見あげた。「ここ？　旧市街の三階の狭い貸間？　バックパッカーが泊まるようなところにするとは、ユーロポールもよっぽど予算がないのね」

宿泊する場所も警察に怪しまれるだろうと、ハリーはいっていた。わざと怪しまれるように仕向けているのだが、危なっかしい作り話を調べられるあいだ、足止めされるおそれもあるので、これもまた賭けだった。タリッサは怖くて泣きそうになるのをこらえ、精いっぱい落ち着いた声で、笑みを浮かべながらいった。「いいんです。コストを抑えれば、毎月の経費のことでうるさくいわれずにすむので」

「そんなのはだめよ。もっとましなホテルを用意してあげる。電話一本かければ、マリオットの部屋がとれる。すぐ近くだし」

負けそうになるのを、タリッサは感じた。署長にコントロールされそうになっている。彼女とパイプラインに関係している男たちが、容易に手出しできるところにいさせようとしている。

「いいえ……ありがたいですけど、泊まるところなんかどうでもいいんです。いまのところにいます」

タリッサは立ちあがった。署長も立った。

中年のクロアチア人の署長がいった。「ひとつだけ質問があるわ。きかないわけにはいかないのよ、あなたは、ヴコヴィッチ署長の身に起きたことに、なんらかの形で関わっていたの？」

タリッサはすばやく答えた――あとから思うと、返事が速すぎたかもしれないと気づいた。「いいえ。滅相もない。話を聞きにいこうとしたときに、もう行方不明になっていました」身分証明書を返してもらうために、手をのばした。身分証明書が返されると、タリッサは署長に礼をいって、警察署を出た。そのあいだずっと、だれかにうしろから呼びとめられ、脇の部屋に連れていかれて、自由を奪われるのではないかと怖れていた。

おれは銀行の壁にもたれて座り、通りの右の車を視界にとどめ、左前方の警察署の正面出入口を見ている。タリッサには車で待っているといったが、おれの正確な位置を知っている手先を敵の手中に送り込むようなことをやらないから、これまで生き延びてきたのだ。だから、タリッサの姿が見えなくなると車をおりて、防犯カメラに映らないところで、精いっぱい姿を隠して待っている。

そのときにはタリッサのことが心配でたまらず、彼女を救い出すために、警察署にターミネーター流の複雑なワンマン襲撃を仕掛ける手順を思い描いている。だが、空想のなかでも、アーノルド・シュワルツェネッガーのようにはうまくいかない。

おれがサイボーグではないからだろう。

だめだ。やつらがタリッサを足止めして訊問したら、バラバラにされてアドリア海に投げ込まれずに無事解放されることを祈るほかに、おれにできることはなにもない。

おれは銀行の壁にもたれて、警察署の正面出入口に絶え間なく目を配る。雨はやんでいたが、低い雲と霧のせいで、暗くなるのが早まっている。腕時計を見ると、タリッサがはいっていってから三十分もたっていないが、その四倍の長さに思える。

やがて警察署のドアがあく。タリッサがはいっていってから、ドアがあくのはそれで十二回目だが、今回は前とはちがう。ずっと願っていたものが目にはいる。黒いレインコートを着た赤毛の若い女が、たしかな足どりで、車のほうへ戻ってくる。だいじょうぶそうだ。警察署からだれかがあとを跟《つ》けていないかどうか、彼女のうしろに目を配る。

おれが見ているあいだ、だれも警察署から出てこない。いい兆候だ。

数分後、ヴォクソールのそばで落ち合うと、タリッサが怒る。「どこにいたのよ?」

「きみが跟けられていないのをたしかめていた」おれは運転席に乗る。「乗れ」

タリッサはおれに腹を立て、胸をふくらますが、いうとおりにする。

おれは小型車のエンジンをかけ、ひとこともいわずに発進させてそこを離れる。

17

夕方の車の流れに乗り、バックミラーすべてを見て、尾行がないと確信してから、おれはタリッサに話しかける。

「まあ、警察署から出られたんだから、ひとつ勝ちだな。だいじょうぶか？」

緊張がみなぎっているのが感じられ、泣き出すのではないかと心配になるが、いくつか息を吸ってから、タリッサが答える。「だいじょうぶ。ものすごく怖かっただけ」

「すごく勇敢だった」

「やけっぱちなだけよ」

意味ありげな言葉だったが、いまはそれを追及しない。おれはきく。「やつらはきみの話を疑わしいと思って、調べようとするかな？」

タリッサが、両手に視線を落とす。手がふるえているのをおれは見る。「疑わしい？ 警察署長は、わたしのいうことをひとことも信じなかった」

「よかった」

「署長は女性よ。それに、ぜったいに関係している」

「どうしてそういい切れる？」

「それは……言動でわかった。法執行機関の専門家同士だから、好意を表わすのがふつうよ。つまり……最初はそうだった。でも、パイプラインとコンソーシアムのことをいったとたんに、彼女はみるみるよそよそしくなった。人身売買されている女性たちへの配慮を示さなかった。人間性を否定していた。そういう女性を食い物にしているときに、よく見られる態度よ」

その場にいて、署長の欺瞞《ぎまん》を分析できたらよかったのにと思う。しかし……タリッサは自信があるようだったので、その言葉を信じる。ヴコヴィッチにやったように、警察署長を拉致《らち》して情報を吐き出させるのにじゅうぶんな証拠とはいえないが、貴重な情報にはちがいない。

おれはきく。「女でも男とおなじようにひどいやつがいるというのは意外だろう？」

「いいえ……そんなことはない。でも、こういう犯罪だから、同性を食い物にするというのは、よけいひどい話でしょう？」

「悪辣《あくらつ》すぎるな」

「これからどうするの？」考えをまとめながら、タリッサがいう。

「貸間の住所を教えたんだろう？」

「ええ」

「それなら、つぎのことは、きみがどれほどのめり込んでくれるかによる」

旧市街の方向へ車を走らせながら、おれは道路に目を配るが、返事がないのでタリッサのほうを見る。タリッサが怒りをこめて睨《にら》んだので、まちがったことをいったと気づく。おれはあわててつけくわえる。「妹のことで献身的にやっているのを疑っているわけじゃない。ただ、今夜、きみが大きなリスクをとれば、それだけ敵が餌《えさ》に食いつく可能性が高くなる」

「どんなリスク？」

「まあ、やりかたはふたつある。やつらに見つからないところへきみを連れていき、急いでひきかえして、貸間を見張る。今夜、やつらが来たら、写真を撮って、身許を調べあげる。犯罪に関係のある場所まで尾行し、あすそのうちのひとりを拉致する」

「いい計画のように思えるけど。そうじゃないの？」

「きみにとっては、もっとも安全だが、やつらが行動する確率を高められる方法がある」

「どうやるの？」

「きみは街中を歩きまわり、おれが尾行する。きみが独りきりだと見せかけ、跟《つ》けているやつをおれが探す。それから、今夜、きみはやつらに住所を教えた貸間へ行く」

「彼らがわたしを拉致しにきたら?」

「そうなるだろう。警察が見張りか情報提供者をきみの貸間の周囲に配置したら、簡単にやれると見せかける。やつらはためらうことなく、きみを拉致しようとするはずだ」

意志の力でこれらすべてを追い払おうとするかのように、タリッサが下唇を嚙《か》み、目を閉じる。

「おれのいうとおりにすれば、きみがやつらに捕らえられないようにする」

タリッサが答える。「だれかが来たとして、どうしてコンソーシアムの手先だとわかるの?」

「おれには悪党を探知するものすごく優秀なレーダーが備わっているんだ」タリッサにはこのジョークが通じないらしく、返事がないので、つけくわえる。「信じてくれ。おれにはわかる」

「自分のことはほとんど教えないで、信じろというばかりね」

「もっともだ。なにが知りたい?」

「あなたの素性」

「具体的にいうと？」

「アメリカの軍か法執行機関か情報機関に属しているの？」

「答えられない。悪いが」

「わかった。遠い過去の話はしたくないのね。近い過去のことを話して。あなたはバビッチ将軍を暗殺し、農場に監禁されていた女性たちを見て、置き去りにした。自分が助かるために。ここまでは合っているわね？」

「きついいいかただが、まちがってはいない」

「それに、お金のために人を殺すのね？」

勝手に結論を出しているが、当たっている。ちがうと答えようかと思うが、女たちを助けるためには、タリッサとこういう関係を保っていかなければならない。「そういうときもあるし、そうではないときもある」

「では、あなたは暗殺者なのね」

この女は、当面、おれのファンクラブの会長になるつもりはないようだ。それははっきりしている。「おれは作戦を行なう。それしかいえない。すべてが、バビッチ暗殺作戦のようではない」

海岸沿いにあって歩行者しかはいれない旧市街の外にある屋内駐車場に、車を入れる。

とめられるスペースをおれが探していると、タリッサがいう。「その女性たちのことだけど、どういうわけで、あなたはこれをやっているの？　つまり……なぜあなたはここまで来たの？」

そのことを、おれはさまざまな言葉で何度も自分に問いかけている。「女たちはひどい状態に置かれていた。おれのせいで、最悪の状態になっているかもしれない。責任があると思っている。助けられれば……そうしたい」つけくわえる。「ロクサナの身になにがあったか、きみが答を見つけるのも手伝いたい」

「でも、どうして？」

「ときどき、正しいことをやらなければならないからだ」

「でも、あなたは殺し屋でしょう」

「〝ときどき〟といっただろう」おれが車をとめるとき、タリッサは考えている。なにもいわないので、おれはいう。「おれが殺すのは、悪いやつらだけだ」

タリッサが陰気な笑い声を漏らし、ジョークだと思っていることを伝える。おれが答えないと、つづけていう。「あなたはひとを救うことにあまり興味がないのかもしれない。戦うことに興味があるんじゃないの？　危険や殺すことに？　だって、そうでなかったら、生活のためにそういうことはやらないでしょう？」

くそ。当たらずといえども遠からずだから、いい気持ちはしない。おれはいう。「こういう人生を選んだわけじゃない。それくらいにしておこう」

「でも、あなたはここにいる。どこかへ行って、ほかのことをやれるのに。殺すのが好きなの？　頭がおかしいようには見えないけど」

はじめての褒《ほ》め言葉だ。「ありがとう」おれは答える。「おれはいまこれをやっている。ろくでもないことかもしれないが、得意なんだ。いい行ないに使えるかもしれないし」

「ひとを殺すのが〝いい行ない〟？」

おれたちはとめた車にまだ乗っていて、顔を見合わせる。「ラトコ・バビッチがどういうことをやったか、知っているだろう？」

「もちろん。そのころは赤ん坊だったけど、話には聞いているわ。でも……遠い昔のことよ。いまあんな年寄りを殺すことに、どんな意味があるの？」

「怯《おび》えて逃げ隠れしている極悪非道なやつらに、悪事を忘れていない物騒な人間に付け狙われているのを思い知らせることができる。そういう考えかたが気に入っている。そいつらが悪党だったのが遠い昔であってもおなじだ。悪鬼のような男が過去の罪の代償をいま払わせるためにやってくる確率が百万分の一だとしても、怯えさせることができる。罰せられるのが当然のやつらすべてのところへは行けないが、おおぜいのくそ野郎が眠れない夜を過ごすことになる。なにもやらないよりはましだ」

「あなたは変なひとね」

それも当たっている。

おれはバックパックに手を入れて、充電器からイヤホンをはずし、タリッサに渡す。おなじものをもうひとつ、充電器からはずして、自分の耳にはめ、茶色い髪で覆《おお》って見えないようにする。髪は長くのびているので、じゅうぶんに隠せる。おれはいう。「耳にはめて、髪で隠せ。送信も受信もできる。充電してあるから、十六時間はもつ。シリコン製だからしっかりとはまる。たとえ橋から落ちてもはずれない。必要とあれば交換できるように、べつのひと組がある」

「それなら、話をするだけで――」

「おれに聞こえる。おれの悪口はいわないほうがいい」おれはジョークをいうが、タリッサはそんな気分ではない。捕食者が潜んでいる海で生餌《いきえ》になることを思い、身をこわばらせているのがわかる。

タリッサがイヤホンをはめて、赤いショートの髪のぐあいを直し、ハンドバッグを肩から吊る。

「どこへ行っても」おれはいう。「おれが見張っている」

「だれも殺さないでね」タリッサが向きを変え、屋内駐車場を出ていく。

「約束はできない」おれはひとりごとをいい、今夜が終わる前に、タリッサはその意見を変えるだろうかとふと思う。

すばやくバックパックに手を入れて、黒いTシャツと灰色の長袖シャツを出し、野球帽も出しかけるが、考え直す。このあたりでは、たまに見かけるアメリカ人観光客以外は、野球帽をかぶっていないし、人混みに溶け込むのを妨《さまた》げることはやらないほうがいい。そこで、度なしレンズのサングラスを出し、バックパックを背負う。タリッサが通りに見えなくなる前に、あとを追う位置につく。


タリッサは、戸外のカフェでのんびり食事をしてから、旧市街のメインストリート、通称ストラドゥンをぶらぶら歩く。観光客がひしめいているので、危うく見失いそうになる。だが、通信装置が使えるという利点があるので、歩度をゆるめるよう指示し、すぐにまた都合のいい位置に戻る。

おれの目は機械的に前方の光景を走査《スキャン》する。タリッサを観察している人間を見つけようとはしない。こんな混雑したところでは無理だ。そうではなく、脳ですばやくデータを取り込む。自分の作業に重要な情報だけを得て、無関係なものは取り除く。目を左右に向けながら、監視者が陣取りそうな場所を探し、そういうところにいる人間の服、髪形、性別を見る。数秒のあいだに群衆の九〇パーセントを分析して絞り込み、脅威となる特徴を備えている人間にロックオンする。

監視者がいるとすれば、男と女のどちらであってもおかしくはないが、おそらく男で、年齢は二十五歳から五十五歳のあいだだろう。地元住民の服を着て、通信装置か武器もしくはその両方が隠せるように、腰を覆《おお》うアウターウェアを着ているにちがいない。

髭を生やしている男や、兵隊のように髪を短く刈っている男には、ことに注意を払う。クロアチア軍が関わっていると思っているからではない。現職の警官が関わっているかもしれないからだ。警官も特定の髪形にするよう求められることが多い。

犯罪組織の手先になっていても、それは変えられない。

そういった特徴と一致する人間がいたときには、服装と靴に注目し、引き締まった体格かどうかをたしかめ、サングラスや時計のような小物も見る。

ほんとうに、ブラジルから香港に至るまで、どこであろうと、そういう稼業の人間には特有の外見がある。

おれはちがう。おれは用心深い。格好いい小物は身につけないし、アメリカンフットボールのラインバッカーみたいな体格でもない。それに、この手のことをやっている他人とはちがい、目だけは動かすが、大統領警護官のように首を左右にまわしはしない。

だが、そういうそぶりをしているやつはいないかと見張る。疲れる作業だ。目も頭もくたびれるが、長年やっているので、必要なだけ長くやれるとわかっている。

タリッサがストラドゥンからはずれて、南に向かうとき、尾行は見当たらないが、彼女に興味を示している男ふたりを見つける。タリッサのうしろを歩いているのではなく、古い鐘楼《しょうろう》の壁にもたれている。鐘楼の左右に拱門《きょうもん》の通路があり、いずれも旧市街の外にある旧港へ通じている。ふたりとも三十代で、首が太く、荒っぽい感じで、髪を短く刈り、ジーンズとトラックスーツのトップを着ている。煙草《たばこ》を吸ってしゃべっているだけだが、おれの目はそのふたりにロックオンする。そういう外見だし、タリッサがそばを通るときに、そちらに顔を向けて注目しているからだ。

見つけたと思うが、無我夢中にならないように気をつける。たしかに警官のように見えるが、おれが探しているのは腐敗した警官だ。そのふたりが悪党の仲間ではなく、パイプラインのことを知らない清廉潔白《せいれんけっぱく》な警官で、旧市街でタリッサを見つけて、ほんとうに独りきりかどうかをたしかめろと、上官に命じられたとも考えられる。

おれが尾行するか捕らえようと思っているのは、悪徳警官だ。そのふたりが悪党なのか、それとも合法的とされている仕事をやっているだけなのか、おれにはわからない。ふたりはタリッサのあとを追わない。しかし、ひとりが携帯電話で話をするのが目に留まる。監視を引き継いでもらうために、タリッサの前方にいるだれかに連絡しているにちがいない。

いつもなら、敵方のくそ野郎か、敵方のために働いているやつのそばを通り過ぎるようなことはしないが、ひょっとして拉致《らち》チームに連絡したのかもしれないので、ぐずぐずしてはいられない。やつらはタリッサが貸間に帰る前にひっさらうつもりかもしれない。だとすると、かなり大胆だ。まだ午後九時で、空は晴れているし、そんなに暗くない。旧市街の狭い通りには、買い物客や食事をしている客がひしめいている。だが、それでもやろうとするかもしれないし、タリッサが拉致されるようなことがあってはならない。おれは男ふたりのそばをこっそり通り過ぎた。タリッサが通路の人混みに見えなくなるまで、男ふたりはずっと見守っている。その先に長く高い階段があり、南の貸間に通じている。

男ふたりは、おれにまったく気づかない。

一分後、おれはタリッサのすぐうしろで階段を昇っている。滑稽《こっけい》なくらい最初のふたりと似ているふたりが、すぐに目に留まる。そのふたりも一カ所から動かず、タリッサがそばを通るとき、ひとりが携帯電話を出して話しはじめるのが見える。

賭けてもいいが、もうひと組がタリッサの貸間近くに配置されているはずだ。ここにいるふたりは、その連中に連絡しているにちがいない。

そいつらの任務がタリッサを拉致することではないとはいい切れない。しかし、いまタリッサの身柄を拘束するつもりなら、旧市街と歩行者用出入口付近の二ヵ所に配置した合計四人の警官の前を通過させておいてから、そことかなり離れている階段を数百段昇ったところに配置したやつらに捕らえさせるようなことはしないだろう。

そんな無駄なやりかたはありえないと、自分にいい聞かせるが、考え直して、足を速める。なぜなら、第三のグループが殺し屋だということもありうるからだ。もしそうなら、ストラドゥンの人混みからタリッサが出てくるのを待つ理由はじゅうぶんにある。

おれは階段を昇りながら、イヤホンを通じてタリッサに呼びかける。

「だいじょうぶだな？」

低い声で、タリッサが答える。階段を昇って息切れしているのがわかる。「わたしがなにをやっているか、知っているはずよ。ずっと見張っていったじゃないの」

「見張っている。だめだ。うしろを見るな。おれを信じろ」

「また〝信じろ〟ね」タリッサがつぶやく。「あとを跟《つ》けてくるひとも、注意を向けるひとも見ていない。ショーウィンドウやなにかでずっとこっそり見ていたのよ」

おれはあきれて目を剝《む》き、タリッサのほうへ近づく。「それはおれに任せろ。ただ歩いていればいい」

「信じろということね」馬鹿にするような口ぶりだ。

おれが見つけた監視者のことをいおうかと思ったが、怯《おび》えさせたくないのでこういう。

「まっすぐ貸間へ行ってはいけない。つぎの角を曲がって、その路地を二分進んでくれ。そのあいだにおれはきみを追い抜いて、貸間のあたりを調べる」

「待ち伏せていると思っているのね？」すこし不安げに、タリッサがきく。

答はほぼまちがいなくイエスだが、おれはいう。「まずおれがたしかめる」

18

おれはタリッサが警察署長に教えた住所に向かう。二分後にそのあたりに着くと、タリッサの貸間がある建物の向かいに、狭い石畳の通路を隔てて、バスケットボール・コートの半分くらいの子供用遊び場があるのが見える。

その遊び場に、おとなが三人いた。ひとりは携帯電話を持ち、あとのふたりから五、六メートル離れた門の近くに立っている。その男は筋肉質で痩《や》せているが、数分前に見かけたふたりとおなじように、やはり兵隊風の短く刈った髪型だ。それに、タリッサがユーロポールの任務の枠外で単独行動していると敵が確信しているのは明らかだ。遊び場のまんなかにある子供用のシーソーの両端に腰かけている、荒っぽい感じの間抜けふたりのようすからそれがわかる。ひとりはタリッサの貸間がある建物に背中を向け、もうひとりは正面を向いて、この世になにも心配がないというふうにセルビア・クロアチア語でのんびりしゃべっている。

その三人があまりにもくつろいでいるので、この一件とは関係ないのかもしれないと、一瞬思うが、おれが通るときに、携帯電話を持っている男が顔をあげて探るように見てから、通路の向かいの建物に入る階段にちらりと視線を投げる。

そいつが仕事でここにいることは明らかだし、その仕事は明らかに通行人に目を光らせ、あの建物を監視することだ。

そいつは敵だ。三人とも敵だ……疑問の余地はない。

おれは三人から一〇〇メートル離れた石畳の道のベンチに腰かけて、スマートフォンを出し、あちこちに仕掛けたカメラの画像を確認する。

ほかに脅威になりそうな人間は見当たらないので、タリッサに聞こえるように小声でいう。「調子はどうだ?」

「だいじょうぶよ、ハリー。そっちはどんなようす?」

「ああ、警察署で話を売り込むのを、きみはかなりうまくやったにちがいない。このあたりにきみを待っているやつらがいるが、拉致《らち》するつもりはないと思う。きみが教えた場所にはいっていくのを見届けるためにいるだけだ」

タリッサが、不安げにきく。「それで……わたしはどうすればいいの?」

「貸間のある建物に来て、遊び場にいる男三人には目を向けず、部屋へあがっていく」

「でも……あなたの見込みちがいだったら？　そいつらがわたしを撃ったら？」

「だれもだれかを撃たない」おれはいい添える。「おれがそいつらを撃つまでは」

タリッサがまるでひとりごとみたいにささやくが、おれには聞こえる。「なんてこと」

「おれを信じろ」もう十回ぐらいそういっているような気がする。「だいじょうぶだ」

おれはそれから二分間、スマートフォンを見るふりをする。ようやくタリッサがそばを通り過ぎる。タリッサがこっちを盗み見るが、おれは視線を下に向け、念力で彼女を落ち着かせようとする。タリッサが、男三人には目もくれず、遊び場の低い石塀の横をぶらぶら歩く。おれは三人を用心深く見張る。三人ともタリッサに目を向けているが、巧みに関心がないふりをしている。警官にちがいない。おそらく三人とも刑事課の捜査員だろう。旧市街のもっと観光客が多いところに配置されている四人同様、その三人がパイプラインに関わっているのか、それとも人身売買業者から賄賂《わいろ》をもらっている上官に命じられて監視しているのかはわからない。彼らの意図がよくわからないあいだは撃ちたくはないが、おれの右手は腰のグロックのすぐそばにあり、三人のでかい間抜けが拳銃のグリップを握る前に抜いてターゲットに狙いをつけることができると確信している。

タリッサが石段を昇り、貸間のある建物の石敷きの中庭にはいって見えなくなる。中庭の奥の階段を昇れば、貸間に行ける。おれはスマートフォンを見る。男三人がすぐに小声で話をする。こっそり見ると、携帯電話を持った男が離れていき、シーソーに腰かけているふたりが残っている。

イヤホンから、タリッサの声が聞こえる。「なにも問題はないわね？」

「ああ。合計七人の男が、きみの動きを追っていた」

「七人？」あらためてショックを受けたような声だ。

「ああ。だが、ただの見張りだ。襲ってはこない」

「襲ってくるひとたち……あとで来るのね？」

「たぶんあとで来るだろう」そう願っているが、部屋で怯《おび》えている女にそうはいえない。

「そこにいて、ハンドバッグをそばに置いておけ。やつらが来たときに、階段をすべて見張れるように、おれはその建物の屋根に行く」

「そいつらが来たとき……わたしをどうやってここから連れ出してくれるの？」

そのための計画はあるが、彼女がパニックを起こすといけないので、まだいわないことにする。「心配するな。それは簡単だ」タリッサがパニックを起こさないかぎり、簡単なはずだ。

この心配事を意識から追い出し、おれはベンチから立ちあがって、遊び場とは反対の方向へ歩いていく。急いでタリッサがいる建物の裏に行き、窓を抜けて、中庭にはいるつもりだ。

ヤコ・フェルドーンは、ガルフストリーム・ビジネスジェット機のキャビンで、うとうとしていた。まわりには九人編成のチームがいて、ほとんどが眠っていた。まだ午後十時だったが、この仕事と仕事のあいまの短時間の休憩を最後に、しばらく休めなくなるはずなので、眠れるときに眠るのが賢明だった。

フェルドーンは、バルカン諸国でのターゲットの身上調書をひろげて、膝《ひざ》に置いていた。コートランド・ジェントリー、元CIA工作員、いまはCIAに追われて逃げている。

ジェントリーについての情報は、フェルドーンがかつて勤務していた南アフリカ国家安全保障局《SSA》から入手したものだった。SSAにそのファイルがあったのは、何年も前にCIAがジェントリーを脅威と見なして、〝目撃しだい射殺〟制裁を課したときに、アメリカが情報を提供したからだった。

フェルドーンは、諜報の分野に九年間いて、悪名高いグレイマン狩りに南アフリカが参加したときにも関わったが、なんの成果もなく、四十一歳のいまも口惜《くや》しさが消えていない。身上調書の内容は隅から隅まで知り、ほとんど暗記している。

だが、いまはふたたび昔の稼業に復帰し、グレイマンを狩ろうとしている。これほど楽しいことは、ほかにはない。

フェルドーンは、母国の情報機関を四年前に辞《や》めて、クレタ島に会社を登記している民間警備会社ホワイトライオンに入社した。ホワイトライオンには、定着したクライアントがそろっていることを示す書類があるが、じっさいはたったひとつの組織——コンソーシアム——の仕事のみをやっていて、たったひとり——ケネス・ケイジ——のために活動している。

ホワイトライオンの表向きのクライアントを演じているダミー会社はすべて、コンソーシアムでなんらかの役目を果たしている。ホワイトライオンは、ナイジェリアでの車列による輸送、ウクライナでの個人警護、ドイツでの専門的なリスク管理コンサルタントといった業務の報酬をそれらのクライアントに請求している。

フェルドーンは、数十人のスタッフを抱えている。すべて怖れを知らない男で、自分が働いている組織のことと、そのおもな取引先がどういう産業であるかを知っているが、クロアチアに向けて南下するビジネスジェット機に今夜乗っているのは、選り抜きの資産《アセット》九人だけだった。いずれも元南アフリカ軍兵士で、武器と戦術の高度な訓練を受けている。だが、なによりも重要なのは、全員が目立たないようにする技を身につけていることだった。

フェルドーン自身がグレイマンのやりかたに魅了され、研究したことが、そのきっかけになった。何年も前にグレイマンを狩ったとき、フェルドーンの資産は現場で、情報機関員や兵士ではなく、一般大衆のような服装、態度、行動を示さなければならなかった。そのために、服装、意思伝達、装置、戦術などについて、通常の作戦要領を数十カ所、修正した。

九人は、二、三人のチームでは行動しない。それでは見張っている人間にばれてしまうからだ。そうではなく、フェルドーンの資産は、監視任務を独りで行ない、おたがいに秘密の通信手段で連絡を維持する。

九人の資産とフェルドーンは隠密に行動する諜報技術《トレードクラフト》に秀でたスペシャリスト集団で、フェルドーンは世界各地にこのチームを派遣して、コンソーシアムのために数十回の作戦を行なってきた。

ガルフストリームが乱気流に揺さぶられ、フェルドーンは目を醒《さ》ました。窓から夜空を眺めた——オーストリア上空あたりだろうと思った——水を飲むために、調理室《ギャレー》に行こうと思った。

だが、座席ベルトをはずそうとしたとき、横に置いてあった携帯電話がひらめいた。フェルドーンは、携帯電話をさっと取った。「なんだ?」

操縦室からだった。副操縦士はホワイトライオンの専属パイロットで、入社する前には南アフリカ空軍でサーブ39グリペン戦闘機を操縦していた。「無線連絡です」

「つないでくれ、ジミー」

それから十分間、ホワイトライオン社のセキュリティ&リスク担当チーフとコンソーシアムのオペレーション担当チーフを兼ねているフェルドーンは、コンソーシアムのバルカン諸国地域マネジャーのコスタス・コストプロスと話をした。

ガルフストリームのキャビンには九人分の座席しかないが、後部洗面所にボルトで固定した便座があり、ロジャー・ルーツはそこに座って眠っていた。大便や小便をするための場所にいるとはいえ、高級なビジネスジェット機よりもずっと劣悪な環境で仕事をしたことがあるので、便座を割りふられても、すこしむっとしただけだった。

乱気流に揺さぶられて身動きしてから、ルーツは腕時計を見た。二十二時十五分。いまはオーストリア上空のどこかにちがいないと思った。

そのとき、洗面所内のスピーカーの電源がはいり、命令口調のボスの声が聞こえた。

「ロジャー……前方中央へ来い。いいな?」

数秒後、ルーツはキャビン中央のフェルドーンの席の横でしゃがんでいた。「なにがあったんですか、ボス？」

「あらたなターゲットだ」

「くそ。グレイマンを撃てると思っていたのに」

「それもあるだろう。ユーロポール職員の女が、ドゥブロヴニクでコンソーシアムについて質問している」

「名指しで？」

「名指しで」

「くそ」

「その女は、われわれが取り込んでいる地元の警官のところへ行き、パイプラインとコンソーシアムに関係がある人身売買の捜査を行なっているといった」

「くそ」ルーツがくりかえした。

「まったくだが、われわれの仲間の警察署長が、女の話についてハーグのユーロポール本部に問い合わせた」フェルドーンは、グレイマンの身上調書の上に置いてあったメモパッドを見た。コストプロスと話をしたときに書いたメモを読んだ。「女の名前はタリッサ・コルブ、ルーマニア人の経済犯罪アナリストで、人身売買は担当外だ。上司によれば、ブカレストの実家で非常事態があって、一身上の都合で仕事を休んでいるそうだ」

「それが、ドゥブロヴニクでなにをやってるんですか？」

「ハーグは、彼女が昇進を狙ってなんらかの事件を暴こうとしていると考えている。マネーロンダリングのようなことを。この女は、頭がおかしいようだ」

「それじゃ……非公式にやってるんですね」

「完全に非公式だ。勝手気ままに動いている。パイプラインの商品《マーチャンダイズ》の名前を調べたが、女の苗字と一致するものはなかった。要するに、自画自賛の捜査をやって、出世しようともくろんでいるんだ」

「つまり、その女は単独でやっているし、排除する必要がある」

「そのとおり。コンソーシアムのことを知っているから、生かしておくわけにはいかない。女はドゥブロヴニクに泊まっている。警察が尾行し、独りだというのを確認したが、すぐ近くのボスニアでグレイマンの活動があった直後だし、都合がよすぎるのが気に入らない。女はジェントリーに協力しているにちがいない。ふたりでなにを企んでいるにせよ、女は表向きの顔で、ジェントリーが腕ずくの仕事をやるのだろう」

「おれたちの役割は、ボス？」

「ドゥブロヴニクの警察署長は、今夜、女を拉致《らち》して始末することを望んでいる。コストプロスが、女を部屋から連れ出すアルバニア人チームを送り込む。女をナイフで刺し殺し、アドリア海に捨てる予定だった。だが、おれはコストプロスを説得して、おれが行くまで隠れ家に監禁するよう命じた。女を殺す前に訊問したいからだ」

「おれたちが街で女を拉致するほうがいいんじゃないですか。アルバニアの連中のことは知っているでしょう。やる気はある……こういうことをやれるくらい冷酷だし、射撃もそう下手《へた》じゃない。しかし、頭が切れるとはいえないでしょう？」

フェルドーンは、肩をすくめた。「ああ、たしかに頭はよくない。しかし、最初のチャンスに女を現場から取り除くというのは、正しいやりかただ。どういう情報を女が握っているにせよ、野放しにしておくのは危険だ。おれが隠れ家へ行き、みずから訊問して、ジェントリーについてなにを知っているか、だれかに話をしたかどうかを聞き出す。女を搾《しぼ》りあげてから、アルバニア人に渡して始末させ、それからグレイマンを追う」

「結構ですね」

「ひとつだけ問題がある。積み荷《シップメント》はいまドゥブロヴニクにある。グレイマンのモスタール攻撃で、予定よりも早く移動させなければならなかったからだ。船を待っているところだが、到着はあすの早朝だ」フェルドーンはさらにいった。「VIP向け積み荷で、品物《アイテム》のひとつには特別扱いのラベルが貼られている」

「ついてませんね」ルーツがいった。VIP向け積み荷は、複数の中継基地で選ばれ、ことに品質が高いと評価された女たちを運ぶことを意味する。この在庫《ストック》は四半期に一度の特別市場で売られ、かなり短い商品寿命《ライフサイクル》のあいだに数百万ユーロを稼《かせ》ぎ出す可能性がある商品《マーチャンダイズ》に、ヨーロッパと中東の犯罪組織が入札する。これらの品物《アイテム》は、コンソーシアムが性的奴隷として売る平均的な女の十数倍の収益をもたらす。

フェルドーンがいった特別扱いの品物は、最終目的地と彼女を拉致するよう命じた男たちのことがあるので、どんな犠牲を払ってでも護《まも》らなければならない。こうした特別扱いの虜囚《りょしゅう》は、他のVIP向け売春婦の十数倍の価値があり、パイプラインを通過するあいだ残忍な教化を受けたあとで、きわめて丁重に扱われる。何年もかけて磨きをかけてきたプロセスを経て、彼女たちは精神と肉体の健康を取り戻し、今後のおつとめの準備ができる。

アメリカ人の刺客《しかく》がコンソーシアムにちょっかいを出している地域を通過する積み荷は、あらゆる犠牲を払ってでも護らなければならない積み荷だということを、フェルドーンのその言葉でルーツは知った。それにより、この作戦の緊急性がいや増した。

ルーツは低く口笛を鳴らした。「VIP向け積み荷については、船に乗せるまでアルバニア人に手を貸すくらいのことしかできませんね。でも、特別扱いの品物は、べつの場所に移せばいいんじゃないですか。危険から遠ざけて、目的地へ向かわせればいい」

「こういうことは、前にもあった」フェルドーンがいった。「特別扱いかどうかにかかわらず、商品が最後までパイプラインを通過するという手順が定められている。心理的再教育の一環だ」

「やりにくいですね」

「何年もかけて改良されてきたプロセスだし、うまくいっている。おまえ、おれ、突撃チームのあとの八人は、この暗殺者を見つけ、商品が市場に届けられるまで護る責任を負わなければならない」

ルーツがいった。「つまり、目いっぱい働かなきゃならない。それに、こっそりやる必要がある」

「そのとおりだ。〇二〇〇時に着陸する。みんなを起こして、なにをやることになるか説明してやれ」

ほどなくフェルドーンは、隔壁の前に立ち、すっかり目を醒《さ》まして注意を向けているチームに話をした。「われわれは、現在と将来の積み荷のために、パイプラインの安全を確保しなければならない。ドゥブロヴニクで緊急事態が起きていて、それを解決するために向かっている」

「ターゲットは何者ですか？」顎髭《あごひげ》を生やしたファン・ストラーテンという男がきいた。

「訊問しなければならない女がいるが、それは最終ターゲットではない。ほんとうのターゲットは、コートランド・ジェントリーというアメリカ人だ。CIAの地上班にいた男だ。これまでずっと超一流の軍補助工作員《パラ》だった」

「兵士ですか？」

「いや、軍や法執行機関には属していない。どういういきさつで地上班にくわえられたのかは、まったくわからない。おれが入手したファイルにはなにもなかった。だが、ここでは独りで活動しているか、あるいは上層部と離叛《りはん》した法執行機関の人間の限定的な支援のみを受けていると思われる」

「われわれの任務は？」

フェルドーンが簡潔に答えた。「E・E」

チームの面々は、無表情でうなずいたが、全員が内心よろこんでいた。E・Eは超法《エクストラジ》規的殺人《ユディシャル・エクシキューション》、つまり暗殺の婉曲《えんきょく》表現だし、ターゲットは高い技倆《ぎりょう》を具えているはずだとわかっている。ホワイトライオンが殺すターゲットはたいがい、パイプラインに関わっていて悪さをした犯罪組織の小物だった。CIA地上班の元軍補助工作員に対する〝自由射撃〟命令は、フェルドーンの突撃チームの全員にとってかなり刺激的だった。

ひとりがきいた。「どこからはじめますか？」

「ターゲットとともに活動している女を訊問してから、狩りをはじめる。いいか、今夜は感覚を研ぎ澄ましていなければならない。やつはおまえたちのような男を見つけ出そうとしているはずだ」

フェルドーンは、男たちを目で検査した。「ヨンカー、そのズボンを脱げ。新しすぎる。クラーク、おまえの時計……観光客が〈ルミノックス〉のミリタリーウォッチをはめているか？ ファン・ストラーテン……そのネックレスはだめだ。装備バッグにしまい、屋台で地元のやつを買え」

「かしこまりました」

「リーベンバーグ……おまえは身につけているものをぜんぶ替えろ」

「わかりました」

フェルドーンは、ひとりひとりを鋭い目で観察して、こういうたぐいの仕事に関係していることを示すかすかな手がかりはないかと見ていった。バッケス、ドイカー、ボイル、そしてもうひとりの服装と装備には、怪しまれるようなものがいくつかあったが、フェルドーンの指揮権上の次級者《セカンド・イン・コマンド》のルーツはそういうものはなにひとつ身につけていなかった。

「地図を出して、作業に取りかかろう。着陸まであと三時間だ」

19

観光客が去った真夜中の旧市街は、ゴーストタウンのようになり、あまりにも静かなので、貸間がある建物の傾斜したスレート屋根に座っていると、居眠りしそうになる。小さな衛星アンテナの蔭にいるので、遠くから見てもおれのシルエットは見えない。おれは眠気を我慢し、二分ごとにカメラの画像を確認し、不安を意識から追い出そうとする。

水槽を屋根に固定している鉄棒に、すでにロープを結びつけてある。革手袋をはめ、バックパックは背中にしっかり固定してある。黒いTシャツにジーンズ、茶色の〈メレル〉のハイキングシューズといういでたちで、いつでも顔全体を覆《おお》うことができるように、黒い目出し帽をワッチキャップのように折って頭にかぶせてある。

グロック19は、右のウェストバンドの内側に、予備弾倉一本といっしょに隠し、止血帯一本もすぐに取り出せるようにしてある。艶《つや》消し黒の〈スパイダルコ〉パラミリタリー2

折り畳みナイフを左の尻ポケットに〈シュアファイア・タクティシャン〉戦術フラッシュライトといっしょに入れてある。バックパックには、医療キット、着替え、ロープ、現金、弾薬がはいっている。

軽装備だが、街中なので抗弾ベストや小銃《ロング・ガン》などが使えないのは不安だった。今夜はくそ野郎ども五、六人を相手にするので、そういった装備があれば、もっと安心できただろう。

タリッサの小さな拳銃もバックパックの脇ポケットに入れてあるが、それを使うのは、手持ちの弾薬すべてをグロックで撃ち尽くしたあとだ。

午前一時ごろ、イヤホンから動きが聞こえる。タリッサがベッドで身じろぎしている。タリッサがそれまで眠っていたのは意外だが、この二日間、無条件に信頼してくれと頼んでいたのを、ようやく受け入れたからかもしれないと思う。

一秒後に、タリッサの声が聞こえる。「ハリー？」

おれはタリッサがいる部屋の窓の真上で屋根に座っているが、正確な位置は教えていない。「おれはここだ。なにも問題ない」

「問題があるのよ」タリッサが答える。

「どういう意味――」

「あなたに話しておかなければならないことがあるの」

ああ、そうだろう。タリッサの話にはいくつか嘘があるのがわかっている。それについておれは推理し、どこかの時点で洗いざらい聞き出すつもりだ。

しかし、いまはだめだ。タリッサには、さまざまな物事を引き起こした事柄に気をとられることなく、作戦に集中してもらう必要がある。

「いいか、タリッサ。それがなんであろうと、あとで――」

「だめ。いま話しておかないといけない。だれかに話す必要があるのよ。夜が明けたとき、わたしがまだ生きているかどうか、わからないから」

無条件に信頼するようになったというおれの理論は、消滅した。これから数時間、彼女を生かしておくこともできないと思われている。

「ふたつある」おれはいう。「きみは死なないし、きみがこれから話すことを、おれは知っている」

「いいえ、知らないわ」

うんざりして、おれは溜息をつく。「わかった。おれがまちがっていたら、そういってくれ」

「なにが？」

やんわりというべきだろうが、おれは言葉をうまく選べないことがある。「妹が拉致《らち》されたから、これに関わるようになったときみはいった。だが、そうではなかったんだろう？　きみの妹は、きみがコンソーシアムの捜査に彼女を利用したときに巻き込まれた」

タリッサが、答えるときに泣きそうになる。「ええ、そうよ。これはわたしの責任なのよ」

おれはまた溜息をつく。タリッサは一部始終を話すつもりだ。おれに話したくてたまらないのだ。警戒を怠《おこた》ってはいけないときに、話を聞かなければならない。

タリッサがいう。「国際的な犯罪組織が、ヨーロッパの銀行を使って資金を洗浄するやりかたを、わたしは二年間ずっと調べていた。EU各国の司法機関と協力し、リヒテンシュタイン、スイス、ポルトガルの友人にも手伝ってもらい、巨大な全体像を把握しはじめていた。得体の知れない会社を調査によっていくつも見つけた。どれもおなじ手口に従ってやっているようだった。オフショア会社の設立手順、資本購入、投資――わたしが見つけることができた範囲で――どれもほとんどおなじだった」

おれはカメラの画像を見てから、下の路地を眺める。「すまないが、タリッサ……話がよくわからない」

タリッサが、ぐすんと鼻を鳴らした。「ドイツの銀行口座に巨額の入金を行なったケイマン諸島に登記している会社を調べたの。その会社が、世界中で投資しているのがわかった。投資対象のごく一部は合法的な企業だった。レストラン、海運、コンピューターのソフトウェア開発といった業種よ。でも、おなじ銀行のべつの口座に入金している、べつの会社を見つけた。シンガポールに登記している会社で、投資対象がまったくおなじだった。三つ目と四つ目の会社が、やはりべつの口座で取引を行なっていて、内容がまったくおなじだった。時間をかけて情報を集めると、世界中で百四十社が、協調して行動しているとわかったのよ」

タリッサは、おれが頭を使う仕事で暮らしを立てていないのを忘れている。「それで……なにがいいたいんだ?」

「簡単なことよ、ハリー。一社がシーメンスの普通株を百万ドル買ったとすると、あとの百三十九社もおなじことをやる。多少のばらつきはあるけど、はっきりしたパターンがある」

「わかった。そこまではなんとかわかるが、つながりがわからない」

「ひとつのプロセスがあり、莫大な数のダミー会社の財務部門を、だれかが統括しているということよ」

「なるほど……いわゆるコンソーシアムみたいに」

「コンソーシアムとおなじようにね。多数の企業の集合があり、金融調査官が関心を持たないような金額で、それぞれが取引を行なっている。でも、合計すれば数十億ドルにのぼる」

タリッサのいう意味がわかる。「そして、それらの会社がなにをやっているにせよ、違法だと思っているんだな」

「明らかに違法よ。わたしはこの推論を上司に話したんだけど、権限を超えているといわれた。それまでやっていた仕事に戻れと。でも、わたしは独りでこのコンソーシアムを調べはじめた。六週間前に、この企業集団と結びつきのある会社が所有するビジネスジェット機が、わたしの生まれ故郷のブカレストへ行くことを突き止めた。わたしが求めていた突破口になるかもしれないと思った。本部ではだれにもいわなかった。現地の入国審査に問い合わせると、その飛行機に乗っていた男たちがホテルやレストランのチェーンとの会合で、一週間滞在するとわかった」

「そいつらは何者だ?」

「名前はわからない。社名や個人名を隠すのは簡単よ。出発地はブダペストだったけど、それはなんの手がかりにもならない。そこでもビジネスマンたちの会合があったのかもしれない。ロンドンとバルセロナにも着陸している。それに乗っているのが何者にせよ、資金を違法に運営していることだけはわかっていた。ホワイトカラー犯罪だろうと思った。違法な金融取引、脱税、あるいは組織犯罪とつながりのある会計士と結びついているのかと。危険なひとたちだとは思わなかった。つまり……大富豪の銀行家がマネーロンダリングをやっているのだろうと思い込んでいた」

おれは北側の狭い路地を覗《のぞ》き込みながらいう。「金持ちはくそ野郎に決まっているじゃないか」

「そうね」タリッサが、ちょっと口ごもってからいう。「ロクサナは……写真を見たでしょう。美しかった……いえ、美しい。魅力的で男心をそそる。年が離れていても、彼女が成長するあいだ、わたしはずっと嫉妬していた。妹ひとりが注目を集めていたから」タリッサがまた泣き出したが、やがて落ち着いた。「母親がわたしたちのことをどういったか、わかる？」

「どういったんだ？」

「母は母の友だちに、わたしたちの目の前でいうの、〝頭のいいほうがタリッサ、美人のほうがロクサナ〟。わたしもロクサナも嫌な気持ちになった」

「わかるよ」タリッサの妹への嫉妬は、成長するあいだだけではなかったという気がする。いまもすこし嫉妬が残っているのだ。妹のほうも、タリッサの知力を嫉妬していたのだろうか。

だが、いまは厳しい質問をしなければならない。「それで……ロクサナはどうしてこれに巻き込まれたんだ？」

タリッサが泣きながらいう。「街で最高の会員専用ナイトクラブは、飛行機で来る銀行家が会合するホテルグループが経営しているの。銀行家たちが泊まるところに近い工場ビルにあるから、金持ちの銀行家たちは、そこに遊びにいくにちがいないと思った。飛行機が到着した日の午後、わたしはハーグからロクサナの部屋に電話して、ユーロポールの捜査を行なっているので、手伝うために、そのナイトクラブへ行ってほしいと頼んだ」

「そして、ロクサナは行った」

タリッサが溜息をつく。「ロクサナはわたしを尊敬している。なんでも頼めばやってくれる。電話したとき、わたしにはそれがわかっていた」

「それなら、仲がよかったんだね？」

また間があり、重いものがあるのが感じられる。「いいえ。仲はよくなかった。長いあいだ、ぎくしゃくした関係だった。銀行家たちをスパイするのを彼女が引き受けるとわかっていたのは、姉のわたしに頼まれたからで、いいところを見せたかったからよ。わたしをよろこばせるためよ。そういうふうに反応するだろうと、わたしにはわかっていた」

「それで、彼女はナイトクラブへ行った？」

「その晩に。そして、わたしの狙いどおり、その日に飛行機で着いた大金持ちの男たちと会った。ブカレストでホテルやレストランを買収するために来ている、と彼らはいったそうよ」

「そいつらは、どこから来たんだ？」

タリッサが、すぐさま答えた。「グループの親玉、仕切っている男は……アメリカ人だった。その晩、名前はトムだとロクサナにいったけど、ロクサナは冷たくして、口説《くど》きをはねつけた。午前四時にわたしに電話してきて、つぎの日の夜に女の友だちをひとり連れて、レストランで会う約束をしたといったの。行くべきかどうか、ロクサナは迷っていた。どういうことになるか、心配していた」言葉を切る。「でも、わたしは行くように勧めた。名前や具体的なことが知りたかったから」

わかりきっていることを、おれは指摘する。「彼女はきみの諜報員《エージェント》だった。きみは彼女の調教師《ハンドラー》だった」

タリッサは泣きくずれそうな声になっている。「そのとおりよ」

ひどい。思っていたよりもずっと最悪だ。「つづけて」

「ふた晩目、食事のあとでロクサナたちはまたクラブに行き、トムという男に、ホテルの部屋に行こうといわれた。断わろうとしたけど、トムはかなり魅力的な男だった。それと、トムは地元のギャング、〝団《クラヌリ》〟の構成員と会っていたと、ロクサナはわたしにいった。前にディスコで見かけたので、構成員だとわかったそうよ。ロクサナはそのことと、トムが攻撃的になってきたのを心配していたけど、もう一度会うよう、わたしは説得したの。トムがいったことを、ロクサナはわたしに教えたけど……はっきりした手がかりを見つけるのに役立つことは、ひとつもなかった。自宅と家族について、いくつか細かいことがわかっただけよ。西海岸に住んでいて、妻子がいて、ルーマニアの地元の犯罪組織となんらかの形でいっしょに仕事をしていることはわかった。わたしは、写真、名前、自分が取り組んでいる事件に役立つ重要な情報がほしかった。

そして、ロクサナはわたしに頼まれたように、三日目の晩、ホテルの部屋でその男と会った」

暗い屋根で、おれは頭を両手でかかえる。タリッサが経験もないのに、とんでもない過ちを犯しながらこれをやっているのは、妹を邪悪な実力者に渡してしまった罪悪感をどうしてもぬぐい去れないからなのだ。

タリッサが、おれの考えていることを察したらしく、それを裏付けることをいう。「わたしは諜報員《エージェント》の動かしかたを知らない、スプレッドシートと無関係な犯罪捜査のやりかたを知らない。わたしは妹を何度も危険なところに送り込んだ。でも、そんなに危険だとは知らなかった。誓うわ。知らなかったのよ」

タリッサは悪いことをやったと感じている。だからおれは、そのために妹が殺されたのだと決めつけることはしない。

だが、タリッサはずっとそれを考えていた。それしか頭になかった。それはこれまでもずっと明らかだった。

タリッサがめそめそ泣くあいだ、すこし待ってからおれはいう。「いまもその男が何者なのか、わかっていないんだな？」

「わからない。顔認証に使える写真を、ロクサナは手に入れられなかった。ボディガードがつねにそばにいて目を光らせていたそうよ。ロクサナもこういうことの訓練を受けていないから、しかたないけど、つらい目に遭わせてしまった。わたしに認められたいとロクサナが思っているのを知っていて、それにわたしは付け込んだのよ。

ロクサナは、三日目の晩もその男と寝なかった。男はもっと攻撃的になった。怒り狂っているのが感じられたそうよ」

「トムという男の外見は？」

「四十五歳か五十歳くらい。禿《は》げていて、小柄で、自信満々だった。ロクサナも最初は好きになった。彼の個性に吸い寄せられそうになった」

「ビデみたいなやつだな」

「え……なんですって?」

「気にするな。いっしょにいた連中は?」

「男ふたりがつねにトムのそばにいたと、ロクサナはいっていた。ひとりはアメリカ人で、三十代の後半。ボディガードで、トムはショーンと呼んでいた。感じのいい男なのに、トムにひどい扱いを受けていると、ロクサナは感じていた」

威張りくさったチビの金持ちに、元兵士がこき使われている光景が目に浮かぶ。

「でも、ロクサナはもうひとりのことをトムよりも怖がっていた。南アフリカ人だった。ジョンと呼ばれていたそうだけど、本名かどうかはわからない。邪悪そのものの目つきで見られたと、ロクサナはいっていた」

「しかし、それでも……もう一度行けと、きみは命じた」

「いいえ。三日目の晩のあとは、もう頼まなかった。いくらわたしでも、やりすぎだと思った。犯罪組織の構成員、攻撃的なトム、ジョンにロクサナが感じた不安。四日目には、銀行家と組織犯罪がたんに結びついているだけではなく、もっと重大なことがあると、わたしは気づいた。トムと名乗っているアメリカ人自身が、組織犯罪の事業を動かしているのではないかと、疑いはじめた。でも、その時点でもまだ、彼らが性的人身売買業者だとはまったく知らなかった」

タリッサが、つかのま甲高《かんだか》い声をあげる。「ロクサナは、また行くと自分で決めたのよ。いま思うと、わたしがほしがっている情報を教えられないのが悔しくて、危険を冒したのよ」

「また行って、どうなった？」

鼻をすりあげて、タリッサがいう。「ホテルの部屋でレイプされそうになったけど逃げたと、ロクサナはいっていた。ボディガードのそばをすり抜けて部屋を出て、ロビーまで行ったと。その日の夕方に、わたしは飛行機でブカレストへ行った。ロクサナの顔と腕は痣《あざ》だらけで、怯《おび》えていた。わたしは警察に行ったけど、なにもしてくれなかった。ホテルに行くと、アメリカ人は発《た》ったあとだった。

ロクサナは、わたしにも捜査にもいっさい関わりたくないといった。当然よね。口もきいてくれなくなった」

「その後、彼女は行方不明になった」

「四週間後、ロクサナは女の友だち数人と、べつのクラブへ行った。ロクサナの態度が変だったと、彼女たちがいっていた。薬を飲まされたみたいに、ぐったりしていたと。女の友だちは部屋に戻れるようにタクシーに乗せたけど、帰っていなかった。タクシーは橋の下で燃えているのが見つかった。だれも乗っていなかった」

「なんてこった」おれはつぶやく。

「ハリー、もしロクサナが生きているとしたら、見つけるまでやめられない……生きていないのなら、わたしがなにをやっても無駄よ」

「無駄じゃない。彼女を殺したやつらを裁くことができる。そうだろう？」

「そうね」タリッサがいうが、あまり納得していないようだ。

「どうした？」

「ロクサナが死んでいたら、わたしの責任よ……わたしも死ぬ」

比喩《ひゆ》としていっているのではない、本気だと声でわかる。

おれはいう。「死にたいと思っている相棒はいらない」

すすり泣きがしばらく聞こえるが、やがてタリッサがいう。「わかった。だいじょうぶ。最後まで見届けないといけない」

おれは自分のこれまでの行動のことを一瞬考えてからいう。「こういうことを何年もやって、学んだことがある。罪の意識がなかったら、人間は変われない。罪悪感は善行の原動力になる。正しいことをやろうとする。あるいは、自分を縛る力になる。自分を正当化するために、善悪の観念を捨ててしまう。そんな弱々しいやりかたでは、自分の良心と向き合うことはできない。罪悪感のために邪悪な領域に閉じ込められるか、それとも善行に駆り立てられるかを左右するのは、自分の心のなかの力だ。心のなかの道義のコンパスだ」

「なにがいいたいの？」

「きみは過ちを犯したといいたい。ひどい過ちだ。しかし、それを認める強さがあったから、ここまで来た。きみには自分の過ちを正そうとする強さがある。いまのきみに、だれがそれ以上のことを望むだろうか」

おれはつけくわえる。「おれも過ちを犯したことがある。そのためにひとが殺された。殺されてはならない人間が。それは取り返しがつかないが、ほかの人間を救うことだけはできると、おれは自分にいい聞かせる」

「だからここにいるのね？」

「おたがいにおなじ動機のようだ」

タリッサがまためそめそ泣くが、声に力がすこし戻っている。「だいじょうぶよ、ハリー。これをやるわ」

やっとわかりはじめた。タリッサが示しているのは子供じみた恐怖だと思っていたが、真実を知るのが怖いという部分もあるのだ。

若い女が、怯《おび》えていると同時に、自分のやったことを償《つぐな》おうとしている。それがタリッサのほんとうの姿なのだ。

きわめて危険だ。

数分後、べつの厄介《やっかい》な問題が起きる。旧市街の中心から登り坂になっている長い通路に、動きがある。古い石段数百段、個人の家に通じる戸口数十カ所、鉢植え植物がならぶベランダ。

最初は、無関係なひとの群れに見えるが、まばらにしかない街灯に照らされた場所を通るとき、オレンジ色の明かりが六人の男を照らし出す。おれが数時間前に目をつけた七人とは、服装がまったくちがう。彼らはいかにも警官らしい感じだったが、この集団はサッカーのフーリガンのように見える。

黒っぽい服、何人かは鬚《ひげ》を生やしている、長髪のやつもいる。

おれはスマートフォンのアプリで、ここから見えない階段や通路に隠してあるカメラの画像を調べる。通路中央を進んでくる男たち以外の動きは、なにもない。

だが、カメラに写っていないが、ほかにもいるかもしれないと思う。

男たちは、自信ありげにおれのほうへ接近し、ひと固まりになって階段を昇ってくる。結束し、統制のとれている部隊で、それぞれが仲間に背後を護《まも》られているので、全員が安心しきっている。

男たちの手にはなにもないが、それはなんの意味もない。じきに武器を持つだろう。

おれが仕事をするときの作戦上の鉄則は、数すくないが、そのうちのひとつは厳正に守られる。接触する敵はすべて武器を持っていると想定することだ。

不安を感じられないように気をつけながら、おれはそっと話しかける。じつは不安に押しつぶされそうだ。「タリッサ？」

タリッサの声が急に変わったので、演技に失敗したとわかる。深刻な口調になったのを察したにちがいない。「ええ。ええ、ここにいるわ。なにか起きたの？」

「ショータイムだ。近づいてくるやつらがいる。予想どおりだ。いまの速度だと、あと二分でここに来る」

「なんてこと……どうすればいいの？」声がかすれている。

「まず、落ち着け。おれがすべてコントロールしている」嘘だ。ここが土嚢《どのう》を積んだ陣地で、ベルト給弾式のM60汎用機関銃があれば、状況をコントロールしているといえるだろう。だが、自信がなくても自信があるような口ぶりをするのは、タリッサのためだと、自分を戒《いまし》める。北から接近する男たちから見えないように、体を低くして傾斜したスレート屋根を西の端へ進む。そのあいだにいう。「窓ぎわに行って、窓をあけろ」

おれはロープをつかみ、屋根の縁へ行く。すばやく懸垂下降《けんすいかこう》し、数秒でタリッサの部屋の窓に達する。タリッサは、バックパックとショルダーバッグを肩にかけ、窓をあけているところだ。

通信装置はまだつながっているが、一五〇センチしか離れていないので、イヤホンからの声と生の声が両方とも聞こえる。

タリッサが近づくが、下を見て、ちょっと身を引く。「こっちへ来い。おれの首につかまれ」

石畳まで一〇メートルくらいで、そんなに高くないが、落ちると死ぬおそれがある。

おれはタリッサを促す。「だいじょうぶだ。さあ」

タリッサがまた近づくが、窓台に足をあげないので、ロープを握ったまま彼女を引き寄せることができない。

「いっしょにやろう、タリッサ」

「わたし……できない――」

「一分後には悪いやつらがドアからはいってくる。おれにやらせるか、それともやつらに捕まるか、ふたつにひとつだ」

タリッサがドアのほうをふりかえり、おれに近づこうとはしない。手が届かない。ロープを握るので精いっぱいだ。

おれはジョークをいう。「おれの心は傷ついたよ」

だが、タリッサはおれを見てから、ドアを見る。高さが怖いのはわかるが、おれを怖がっているのも感じられる。

怖そうに見えるのだろう。

タリッサが、パニックを起こしかけている。「わたし……できない。下で会いましょう。裏口を見つける。急いで行くから」

「そんな時間はないんだ。おれを信じて、窓から――」

だが、タリッサはすでに向きを変えて、ドアに向かっている。

ちくしょう。

おれは建物の西側の通路に向けて、急いで懸垂下降しながら、新しい計画をひねり出そうとする。最初の計画があっさり消え失せたので、この緊急事態に対処しなければならない。さいわい、狂いが生じたことは数限りなくあったから、その経験を生かせばいい。

狭い通路で声が響かないように、おれはイヤホンのマイクでささやいた。「階段を一階まで駆けおりて、窓を探せ。正面玄関からできるだけ遠いほうがいい。中庭には出るな。

やつらはそっちから来る」建物の裏や横にやつらが人数を配置しないともかぎらない。だが、中央から進んでくることはまちがいない、防御態勢をなにもとらずに、階段を昇ってくるのを見た。

歩きかたや動きからして——やつらがなんの心配もしていないことがわかっている。

「わかった」タリッサがいう。

「裏に迎えに行く」

「わかった」タリッサがくりかえす。かなり張りつめた声だ。

地面に着くと、おれはロープを放し、手袋を脱いでバックパックに突っ込む。建物の裏手に向かいながら、タリッサを落ち着かせようとする。

「だいじょうぶだ。そこから出ろ」

「いまキッチンにいる。窓があいている。そこから出るわ」

「わかった。静かにやれ」

おれは音もなく走り、建物の角に近づく。足をゆるめ、まわりを見る。銃は抜いておらず、一発も撃たずにすむことを願う。この石畳の狭い通路で発砲すれば、悪党どもが全員、数秒のあいだにおれに襲いかかるだろう。それに、バックパックにサプレッサーを入れてあるとはいえ、グロック19にサプレッサーを取り付けたときの銃声は、ヘビメタのライブのスネアドラムの音くらいやかましい。

隠密性を維持したいが、これから数分間の出来事はおれにはどうにもできない。この作戦でつるんでいるルーマニア人の女と、彼女を捕らえにくるくそ野郎どもしだいだ。

角から覗《のぞ》く前に、裏の通路から音が聞こえる。石を足がこする音。おれはささやく。

「静かに進め。走っているのが、ここから聞こえるぞ」

だが、タリッサの応答を聞いて、おれは足をとめる。「いま窓から出ているところよ」

悪い報《しら》せだ。建物の裏でだれかが走っている。

「待て」おれはいうが、タリッサが窓から出る音が聞こえる。イヤホンだけではなく、その動きの反響が通路を伝わってくる。

角から覗《のぞ》くと、黒いトラックスーツを着た男ふたりが、石畳を走っているのが見える。タリッサが窓から出たときに、そのふたりが彼女を見つける。タリッサがふたりのほうを向く前に、ふたりが突進する。

おれは拳銃を抜き、イヤホンでタリッサに伝える。「左のほうへ走れ。行け、行け」

男ふたりが数秒でタリッサのところへ行き、体当たりで倒されたタリッサが悲鳴をあげる。イヤホンから大きく聞こえると同時に、周囲に反響する。

おれは一五メートルしか離れていないが、ここからは撃てない。九ミリ弾が悪党どもの体を貫通して、タリッサに当たらないとはいい切れないからだ。姿を隠したまま、おれがそいつらの脇腹にナイフを突き刺すまで気づかれないように近づこうとする。だが、建物の西の壁に沿い、おれのほうへ走ってくるやつらの足音が、右側から聞こえる。

くそ。タリッサを捕らえた男たちが、彼女を引き起こす。刺客《しかく》ではないことがはっきりしたので、おれはタリッサと男ふたりとは反対側で狭い階段を昇る。その先は旧市街全体を囲む城壁の鉄の門で、錠前がおりている。

闇に身をかがめ、走っている男ふたりがタリッサの方向へ通り過ぎるのを見る。敵が何者であるにせよ、タリッサは捕らえられてしまった。

おれはイヤホンを使って、小声でタリッサにいう。

「落ち着け、タリッサ。ひとこともいうな。おれがきみを奪い返す。イヤホンがやつらに見つからないように、髪をかぶせておけ」

はらわたがよじれそうな痛みを感じた。おれが餌《えさ》に使った若い女が、いまでは殺されるおそれがあるし、地下室にいた女たちのこととおなじように、すべておれに責任がある。

20

タリッサ・コルブは、男ふたりに引き起こされ、さらにふたりの男が数秒後にやってきた。タリッサは大声で助けを呼ぼうとしたが、口と鼻を手で強く押さえられた。その男が耳もとで、なまりの強い英語でささやいた。「音をたてたら殺す。わかったか？」

タリッサが涙を流しながらうなずくと、手が離れた。いまでは四人でタリッサの体を押さえ込んでいた。ふたりに両腕をきつく握られ、うしろからレインコートの襟《えり》を三人目につかまれていた。四人目はタリッサを手荒に扱い、バックパックとショルダーバッグを奪い、すべてのポケットに手を突っ込んで探っていた。

ハリーが小声で話しかけるのが聞こえたので、タリッサは向きを変えて捜したが、さらにふたりの男がやってきて、仲間に手を貸しはじめただけだった。悪党はすべて髪が黒く、ほとんどが顎鬚《あごひげ》を生やしていて、黒っぽい服を着ていた。ひとりが携帯電話で話をしたが、離れたところでしゃべっていたので、どこの言葉なのか、タリッサにはわからなかった。

タリッサを捕らえて悦に入っている数人が、何人かはにやにや笑っていた。

ほどなく男たちは、タリッサを押して歩かせ、旧市街の東側の城壁から遠ざかり、ストラドゥンの方角に連なっている長い通路の最初の石段を徒歩でおりていった。

タリッサは男たちのまんなかにいて、絶望的な恐怖のためにほとんど顔を伏せていたが、ときどき左右を見て、男たちの顔を観察した。いかにも冷酷そうな男たちだった。警官ではない。

犯罪組織の構成員だ。トルコ人かアルバニア人だろうと思ったが、男たちが話をするのを聞くまでは、知るすべがない。ルーマニア人のタリッサは、アルバニア語とトルコ語をすこし知っているので、どちらもしゃべれないが、聞けばすぐにわかる。

タリッサは、すばやく考えをめぐらした。コンソーシアムがアルバニア人かトルコ人を使ってクロアチアの貸間から自分を拉致《らち》したのは、恐ろしいことをやるためにちがいない。街はずれまで車で連れていかれて注意されるだけではすまないだろう。

どこかに連れていって、拷問し、情報を聞き出してから殺すつもりなのだ。

それに、ハリーがどこに逃げたにせよ、護《まも》るという約束はいまでは空《むな》しくなった。でも、責める気にはならなかった。窓の前で自分はパニックを起こした。高所恐怖症がある。危険に対する恐怖心のせいでこうなった。あのときにアメリカ人を信じれば、こういう命を失うような危険からまぬがれていたかもしれない。

歯が鳴り、めまぐるしく頭を働かせながら、階段をおりるあいだ、吐き気をこらえていた。

おれは、タリッサと黒ずくめの男たちが下っている階段と平行している、二ブロック左の階段を駆けおりている。タリッサが出てきた窓の前を通ってから、左に曲がって、階段を下りはじめた。男たちをやりすごしてから、建物の裏手をここ――東に向けて走り、現在、男たちの一団に三十秒か四十秒遅れているが、この速度なら追いつくと確信している。

走りながら、タリッサに向けていう。中世の街は音がよく響くので、小声でささやく。

「できるだけゆっくり歩け。やつらが進むのを遅らせろ」

タリッサがまわりの男たちに英語でいうのが聞こえる。言葉がとぎれがちだ。「お願い、もっとゆっくり。こんなに速く歩けない」

かなりなまりがある英語で、ひとりがどなりつける。「しゃべるな。もっと速く歩け」

「わたし……押し倒されたときに、足首を痛めたのよ」

男が外国語で腹立たしげに仲間にいうのが聞こえる。アルバニア語かもしれないと、おれは思う。タリッサが「ありがとう」といい、ゆっくり歩きたいという懇願が聞き入れられたのだとわかる。

おれはもっと速く走る。狭い角を通るたびに、自分が先行していることをたしかめるために、右をちらりと見る。有効な計画がなかなかひねり出せないが、遭遇戦には備えている。幅が二メートル半しかない戸外の石段で同時に八人を相手にまわすのは、まずい戦闘行動だが、ほかに手立てがないかもしれない。

タリッサを連れ去らせて、あとを跟《つ》け、どこへ行くかを見届けようかとも思ったが、その計画には明らかな欠点がある。見失ったら、タリッサは死ぬ。コンソーシアムはこの街の警察署長を買収していて、監視作戦に警官を何人も使うような影響力があるのだから、タリッサを脅したり訊問したりするだけなら、アルバニア人ギャングに拉致させるようなことはせずに、警官をよこしていたはずだ。

それだけなら、汚職警官を使ったはずだ。アルバニア人がすぐにタリッサを殺さなかったのは、べつの場所に連れていくためだ。そこで拷問して、情報を聞き出すつもりにちがいない。外国人ギャングを使っているのは、そのあとで殺す予定だからだ。

いずれにせよ、タリッサを助けられるのはおれしかいない。

できるだけ街灯に近づかないようにしながら、つぎの角を駆け抜けるときに、東西に走る狭い通りがあるものと思って、また右に目を向ける。だが、二ブロックにわたる広い三角形の広場に北西の角から跳び込んでしまったと気づく。男たちの一団は、南東から広場にはいるところだった。四〇メートル近く離れていて、暗く、こちらのほうが先行していたが、全速力で走っている男を彼らが見逃すはずはない。

たちまち叫び声が聞こえ、周囲とイヤホンの両方から反響する。タリッサのイヤホンのマイクが、音を拾っているのだ。八人の視界から出る直前に、そのうちのふたりが群れから離れて、こちらに向かうのが見える。広場を慎重に進めば一分かかるが、走ればその半分でおれに追いつくだろう。

走るにちがいない。おれがタリッサの仲間かどうかわからないから、すぐに防御態勢で進むことはないはずだ。おれのことを不審に思ったので、調べるためにふたりを割《さ》いただけだ。それに、単独で動いている工作員に気をつけろと、だれかにいわれているにちがいない。だが、すぐに発砲はしないだろう。

と、おれは思う。

おれもそいつらを撃ちはしない。拉致犯のうちのふたりを殺すのに、なんのうしろめたさも感じないが、タリッサのまわりに銃を持ったやつがおおぜいいるあいだは、できるだけ直接の対決を避けたい。しかし、ここで完全に撤退するつもりはない。タリッサを奪い返せる見込みがなくなってしまう。

北へと走りながら、おれは空を見て、決断する。

上に登ろう。

左にある三階建ての建物の側面に、屋根までのびている銅の雨樋《あまどい》がある。おれはパックの位置を直してそこへ行き、アルバニア人ふたりがおれのいる狭い石段の通路に来る前に瓦《かわら》屋根の縁を越えようとして、精いっぱい速く登る。一瞬、拳銃を抜いて石畳に向けて二発放ち、接近を鈍らせようかと思うが、そうはせず、ひたすら速く登ることに集中する。

手がかりを得ようとしてもがくときに、雨樋の向こう側の古い壁で手の甲をこすってしまい、ブーツの爪先《つまさき》を食い込ませるような感じで登る。下の男たちが来る前に上まで登るのは無理だとすぐに気づくが、街灯に照らされていない雨樋を選んだので、見つからない方法がほかにもある。二階まで登ると、体をふって雨樋から離れ、暗い窓の出っ張りに乗る。しゃがんで、花台に置いてある小さなオレンジの木を植えてあるプランターの横で、窓枠の内側に体を押しつけ、身じろぎもせずにいる。

拳銃を持った手をぶらぶらさせて走っている男ふたりが下に見える。ふたりは幅二・五メートルの石段を、まだ数ブロック離れている旧市街のメインストリートに向けて、走りつづけている。

おれが黒ずくめで、明かりがついていない窓の前にしゃがんでいて、暗いなかで六メートル上にいるので、ふたりには見えない。ふたりが一ブロック先へ進んだところで、おれは雨樋に手をのばして、慎重につかみ、体をふって窓の出っ張りから離れる。すばやくまた屋根に向かって登る。

軒を越えるのが厄介《やっかい》だが、雨樋にぶらさがって軒に片手をかけ、もう一方の手もかけて、屋根に体を引きあげる。

おれが選んだ建物は、タリッサとアルバニア人たちが進んでいる通りとは逆の方向にあり、さっきよりも遠くなり、あいだに南北にのびている狭い通りが二本ある。おれは傾斜した屋根を走り、つぎの東西の通りの手前につながっている建物があるのを見る。おれが登った屋根よりもすこし低いその屋根に跳びおりる。

闇のなかをふたたび突進しながら、狭い路地の向こうにあるつぎの屋根に跳び移れるはずだと、自分にいい聞かせる。旧市街の中心に向けて下り坂になっているので、一階下になっている。おれは速度を増して、バックパックを背中からはずし、片腕を思い切りふりまわす。バックパックを放すと、おれの正面、路地の上をそれが飛ぶ。バックパックがまだ飛んでいるあいだに、最後の一歩が屋根の縁を踏むように足を踏み出すタイミングを測り、全身のバネを使って跳躍する。

足と腕をふりまわしながら、洗濯物を干している物干し綱を跳び越える。

狭い路地を越えて、転げながら屋根に着地し、前進モーメントを利用して、急傾斜の瓦屋根からうしろに落ちないようにする。硬い表面にぶつかったときに、グロックが腰に食い込むが、転がる勢いを使って立ちあがり、屋根を登りながらバックパックをつかんで背負う。

タリッサやアルバニア人とはかなり離れている。彼らは二ブロック東にいるし、追いついたあとどうするか、おれにはまだなんの計画もない。

だが、進みつづける。タリッサがバンに乗せられて連れ去られる前にやつらに追いつくか、あるいは自分の車に戻って追跡しないと、奪回は見込めない。

走りながら、息を切らして、おれはタリッサに呼びかける。「やつらが進むのを遅らせろ。なんとかして遅らせろ」

タリッサは、アメリカ人の声を聞いた。必死な口調と荒い呼吸を聞いて、追いつこうと一所懸命になっているのがわかった。彼が追いつけなかったら自分は死ぬと確信した。すでに坂の数ブロック下に、旧市街のメインストリートのはずれの大きな広場が見えていた。歩行者のみが通行できる城壁から出る東の門は、右手のすこし離れたところにある。そこに車を待たせてあるのだろうと、タリッサは思った。アメリカ人が追いつくまで、なにかをやって時間を稼《かせ》がないと、あと数分でそこに連れていかれる。

数ブロック離れたところを走っていた男を調べるために離れていったふたりは、まだ戻っていなかったが、あとの六人がタリッサを囲み、歩度をゆるめようとするたびに背中を押した。

なにかをやらなければならないことはわかっていたので、できると思った唯一のことをタリッサはやった。つぎの段をおりるときに、わざと足首をひねり、悲鳴をあげて石畳に倒れ込んだ。

「足が！」

拉致犯の進行を鈍らせようとしていることを、ハリーに知らせるためにそういった。それでじゅうぶんかどうかはわからないが、思いついたことはそれだけだった。

ひとりがタリッサの体をつかんで引き起こし、母国語でどなった。そのとたんに、男がアルバニア人だということを、タリッサは知った。男はすぐに英語に切り替えた。「歩け！」

タリッサは一歩進み、ほんとうに足を痛めたふりをして倒れかけたが、男ふたりに地面から持ちあげられ、脇を抱えられて運ばれた。

「おろしてよ。放して!」抱えられて運ばれているので男たちが進むのが遅くなり、すこし時間を稼いでいることをハリーに伝えるために、タリッサは叫んだ。あとの男たちも足をゆるめるしかない。

タリッサとのあいだを隔てている南北にのびた石段の通路二本のうち、最初の一本を必死で跳び越している最中に、タリッサの声が聞こえる。両手と両足をついて東の瓦屋根に着地し、あわよくば先行したいと思いながら、タリッサの方角に向けて、傾斜した屋根を斜《なな》めに走って登る。

数秒後に屋根のてっぺんを越えて、速度を増しながら駆けおり、跳躍して、一ブロック向こうに着地する。アルバニア人が進む方角を変えていないかぎり、屋根の向こう側の三階下にいるはずなので、音をたてないように進む。屋根のてっぺんで腰を下げて、横歩きで縁へ進み、下を覗《のぞ》いた。

タリッサを囲んでいる六人が、真下にいる。夕方にタリッサを見張っている警官を最初に見つけた、噴水のある大きな広場まで、二〇メートルくらいしかない。六人はまずまずの速度で進んでいるが、タリッサが面倒をかけているのがわかる。

それでも、この速度だと、広場を抜けて東の門まで行くには、数分しかかからないだろう。すばらしい計画を立てている時間はない。おれはグロックを抜こうとするが、ここから男たちに向けて発砲すれば、タリッサにも危険が及びかねないと気づく。

だめだ。至近距離から殺《や》れるように、やつらの上に跳びおりなければならない。

通路の向かいの建物の一階下の窓に、物干し綱が何本か張ってあるのが見える。タオルや服が干してあり、四・五メートルの幅に張って、左右で滑車を通り、折り返しているので、つごう九メートルの長さだ。すぐに名案が浮かび、おれは向きを変えて屋根の上のほうへ戻りながら、手袋を出す。それから、通路のほうへ向き直る。

おれはいう。「タリッサ、声に出さずに五つ数えてから、そいつらから離れて駆け出せ。大声で叫びながら走れ。五秒後に、おれのためにやってくれ」

応答は期待していない。やってくれることを願うしかない。

すばやく息を吸って、覚悟を決め、五つ数えながら屋根を全速力で駆け下る。

その建物から跳びおりて、落ちながら脚をばたつかせ、通路の幅を一気に跳び越える。二階の窓に沿い、金属棒の先端で左右の滑車のあいだに張ってある物干し綱にぶつかるとき、左下でタリッサが悲鳴をあげるのが聞こえる。ぶつかると同時に、干してあったタオルを物干し綱の上から手袋をはめた両手でつかむ。予想どおり、物干し綱がおれの体のモーメントの大部分を吸収するが、体重がかかったせいで、壁から滑車が金属棒ごともげる。おれは両手で物干し綱にぶらさがり、建物に沿い、真正面の七人の背中に向けて、振り子のようにふられていった。物干し綱は七人がいる石段に届くほど長くないし、この振り子の最低点へ行ったら、モーメントと体重に耐え切れずに、もういっぽうの滑車ももげるにちがいないとわかっている。

いまは物干し綱にぶらさがってふられているが、もうじき自力で飛ぶことになる。

おれは物干し綱を右手首に巻きつけて、落ちないようにする。手袋とタオルのおかげで、掌《てのひら》がずたずたになるのは避けられるが、力いっぱいしがみついていても、タオルがずり落ちるのが感じられ、長くはぶらさがっていられないとわかる。

おれはかなり物音をたてている。頭上の壁から突き出した滑車が曲がり、ぎしぎし鳴り、おれの体が建物から離れる前にバックパックが石壁をこする。だが、タリッサを捕らえようとして、下で男たち全員がわめいているうえに、タリッサも悲鳴をあげ、叫んでいる。

タリッサは、あまり遠くへ行かないうちに捕まるが、ものみごとに敵の注意をそらしてくれる。

それに、こいつらは、彼女が注意をそらすためにやっているのだと気づいていない。だから、こっちに目を向けない。

物干し綱が下にのび切ったところで、おれは手を離す。まだ地上から三、四メートルの高さで、闇のなかで弧を描いている。長い物干し綱の振り子のモーメントを精いっぱい使い、おれは前方へ跳ぶ。石畳か石段に着地したらかなり痛いだろうが、地面に激突するつもりは毛頭ない。

そうではなく、正面の人間の群れに狙いをつける。

固まっている群れの背中に向けて、おれは夜空を飛び、ボウリングのピンを倒すみたいにうしろから衝突する。タリッサが群れのなかにいるのはわかっているし、あとの六人といっしょくたに倒してしまうだろうが、六対一の戦いをやっているときは、ささいな副次的被害を避けるのは難しい。

全員が折り重なって勢いよく倒れ、地面にぶつかり、広場の北の端へ転がっていく。タリッサは人間の山のいちばん下になったが、おれは横転してその山を乗り越え、向こう側でぱっと立ちあがる。グロックを抜きながらさっとうしろを向き、目にはいる最初のターゲットを狙う。黒いトラックスーツのアルバニア人が、目の前で膝《ひざ》をついている。

そいつの胸に二発撃ち込み、狙いをずらして、三メートル先で仰向《あおむ》けに倒れていた男の顔に一発撃ち込む。銃声が周囲の石壁から反響する。三人目も膝立ちになって、拳銃を抜き、銃声の方角を向こうとするが、そいつの上半身をおれは二度撃ち、もうひとりを斃《たお》そうとして、銃口を左に向ける。

だが、おれが引き金を引く前に、左のほうでべつの男たちが撃ちはじめる。銃声が近くで轟《とどろ》き、おれのすぐうしろのカフェの庇《ひさし》から火花が飛び散る。そちらのほうが大きな脅威なので、おれは片膝をつき、銃声が聞こえてくる東西にのびる通りに狙いをつけて、ターゲットを探す。

さきほどおれを追うために一団から離れたふたりにちがいないが、物蔭に隠れているので、どこにいるのかわからない。

その間に、もっと近いやつら――残った三人――も全員、銃を抜こうとしているので、おれはカフェのウィンドウのほうを向き、跳び込んだ。ガラスが砕け、おれは店内の床にぶつかって、壁の裏へ転がり、グロックの弾倉を交換する。

また銃弾が飛んできて、ウィンドウの残っていたガラスを砕き、おれの右側の窓も撃ち砕かれる。銃声から判断して、四挺もしくは五挺の拳銃が、おれのほうを狙っているようだ。身を縮めてしのぐほかに、手立てがない。

十秒後に銃撃が熄《や》み、思い切ってウィンドウの下のほうから覗くと、男ふたりが旧市街の東にあるプロチェ門のほうへタリッサをひっぱっていくのが見える。だが、身を乗り出して撃とうとすると、たちまち二カ所か三カ所から銃撃が襲ってくる。

おれは窓の下の床にぴたりと伏せる。土埃《つちぼこり》、石のかけら、ガラスの破片が、上から降り注ぐ。

ここでは釘づけになり、前進できないが、カフェの裏口からは駆け出せるはずだし、そこから西へ向かえばいい。そうすれば、旧市街の西のピレ門から出て、車をとめてある駐車場へ行ける。

タリッサをいったん見失うことになるが、いまの状態ではどのみち見失ってしまう。おれは立ちあがってレストランの店内を駆け抜けながら、タリッサがいまもイヤホンで聞いていることを願い、広場の弾幕射撃の銃声のなかでも聞こえるように大声でいう。

「車のところへ行く。やつらがきみを乗せる車のことを、なんとかして伝えてくれ。抜け目なくやらないと、だれかに教えようとしているのを気づかれるぞ」

涙声でタリッサがひとことというのが聞こえる――「お願い」――だが、おれにいったのか、やつらにいったのかはわからない。タリッサとは反対の方角に走りながら、無力感を味わうが、道路に出たらまた状況を掌握《しょうあく》しろと、自分を叱咤《しった》する。

21

車のところへ行くまで、まだ一分かかるだろうが、右膝と右肘がどういうわけかずきずき痛み、全力で疾走しているために肺が悲鳴をあげていたが、バンのサイドドアがあく音が、イヤホンから聞こえた。「バンだな。音でわかる。色が知りたい。それから、どっちへ向かっているかも知りたい。用心深くやれ」

応答はなく、タリッサが乱暴に乗せられ、周囲の男たちが外国語をしゃべっているのが聞こえるだけだ。やがてバンのサイドドアが閉まる音が聞こえる。タイヤが鳴ったので、エンジンはすでにかけてあったのだろう。

おれがヴォクソールに乗ると、ようやくタリッサの声が聞こえる。「あの……あなたたちは何者？　髪も鬚《ひげ》も黒いわね。トルコ人？　モロッコ人？」

バンの色は黒だ。おれはうなずき、小声でいう。「黒いバン、わかった。よくやった。つぎはもっと微妙にやれ……方角を教えてくれ」

「どこへ行くの？」

「黙れ！」ひとりが英語でどなった。

「ヒルトン？　ヒルトンが見える。あそこへ――」

「黙れ！」

おれはすばやくスマートフォンのGPS地図を見おろして、地図を動かし、ヒルトン・インペリアル・ドゥブロヴニク・ホテルが旧市街のすぐ西にあると知る。

朗報だ。おれはいま、タリッサが乗せられたバンの西にいる。とにかくバンが走り出したときはそうだった。それから一、二分たっているから、バンはすぐ近くに来ているはずだ。

おれは4ドアのヴォクソールを駐車場から急いで出し、左に急ハンドルを切ってそこから遠ざかる。旧市街の銃撃に対応して出動した警察車両が対向車線を近づいてくるときだけ速度を落とす。警察車両がこちらにまったく注意を向けなかったので、また速度をあげ、交差点ごとに左右を見て、必死で黒いバンを見つけようとする。

そんなに長くはかからない。真夜中なので、対向車線を走っている緊急車両を除けば、走っている車はほとんどいない。アニチェ・ボシュコヴィッチ通りに曲がり込んだとき、急速に近づいてくるヘッドライトがうしろに見える。制限速度まで減速すると、すぐに黒いバンが左側を追い抜き、交差点を左折する。あまり近づきたくないので、おれは直進し、片手でハンドルを操りながら、スマートフォンを持ちあげてGPS地図を調べる。ターゲットの車両に再遭遇する道順がわからないからだ。そうしながら、タリッサに聞こえるようにささやく。「バンを見つけた。すぐそばにいる。心配するな」

心配のタネはいくらでもある——じつはおれもかなり心配している——だが、いまはできるだけタリッサを落ち着かせるのが賢明だろう。

一分後にバンを見つける。一ブロック南を依然として西へ向かっていることから、アドリア海に沿い、旧市街から遠ざかっている。無鉄砲な速度で突っ走っているのは、アルバニア人たちの任務の規律と、タリッサの貸間がある建物に近づいたときにおれが目にした威張りくさった態度が消え失せたからだとわかる。

数キロメートルうしろで仲間が何人か死んで石畳に転がっていることで、アルバニア人たちは自信を失っているだろう。こいつらを撃ち殺して敵の数を減らすのがおれにとって正しい手順だが、それをやると、生き残ったやつらがタリッサにとってより危険な存在になってしまう。

バンが走っている道路に向けて角を曲がるときにもまだ、計画ができあがっていない。数百メートル距離を置いて追跡しはじめたときもまだ、計画はまとまっていなかった。午前二時なので車の往来はほとんどなく、尾行を見つけようとしてやつらが不規則に走る道を変えたら、見つかるおそれがあると気づく。

こんな絶好の機会はめぐってこないかもしれない、ということにも気づく。

おれの計算では、タリッサを拉致《らち》するのに八人が関わっていた。三人が死ぬか負傷しているし、東西の通りからおれを撃っていたふたりは、バンに乗るのに間に合わなかったにちがいない。つまり、そいつらは置き去りにされ、乗り物を見つけようとしているはずだ。拉致チームは当然、バンに運転手を残していただろう。とすると、前方のバンにタリッサとともに乗っているのは、四人だけだ。

それだけでも手強《てごわ》いが、もっと最悪の事態になっていたかもしれない。それに、やつらがどこへ行こうとしているにせよ、もっと厄介《やっかい》な事態になることはまちがいない。

そこへ着いたら、タリッサのまわりにいる敵は、四人をはるかに超えるだろう。

それに、いまこの四人はすべて車内にいる。そして、タリッサのそばにいる。最善の状態とはいえないが、おれは完璧なチャンスが訪れるのを待たず、可能な範囲でいちばんいいチャンスに賭ける男だ。

計画が決まったとたんに、おれはヴォクソールのアクセルをめいっぱい踏む。敵が全員乗っているバンを吹っ飛ばすのだ。

やつらが目的地に着く前に、いますぐにやる。

車二台分以下に車間を詰めるのに、丸一分かかる。北西に向かう九十九折《つづら》りの道で、月に照らされている海が左側にある。おれはシートベルトを強く締め、腰のグロックに手を置いて気を静めてから、タリッサに話しかける。

「そっちのすぐうしろにいる。なんでもいいから、なにかにつかまれ。そのバンにこの車を衝突させる。かなりひどい事故になるが、やるしかないんだ」

たちまち応答がある。アルバニア人たちの前で、恐怖にかられてタリッサがいう。「なに？　だめ……だめ……お願い、やめて」

「しゃべるな！」ひとりがどなり、殴られたのか、タリッサが悲鳴をあげる。

おれはいう。「それがいちばんいい方法なんだ、タリッサ。信じてくれ。車がコントロールできなくなったら、頭を膝《ひざ》のあいだに入れて、とまるまでじっとしていろ。車がとまったら、動かずに伏せて、できるだけ頭を覆《おお》うんだ。おれが連れ出すから心配するな。衝突を切り抜ければ、こういうことはすべて終わる」

「ああ、やめて。お願い」タリッサがいう。アルバニア人たちは、だれと話をしているのだろうと、怪訝《けげん》に思いはじめるにちがいない。

アクセルを踏み込んで、おれはいう。「さあ、ジェントリー。おまえならできる」

おれはＰＩＴ——追跡介入技術——をやるつもりだ。車両を停止させるために世界中の法執行機関が使っている標準的な戦術で、タイヤを撃つような馬鹿げたことよりもずっと有効だ。

つまり、ルーマニア人の相棒には安心しろというようなことをいったものの、関わる人間はすべて、ひどい目に遭う。おれも、アルバニア人も、タリッサも。

正確に実行すれば、ＰＩＴはしごく安全な芸当だが、バンが相手のときには、完璧に実行してもひどいことになりかねない。なぜなら、バンは重心が高いので、まずまちがいなく横転する。最悪の場合には転覆する。だが、このままではおれはタリッサを奪還できなくなり、彼女は悪党どもに完全に捕らえられてしまうから、ぎりぎり許容できるリスクだと判断する。

バンをひっくりかえすと、タリッサはどこかを骨折するかもしれないが、おれが彼女の立場なら、拷問されたあとで後頭部を至近距離から撃たれるよりは、激しい自動車事故に見舞われるほうがましだと思うだろう。

まあ、それはすべて比較の問題だが。

ＰＩＴ機動を仕掛けられた車の運転手には、対抗手段があるが、アルバニア人のギャングスターが高レベルの防御運転に熟達しているとは思えない。仮にそのやりかたを知っているとしても、対PIT機動に対抗する手段がある。あまり知られていない手段だが、人間狩りと物体の破壊について、CIAがすべての知識を叩き込んでくれたので、おれは知っている。CIAを公式に辞《や》めてからも、その科目でさらに知識を深めている。CIAは自分たちの知見をすべて教えてくれたが、おれのいまの知見は、それを上まわっている。

アルバニア人の運転手がおれのPITに対抗しようとしても、失敗するし、どのみちバンはぶっ壊れるだろう。

「さあ、ジェントリー」おれはくりかえす。「おまえならできる」

アルバニア人たちがどなり合っているのが、イヤホンから聞こえる。うしろからついてくる車が、急接近しているのに気づいて、不安になり、興奮している。右側には大きな屋敷がならんでいるが、すべて石塀と鬱蒼《うっそう》とした木立に隠れている。左側はほとんど樹林で、その向こうに海がある。車道の脇に広い歩道があるので、ただの二車線の道路よりもおれのやることには都合がいい。

PITに最適の道路ではないが、できるだけうまくやるつもりだ。やると決めた瞬間、追い越しをかけるような感じで、左車線に車を突っ込ませる。

運転手は馬鹿ではない。午前二時半にうしろから猛スピードで接近してくるヘッドライトを見て、その車は脅威だと悟る。左に急ハンドルを切り、追い抜かせまいとする。

くそ。

おれがすこし速度を落として、右から追い抜くふりをすると、バンの運転手がそれにひっかかる。運転手が右に急ハンドルを切ったので、左に戻る隙《すき》ができたとおれは思うが、そのとき、バンのリアウィンドウから銃声が轟《とどろ》き、たちまちおれの車のフロントウィンドウに蜘蛛《くも》の巣状のひびがはいる。

こいつらは、なかなか手際がいい。

「頭を下げろ、タリッサ。そのままでいろ!」

弾丸がおれの額に命中する前に、これをやらなければならない。4ドアを加速させ、車首がバンのリアバンパーの左を通り過ぎるところまで進めた。

そして、慎重にハンドルをまわし、じわじわとバンの左側に割り込んだ。

そしてぶつける。さほど強くはなかったが、バンが右に尻をふり、タイヤがグリップを失って、運転手がコントロールできなくなったので、それでじゅうぶんだった。バンの車首が急に左を向く。おれはバンから離れたあともハンドルを右に切って追い抜き、これから起こることから遠ざかる。

つぎに起きることは、バンに乗っている人間をひとりだけ護《まも》るという目的を考えれば、かなり激しすぎる。タイヤが悲鳴をあげ、煙を発して、重心が高い大きなバンが、道路と直角になるまで向きを変え、たちまち横倒しになる。おれが急ブレーキをかけて運転席側のミラーを覗《のぞ》くと、黒いバンが右側面を下にして横転するところだった。衝撃でカーゴドアがあき、ひとりが道路に投げ出される。

男なのか、それとも女なのか、見分けられない。

かわいそうなタリッサ、と思った。最初は、男たちに囲まれていたときに、おれが空から降ってきて、石畳に押し倒され、こんどはひどい自動車事故で叩きのめされた。

横転したバンの破片が空から降ってくる前に、おれはヴォクソールから跳び出す。グロックを抜き、銃身下のフラッシュライトをつけて、現場を照らす。

投げ出されたのは男だった。思ったよりも怪我《けが》は軽いようだが、起きあがろうとしたそいつの右脇に二発撃ち込んで、致命傷をあたえる。

男の体がまわって吹っ飛び、両腕と両脚をひろげた格好で道路に仰向《あおむ》けに倒れて死ぬ。

おれはバンの前へ行き、ひびがはいったフロントウィンドウから覗く。運転手と助手席の男が折り重なって倒れているのが見える。動いているが、撃ちはしない。タリッサが見当たらないからだ。バンの後部にいるかもしれないので、うしろにまわり、身をかがめてはいっていく。

フラッシュライトの光が埃《ほこり》と煙から反射するが、躍起《やっき》になってステンレスのセミオートマティック・ピストルをこちらに向けようとしている腕一本が見えるだけだ。その拳銃が発射され、狭いスペースですさまじい銃声が響く。おれはそれを持っている男の顔に向けて応射する。自分が撃たれたかどうかはたしかめず、ステンレスの拳銃が落ちるまで撃ちつづける。そのときになって、顎鬚《あごひげ》の男のひとりだとわかる。男は二列目のシートでタリッサの上に乗っている。ありがたいことに、タリッサは無事でわめきちらしている。タリッサの居場所がわかると、おれはバンの奥へ進み、タリッサの頭を下になっていたスライド式のリアドアに押しつける。そうやって射線から彼女をそらし、フロントシートの男ふたりめがけて発砲し、グロックから十二発を撃ち込む。

「怪我はないか?」狭い空間で銃声が響いたせいで耳鳴りを起こしているので、弾倉を交換しながらおれは叫ぶ。銃声を聞き慣れていないタリッサの耳は、もっとひどい状態だろう。

タリッサがどなりかえす。「わたし……わからないわよ!　この男が上に乗っているし――」

「つかまれ」

シートを越えて男をどかすことができないので、タリッサの体をひっぱる。向きを変えさせてシートのうしろに引き出すのにかなり苦労するが、ようやくタリッサが自力で這《は》い出せるようになる。タリッサのショルダーバッグとバックパックも見つけて、取り返す。タリッサは顔にひっかき傷と痣《あざ》があり、目にすこしショックが浮かんでいるが、もっとひどい怪我をしていたかもしれないので、ほんとうに運がよかったと思う。

おれたちは、街灯の下で、残骸《ざんがい》のなかに立っている。おれは全身を手でなぞって、被弾していないことをあらためてたしかめる。ひりひりする個所はあるが、銃撃で穴だらけになるよりも、打ち身のほうがずっとましだ。

一台の車がうしろでとまり、右側の屋敷数軒で犬が吠え、ひとが叫ぶのが聞こえる。おれはTシャツの下にグロックを差し込む。三十分間、よじ登ったり、戦ったりしていたので、切り傷や擦《す》り傷ができ、汚れているが、まわりの人間には、自動車事故でそうなったように見えるだろう。

だが、単純な自動車事故のふりをつづけることはできない。四〇〇メートル以内にいたものはすべて、銃声を聞きつけていたはずだ。

うしろで小さな日産からおりてきた若い男を無視して、おれはタリッサに手を貸し、いっしょにヴォクソールに乗る。数秒後にはUターンして、スピードを出しすぎないようにしながら東に向かう。回転灯が近づいてくるので、私設車道《ドライヴウェイ》に入れる。夜の闇のなかでも、フロントウィンドウに弾痕があるのは、ごまかしようがない。

緊急車両数台が西に向けて走り去ると、また道路に戻り、右手をのばして、タリッサの体に触れる。出血確認と呼ばれるやりかたで、アドレナリンのせいで痛みを感じないときでも、怪我をしているかどうかを手探りで調べられる。たしかめるには全身をくまなく撫《な》でなければならない。おれは無意識にそれをやる。

おれの世界ではありふれた手順だが、未経験者にはやりすぎに思えるだろう。たちまちタリッサが身を縮めて、おれの手を払いのける。「なに……なにをやっているのよ？」

おれは手をハンドルに戻す。「すまない。おれたちがいつもやることなんだ」

「なんですって？　だれがやるの？　だれもやらないわよ！」

おれは聞き流す。「自分で調べろ。出血しているか？　痛いところはないか？」

怒りとショックが収まったタリッサが、いうとおりにする。「そんなに……ひどい怪我はしていないと思うけど、衝突のときに頭をぶつけた」二の腕をさすりながらいう。「肩が痛いけど、だいじょうぶだと思う」

いま頭と肩が痛むようながら、十二時間後にはもっと激しく痛むだろうと、おれは経験から知っているが、それはいわないでおく。捕らえられていた短いあいだに、タリッサがなにを知ったかどうかを、きかなければならない。たいしたことはわからないだろうと思っているが、新しい情報がないと、拉致《らち》された女たちをどうやって追跡すればいいのか、見当もつかない。

だが、おれが口をひらく前に、タリッサがこちらを向く。「どうも……ありがとう」

予想外の言葉だ。「ああ……そうか。むかついている《ピスト》のかと思っていた」

「酔っ払う《ピスト》？　お酒は飲んでいないわよ。あなたは？」

「腹を立てている、怒っているという意味だよ」タリッサはたぶんイギリス英語を学んだのだろう（pissed は米俗語では〝むかつく〟、英俗語では〝酔っ払っている〟の意味）。バンからひっぱり出されたときに酔っ払っていたか、ときかれたのだと思ったのだ。

「わたしが怒る理由があるの？」タリッサがきく。

「わからない。きみは餌《えさ》に使われて、殺されかけたから」

タリッサが首をふる。「あなたはわたしの命を救った。わたしはロープのことであなたを信頼しなかったせいで、あなたを危険にさらした。それでも助けにきてくれた。ありがとう」

おれはいう。「やっぱり酔っ払っているな」

つかのま、タリッサがこちらを見る。「わたしのためにやったんじゃないかもしれない。

助けようとしている女性たちのためだったのかもしれない。それでも……ありがとう」タリッサが手をのばし、おれの前腕を握ってから、やがて手をひっこめ、膝の上に戻す。

おれはきく。「どこへ連れていくかということを、やつらはいわなかったか？」

「わたしにはいわなかった。でも、重要かもしれないことをいったわ」

「どういう意味だ？」

「ルーマニア人はルーマニア語を話す。アルバニア人はルーマニア語で話さない。でも、どちらもバルカン言語連合なの」

タリッサは頭がよすぎる。おれはもう話がわからなくなっている。

それが顔に出たらしい。「わたしは、アルバニア語はまったくしゃべれないけど、単語や語句はいくつかわかる」

「やつらは、きみの前でなにも隠さずにしゃべっていたんだな」

「そうよ」

「プロフェッショナルらしくない連中だな」おれはいう。「というより、信用できない。偽情報だったかもしれない」

タリッサが、腕の裏側から衝突のときの破片かなにかをつまみ取り、手についた血をジーンズでぬぐった。「あなたが現われたあと、当然だけど、彼らはものすごく動揺していた。旧市街から出るとき、プロフェッショナルらしくしようとか、わたしを騙《だま》そうとするようなことを考えている余裕はなかったでしょうね。おたがいにどなり合っていて、わたしにもどなった」

「ああ、聞こえていた。やつらはなにをいったんだ？」

「運転している男が、船がどうとかいったの」

「船？」

「ええ。たしかに船といった。それから、奇妙なことをいったの。まちがいなく、〝大統《プレジデ》領《ント》のそば〟といった」

「大統領？」

「そうよ。まちがいない」

「クロアチア大統領か？」

「なんのことをいっていたのかは、まったくわからない」

おれは道端にヴォクソールを寄せて、急ブレーキをかける。

タリッサが、前に投げ出されないように、ダッシュボードをつかむ。「どうしてとめるの？」

おれは答えず、スマートフォンを持ちあげて、GPSの地図を見る。地図を右にずらしていくと、探していたものが見つかる。「ヴァラマー・コレクション・ドゥブロヴニク・プレジデント・ホテル。岬の先にある。ここから十五分で行ける」

タリッサが、ウィンドウの外の闇を見てから、おれに目を戻す。「そこにちがいない。行きましょう」

おれはリアシートからバックパックを取り、なかをまさぐる。タリッサのスマートフォンと拳銃を出して、ふたつとも渡す。

「なに……これからなにが起きるの？」

「おれは独りで行く。連絡はとりつづける。今夜きみが生き延びられたのは幸運だった。これ以上、運を試したくない」

「でも……妹が」

「おれといっしょに走りまわらないほうが、妹を救うのに役立つ」

「厄介《やっかい》払いするつもりなのね」

そのとおりだが、おれはそうはいわない。「まったくちがう。やつらがいっていた船を見つけたら、追跡する必要がある。船主やどこへ向かうのかといったことを、調べてもらわなければならない」

やがてタリッサがうなずく。「それなら……手伝える」

「そう思っている。電話の電源を入れたままにしてくれ。おれは自分のスマートフォンのアプリに番号を入力して追跡されないようにしてあるが、きみは必要なときにいつでもおれに連絡できる」

「わかった」自信がなさそうだが、とにかくタリッサを危険から遠ざけたい。

おれはいう。「いまはまだわからないが、あしたになったら、体がものすごく痛くなるよ」

「だいじょうぶよ」

「あしたになったら、そうはいえない」

タリッサが車からおりる。おれはあとをついていって、ホテルの横の通りにとめてあるスクーター二台のほうへ行く。どちらもワイヤーロックで固定されているが、おれはピッキングの道具一式を使い、ロックを解除する。

一台は五〇CCの二人乗りで二輪の小さなジレラストーカー。もう一台はもっと強力な一五〇CCのデルビブールバード。

「どこへ行けばいいの？」

その答は、おれにはわからない。「街を出ろ。小ぢんまりした郊外を見つけて、身を潜め、おれの指示を待て」

う。「おれを信じろ」

おれは肩をすくめる。「氷、痛み止め、包帯、抗生物質の軟膏《なんこう》を手に入れる」おれはい

「それだけ？」

スクーター二台の点火装置をショートさせてエンジンをかけるのに、数分かかる。ほどなくタリッサは東へ向かい、おれは西へ向かって、プレジデント・ホテルの近くの船を探しにいく。

たいした情報ではないが、このひどい一夜から得られたのはそれだけなので、いろいろな活動《アクティヴィティ》による痛みやうずきが全身で存在を主張するあいだも、ポジティブな考えかたをしようと努力する。

22

マーヤは、空爆で破壊された倉庫で、ほかの女性たちとともに二夜目を迎えた。暑い夜だったが、海からの風が壁にあいた穴や壊れた窓から吹き込むので、しのぐことができた。見張りが運んできた寝具があるし、埃《ほこり》の積もったコンクリートの床には、横になる場所がいくらでもある。

マーヤは小さな枕に頭をあずけて横になっていた。目が疲れ、ストレスのためにぼやけていた。まわりを見ようとしたが、月がときどき雲に隠れるので、よく見えなかった。まわりで虜囚《りょしゅう》の女たちが、毛布やマットレスに寝ていた。ほとんどが眠っていたが、マーヤのように展転反側《てんてんはんそく》している女もいた。

車が一台近づいてきて、表でとまるのが、音でわかった。すぐに車のドアが開閉される音が聞こえた。部屋のあちこちに座っていたアルバニア人の見張り三人が身をこわばらせ、十数人の靴が崩れかけた階段をこすりながら昇ってくるような音が響いた。

マーヤは上半身を起こし、まわりの女たちの多くが、おなじように起きあがった。階段から現われた男たちの顔は、マーヤには見分けられなかった。数人はセルビア人から女たちを引き継いだ集団のようで、ライフルを肩から吊っていた。だが、人影のうちの四、五人は、マーヤがここに到着してから目にした男たちとはちがう外見だった。

髪を短く刈り、顔をきれいに剃《そ》っている、長身の引き締まった男ひとりが、月光の射すなかを通り、女たちを眺め渡したが、マーヤがじっくりと顔を見る前に、その男は奥の壁のほうへ行った。あとの男たちがつづき、白い顔、真剣なまなざし、上等な普段着が見えた。武器は見えなかったが、男たちは見張りではなく、男たちは暗い部屋を堂々と横切っていった。

あの男たちは見張りではなく、これを牛耳《ぎゅうじ》っている。

まもなく出発することになるのだろうかと、マーヤはいぶかった。

自分たちが性的な目的のために密輸され、人身売買されているのをマーヤは知っていたが、どこに連れていかれるのか、そこでだれに仕えることになるのかは、見当もつかなかった。

もっとも、それはどうでもいい。自分の人生は終わった。救出や逃亡は望めない。

マーヤは、新手の男たちを見て、暗い片隅にいる長身の禿頭《とくとう》の男にふたたび注目した。顔立ちがはっきりと見えるほどには明るくなかったが、歩きかた、姿勢、放っている陰気なオーラが、マーヤの前に会ったことがあるだれかを彷彿《ほうふつ》させた。

ヤコ・フェルドーンは、破壊された建物のひろびろとした三階の闇に立ち、そこにいる女たちの状態を観察した。

いつもなら、フェルドーンがパイプラインの隠れ家にみずから足を運ぶことはない。だが、ここはアルバニア人たちがユーロポールの女を捕らえるドゥブロヴニク旧市街に近いし、ガルフストリームが着陸したときに、チームが女を捕らえ、ここに連れてくると知らされたので、フェルドーンとその部下九人は、じかにここへ来た。

フェルドーンは、女を訊問し、コンソーシアムについての情報をどこで得たかを突き止めるつもりだった。さらに重要なのは、コート・ジェントリーのいどころと、なにをやっているかを知ることだった。その情報を聞き出したら、ここを出て、女はアルバニア人に任せ、殺させる。そのあと、午前五時まで、商品《マーチャンダイズ》を護《まも》るのを手伝う。そのあと、積み荷《シップメント》は船に乗せられ、市場に運ばれる。

まわりを見て、フェルドーンはここが訊問には適していないことに気づいたが、アルバニア人たちにそういう知恵がないのは意外ではなかった。商品の前で女を殴ったり拷問したりするのはまずい。そんなことをやったら女たちのやる気が失せる。それに、べつの階か、表の車のリアシートに連れ込んだとしても、女の悲鳴がこのがらんとした空間とさえぎるもののない海岸線に響き渡るだろう。

荒々しく訊問するのにふさわしい場所に女を移す方法をフェルドーンが考えていると、部屋の反対側にいたアルバニア人チームのリーダーに、電話がかかってきた。フェルドーンには、そのアルバニア語がひとことも理解できなかったが、リーダーが不安になり、とまどい、やがて怒るのが、声音ではっきりとわかった。

それに、怯《おび》えている。

フェルドーンは腰に手を当ててリーダーを眺め、どれほど悪い報《しら》せなのだろうと思った。アルバニア人のリーダーが話を終え、携帯電話をポケットにしまって、フェルドーンのほうへ歩いてきた。女たちに話を聞かれないように、ふたりは離れたところへ行き、フェルドーンは明らかに悪い報せだとわかっていることを聞く覚悟をした。

「なにがあった？」

「襲撃があった。旧市街と、そのあと道路で。ここから十五分のところだ。おれの部下が死に、女が逃げた」

フェルドーンは、壁に寄りかかった。パイプラインとコンソーシアムにとっては悪い報せだが、ターゲットが目標の前に立ちふさがるものを排除する能力が高いことに、驚嘆せずにはいられなかった。「ジェントリーだ」フェルドーンはつぶやいた。アルバニア人は、それを質問だと思った。

「わからない。目撃者がいない」

フェルドーンは、電話をかけようとして携帯電話を出していたが、それをおろし、女たちを見張っているギャングスターのリーダーに向かっていった。

「売女《チヨッツ》どもに出発の準備をさせろ。いますぐに連れ出したい」

アルバニア人は、〝売春婦〟を意味するアフリカーンス語を知らなかったが、状況から理解した。首をふった。「午前五時にならないと移せない。付近の警官がその時刻に交替する。そこからはパイプラインのために働いている警官が勤務する。まだ午前三時だ。このあたりをパトロールしている警官は、われわれの支配下にない」

「おまえは馬鹿か？　何人……今夜、何人殺《や》られた？」

「六人」

「なるほど。おまえの配下は、この敵ひとりに対処する技倆《ぎりよう》がないようだな」

顎鬚《あごひげ》をはやしたアルバニア人は、頑固に首をふった。「いや、ひとりじゃない。あんたの情報はまちがっている。ひとりのはずがない」

「殺しをやったのはひとりだし、最高の腕前の男だ。おまえ……おまえらは？」武装した男たちの群れを見まわした。「最高じゃない。いまから移送を開始する。警官が邪魔をしたら殺せ」フェルドーンは、携帯電話のアイコンをひとつタップして、敷地のあちこちに配置してある九人のイヤホンに向けて送信した。「ライオン指揮官《アクチュアル》から全ライオンに。ターゲットはまだ野放しで活動している。最後に目撃されたのは、ここの位置《ポズ》から十五分のところだ。交通艇《テンダー》（母船に積載され、桟橋や海岸を往復するのに使われる小型艇全般を指す。足船とも呼ばれる。救命艇を兼ねていることもある）をすぐによこすよう船に連絡する。十分か二十分かかるだろう。射程の長いライフルを持ったふたりを屋根に配置し、東と西に目を配るよう命じろ。桟橋《さんばし》にふたり行かせて、海を監視させろ。あとの四人は、建物の東側に散開し、山のほうを見張る。ルーツとおれは、女を八人ずつ移動させて、付き添う。ただし、移動をはじめるのは、テンダーが到着して乗せる準備ができてからだ。

アルバニア人の連中は、敷地のもっと遠いところに散開させるが、警備をそいつらに任せるな。われわれが相手にしている工作員のことは、知っているはずだ。どういう計略を使うかはわからないが、この場所のことを知っているとすると、かならず来る。準備を怠《おこた》るな」

フェルドーンは、携帯電話の画面をタップして、べつの電話をかけた。「ライオンだ。配送《デリヴァリー》を早めなければならない」間があった。「いますぐにやれ！」〈ゾディアック〉を海に浮かべてスロットル全開にしろ！　十分以内に桟橋に来い」

携帯電話をポケットに落とし込むと、フェルドーンはSIGザウアーP226をジャケットの下で腰に取り付けたホルスターから抜き、ちらりと見てから、ホルスターに戻した。あいたままの窓に近寄り、夜の闇を眺めた。海は右のほうにあり、正面にヴァラマー・コレクション・ドゥブロヴニク・プレジデント・ホテルの輝きが見える。ホテルは海岸線近くの山の麓《ふもと》にあり、午前三時なのに煌々《こうこう》と明かりがともっている。だが、おなじ山の麓でも、ホテルの敷地とフェルドーンがいるところの中間には、破壊された建物の基礎が、海辺の植物にほとんど埋もれ、闇に包まれて、五〇メートルほどにわたり連なっている。ホテルを見おろす山の斜面にも、緑が多いリゾート施設があり、その屋根から、フェルドーンがいる荒れ果てた建物と車が何台もとまっているその前の道路を見渡すことができる。その隣には建設中のアパートメントビルが何棟もあり、さらに斜面の上のほうにもアパートメントがあって、照明は明るいが、アルバニア人が選んだこの隠れ家を照準線に捉えられる。つまり、この隠れ家の位置では、監視や狙撃を避けられない。

監視位置で身を隠すのに最高の技倆《ぎりょう》を具えた男が利用できる場所が、数限りなくある。グレイマンにいま見張られているかもしれないと不安になり、フェルドーンは肌がチクチクするのを抑えられなかった。

フェルドーンは、表の景色に背を向け、女たちのほうを向いた。とても平静にはなれなかったが、落ち着いた声でいった。「十五分後に出発する。行儀よくしていれば、順調に進む」声を低くして、不気味な口調でつづけた。「妙なまねをしたら……走ったり、叫んだり、喧嘩《けんか》したり、抵抗したりしたら……なにをやろうが……おれがみずから罰をくわえ、サメの餌《えさ》にする」

マーヤは、部屋のまんなかで座り、明らかにこの場で指揮をとっているとおぼしい男のシルエットを見つめ、動悸《どうき》が激しくなった。その南アフリカ人が口にした脅しや険悪な口調のせいではなく、銃を抜いてしまうのが見えたからでもなかった。どれも、腰のうしろが恐怖でひきつり、腕の毛が逆立ち、吐きそうになった理由ではなかった。

マーヤが恐怖におののいたのは、男の顔が見えなくても、何者であるかがはっきりわかったからだった。

聞き憶えのある声だった。そのとたんに、さまざまな物事が、マーヤの頭のなかでまとまりはじめた。

だが、事情を理解したからといって、安心感は得られなかった。逆に、二度と故郷には帰れないという確信が強まっただけだった。

拉致《らち》された日からずっと、男たちにマーヤと呼ばれている女の本名は、ロクサナ・ヴァドゥーヴァだった。ルーマニア人で、二十三歳、ブカレストの大学で舞台芸術を専攻していた。

だが、そういったことや名前すら、もう自分に当てはめられることはないと、南アフリカ人の言葉を聞いたとたんに悟った。二度とロクサナと呼ばれることはないし、ルーマニアには帰れない、つぎの誕生日まで生きていられないだろうし、もちろん大学には戻れない。

ロクサナは一部始終を悟った。なにもかも、つじつまが合う。

ドゥブロヴニクの空爆で破壊された倉庫の闇で声を聞いたとたんに、大男の南アフリカ人だとわかったのは、ユーロポールの姉に、事件捜査の補助として裕福な銀行家に会ってほしいと頼まれ、数週間前にナイトクラブへ行ったときにはじめて見かけたからだった。南アフリカ人はジョンと呼ばれていた。アメリカ人のトムがブカレストに滞在していたときに四度会ったが、ジョンはつねにそばにいた。ジョンはじかに話しかけてこなかったが、トムのそばにいて、ボディガード、地元のギャング、ナイトクラブの従業員とよく話をしていた。ものすごくやかましいテクノがかかっているときに、ロクサナはトムの耳もとで、ジョンはどういう仕事をやっているのかと大声できいた。トムは、ジョンは南アフリカ人の部下で、ビジネスでいっしょに旅行しているとしかいわなかった。そのあと、ロクサナはジョンのことをずっと不審に思っていた。

トムのボディガードは、ショーンという名前だと紹介され、アメリカ人だった。禿頭《とくとう》の南アフリカ人と比べると、ショーンはのんびりした感じだった。ショーンがボスの目を盗んでウォトカをショットグラスで何杯か飲むのを、ロクサナは見たことがあった。

だが、トムは彼らのなかでもっとも魅力的だった。ロクサナがテーブルに近づくと、トムは隣に座るよう勧めた。〈ドン・ペリニョン〉を注ぎ、世界各地の異国情緒あふれる土地にある自分の屋敷の話をして、楽しませた。

トムはたちまちロクサナに魅了されたが、ロクサナは冷ややかでつんつんしていた。ロクサナは男を惹《ひ》きつけるすべを知っている気まぐれな女であると同時に、女優の才能もあった。つぎつぎと相手を変えて関係を持つようなことはしないが、男にちらりと目を向けてバーカウンターで一杯おごってもらうようなことは平気でやる。ロクサナは、役割を演じるのが得意だった。小学校のころからブカレストとティミショアラの劇場に出演し、ボトルドウォーター、化粧品、ルーマニアの自動車メーカーのダチアのコマーシャルの仕事もやった。

ロクサナは、自分を売り込むすべを心得ていたので、トムを相手に押したり引いたりの駆け引きをやった。気取った感じでよそよそしい姉の尊敬を勝ち取れるチャンスだと思ったからだ。

やがて、四度目に会ったときに、トムがレイプしようとした。ロクサナは逃げた。姉のために役立つ情報を得るのには失敗したとわかっていたが、事件からは逃れられてほっとしていた。

ところが、先週、友だちといっしょにいたときに、薬を盛られてタクシーの運転手に拉《ら》致《ち》され、ブカレストのどこかの地下室に連れていかれた。

その晩からずっとパニックと絶望をふり払えなかったが、今夜、生き延びられる見込みはないと疑いの余地なく悟った。

ロクサナはトムにひどい仕打ちをした。トムは一夜ごとに怒りをつのらせた。ロクサナはトムが性的関係を持とうとするのをはねつけ、力ずくでものにしようとしたときに戦った。

あの男はただの銀行家だと姉はいっていたが、もしそうだとしても、人身売買組織に関わっているし、これから容易に復讐を果たすことができる立場にある。

この人身売買全体を指揮しているのは、とてつもない力を持っている男たちで、いともたやすくルーマニア人の若い学生ひとりを行方知れずにできる。

ロクサナは選択肢を比較し、自殺することも考えた。一〇メートル左にあるガラスのない大きな窓枠に立って、破壊された小さな塀の向こうへ跳べば、死ぬことができる。あっというまに、簡単に死ねる。

だが、やらなかった。

この期《ご》に及んでも思いとどまった理由が、ロクサナにはわからなかった。大好きな人生が終わり、地獄のような毎日に変わることがわかっている。これ以上ないくらいみじめな気持ちだった。

でも、死にたくないというのが本音だった。

こいつらを何人か、道連れにするまでは死ねない。

その瞬間に、ロクサナ・ヴァドゥーヴァは自分に誓った。自分は斃《たお》れるだろうが、戦わないで斃れるつもりはない。

双眼鏡を動かしながら、おれは超高級そうなドゥブロヴニク・プレジデント・ホテルを見る。だが、その右手の海沿いの土地にはなにもなく、真っ暗だ。暗がりに目を慣らすうちに、その闇が形をなしはじめる。

小さな船着き場に使われているらしいコンクリートの突堤が、海にほんの五、六メートルのびている。海岸からせりあがっている山は、高い草と藪《やぶ》に覆《おお》われている。斜面のなかごろの道路沿いに、明かりがついていない三階建ての建物があり、倒壊していないし、構造も頑丈そうだが、窓ガラスはなく、石壁にいくつか大きな穴があいている。二十五年以上前にここで行なわれた戦争中に被害を受け、そのあとまったく修復されていないのだろう。

バルカン諸国は、どこもこんなふうだ。観光客向けの上品なエリアと、草木の生い茂る荒涼とした戦場跡が隣り合っている。モスタールでも見たし、ここでも見ている。これらの国は戦争でひどい目に遭い、一九九〇年代に戦争が終わったとはいえ、四半世紀前の混乱を物語る瓦礫《がれき》が、いまもいたるところにある。

おれは山の上のほうで建設中のアパートメントビルの二階で、腹這《はらば》いになっている。隣は新しそうなアパートメントビル群で、湾を見おろす位置にあり、照明が明るい。十二倍の双眼鏡を通して、ひと棟の建物の近くにSUV数台がとまっているのが見える。戸口のかすかな光が、ひとつの明らかな証拠だ。たぶん見張りが携帯電話の画面を確認しているのだろう。

さらに一分、観察をつづけ、藪にしゃがんでいるもの、建物の屋根に伏せているものなど、武装している男を何人か見分ける。だが、高倍率の双眼鏡でも、闇を見通すのは難しい。赤外線感知装置があれば、海辺の植物に隠れているやつも何人か見えるだろう。

視界に捉えている男たちを、ふたたび観察し、真剣な態度に気づく。警戒怠《おこた》りなく左右に首をまわしている。ただの見張りなら、こんな熱心な動きを長くつづけられるはずはない。

こいつらはなにかを捜している。いや、なにかではない。おれを捜している。やつらのビジネスを邪魔しつづける暗殺者を。

おれは動きを最小限にするために、ゆっくりと慎重に呼吸する。やつらが暗視装置を持っていたら、筋肉ひとつ動かさずにいて、そのレンズに見られないようにしないと、隠密性を維持できない。

おれに始末される前にアルバニア人が目指していたのは、あの建物にちがいないが、周囲にいる人間が多いのは意外だ。タリッサが思っていたように彼女ひとりを拉致《らち》して、待っている船に連れていくのが目的だったなら、ここにかなりの人数が配置され、敵を見つけようとしているのは、どういうわけだろう？

数分後もそのことを考えていると、湾で一瞬、光がひらめくのが見える。数秒後にまた光る。細い月がそのときは雲に隠れていて、なにも見分けられないが、三度目に光るときに、海からではなく大きな建物の下のコンクリートの船着き場から発しているとわかる。そこに双眼鏡の焦点を合わせると、銃とフラッシュライトを持っている男が立っているのが見える。また光を発し、海に向けて合図している。

ここからはエンジン音が聞こえないが、小舟が近づいているにちがいないと思う。月が一瞬顔を出すのに乗じて、双眼鏡を右の山の斜面に向けると、あらたな動きが見分けられる。暗い建物から出てきた人影が固まって、おれの位置から遠ざかり、坂を下って海に向かっている。コンクリートの船着き場がある方角だ。

おれは目を丸くして、その一団に焦点を合わせる。

たちまち、アドレナリンがあらたに全身を駆けめぐりはじめる。群れのなかに、七、八人の女がいて、いずれもライフルを持った男たちに囲まれている。斜面の茂みを通り、植物に覆《おお》われているコンクリートの破片を避けられるように、群れの先頭の人間が暗いフラッシュライトを使って道案内をしていた。クロアチア軍がイスラム系ボスニア人と戦ったときの空爆で、建物から吹っ飛ばされた破片が、いまもあちこちに散乱している。

女たちは縛られているか、銃を突きつけられて歩いている。周囲の武装した男たちが、海に向けてなおも女たちを進ませていた。

モスタールの農家にいた女たちにちがいない。いや……もちろん、かならずしもそうとはかぎらないが、そうあってほしいとおれは思う。だが、地下室では二十五人ほど見かけたのに、どうして八人だけなのか？　おれは怪訝《けげん》に思うが、〈ゾディアック〉製の複合艇《RHIB》が船着き場に接近し、艇首に乗っていた男がフラッシュライトを持った男に索を投げるのが見え、たちまち答がわかる。

その〈ゾディアック〉は、ふつうのゴムボートよりも大きいが、せいぜい十人しか乗れない。

なにが行なわれているのか、おれは察した。アルバニア人は女たちを船着き場に七、八人ずつ連れていって、母船に運べるように〈ゾディアック〉のテンダーに乗せている。〈ゾディアック〉が戻ってくるときには、つぎの一団が船着き場に来ているのだろう。モスタールにいた拉致《らち》被害者たちだと、おれは確信する。彼女たちを見つけ、まだ生きていると知ってよろこぶが、これからどういう手が打てるか、まったくわかっていない。

暗い山の斜面に点々と見えている男たちを、十人数え、見えない敵がもっといるにちがいないと思う。

いっぽうおれは？　弾倉二本に汚れた拳銃一挺、ナイフ一本、傷だらけの疲れた体、乱暴な態度があるだけだ。

それだけではじゅうぶんではない。

だめだ……いま女たちを救うことはできない。ここまで来たのに、女たちが忘却の彼方へ行ってしまうのを見送らなければならないのかと思い、おれは落ち込む。

その思いを頭からふり払い、今夜の目標は女たちが乗る船を見つけて、その目的地を突き止めることだと、自分にいい聞かせる。おれの作戦のつぎの段階は、そのあとで考えよう。

ふたたび海に双眼鏡を向けて、目にはいるすべての船をじっくり眺める。一海里ほど沖に、灯火がついていないタンカーが一隻いる。もっと岸近くにトロール漁船が数隻いて、湾内で投錨しているか、ブイに係留している。

湾口のすぐ外に、灯火の明るいヨットが一隻いる。おれのいる高みからは、二〇〇ヤード沖の小さな島に船体の一部が隠れている。海上では距離や大きさを判断するのが難しいし、夜間なので、どれほど大きい船なのかわからないが、かなり巨大に見える。

この地域で人間の密輸が行なわれているという話は聞いたことがあるし、難民を乗せたスピードボートが、狭いアドリア海を横断して、イタリア東岸のバリかサンマリノ共和国のようなあまり大きくない街に運んでいるともいわれている。

しかし、こういう大型機帆船《モーターヨット》は、性的奴隷を西側に運ぶには、目立ちすぎるように思える。

〈ゾディアック〉に女たちが乗せられるあいだに、草木の茂った敷地をもう一度眺め、中央の建物の壊れた窓に焦点を合わせる。いまでは最上階にいくつも光の点が見える。フラッシュライトにちがいない。あちこちに向けられているので、光が強まったり弱まったりしている。

あとの女たちは、そこに監禁されているのだろうが、そこでおれにできることはなにもないので、あまり考えないようにする。

最初の一団が、見張りの男ふたりとともに乗り、テンダーが湾を航走していく。二分後にまた雲が月を覆い、テンダーが小さな島をまわる直前に見えなくなる。

意外なことに、テンダーがヨットを目指しているとおれは確信する。

建築中のビルの床をうしろに這《は》い進み、斜面の下のほうから見えないところまで行くと、おれは装備のバックパックをつかんで背負い、階段へ走っていく。

ヨットがもっとよく見えるところへ行かなければならない。それには、ここよりも北にべつの監視所を見つける必要がある。

23

ロクサナ・ヴァドゥーヴァは、テンダーの膨張式船縁に腰かけ、早朝の闇のなかを航走するテンダーがゆるやかに揺れているのを感じていた。前方を覗《のぞ》き込み、どこへ連れていかれるのか手がかりを得ようとしたが、行き先らしき場所は見当たらなかった。ロクサナは、岸に連れていかれて膨張式ボートに乗せられる女たちの第二団か第三団にいた。これまではずっと、恣意的《しいてき》に居場所を決められることはなかった。しかし、空爆で破壊された倉庫の三階で、南アフリカ人だとロクサナが思っている男が近づいてきて、顔をフラッシュライトで照らし、第二団にはいれと命じた。

あとの女たちは、ロクサナがずっと特別扱いされているのは、人身売買業者の仲間だからだと思っていた。ひとりが、セルビア人の見張りに、スパイがいるといわれたのがきっかけだった。ロクサナはスパイではない。自分にはそれがわかっている。しかし、自分がほかの女たちとはちがうことを、この過酷な旅ではじめて悟った。特別扱いを受けている理由ははっきりしていると思っていた。

小さな島をまわり、北西の一キロメートル先を眺めた。照明の明るいヨットが真正面に見えた。それまでは島の蔭になっていたが、前方のヨットが巨大だということがわかった。船尾に近づくと、乗せられるヨットの船名が見えた。〈ラ・プリマローザ〉。テンダーがヨットに横付けし、舷梯《げんてい》がおろされ、甲板の男に向けて索が投げられた。女たちはテンダーから乗り移るよう命じられた。ロクサナが女たちのあとから正甲板《メインデッキ》に登ったときにはもう、船体の一部が膨張式のボートは向きを変えて、岸にひきかえしていった。甲板に立った女八人は、明るい照明につかのま目がくらみ、半眼になって両手で目を覆《おお》った。

ロクサナは、まぶしい光を我慢して、あたりを見まわした。見たこともないような美しい船だった。チーク材の甲板が、磨き込まれて柔らかな輝きを発している。木の部分も真鍮《ちゅう》の部分も光り輝き、メインラウンジには高級な電子機器があり、その入口近くにきちんとした服装の甲板員と船内スタッフが八人くらい、肩を並べて立っている。さらに数人、顎鬚《あごひげ》を生やした若い男が、黒いポロシャツと灰色のズボンという格好で、ラウンジの向かいにある甲板の手摺《てすり》に沿って立っていた。ほとんどがライフルを首から吊っている。

見張りだと、ロクサナにはわかっていたが、この集団はアルバニア人たちとはまったくちがうし、倉庫で見た南アフリカ人たちともちがう。肌が浅黒く、日焼けしている。ギリシャ人かもしれないというのが、第一印象だった。

男たちがまっすぐ前方を向いていたので、ロクサナは驚いた。これまで目にしてきたパイプラインの男たちは、女を自分の持ち物でもあるかのようにじろじろ眺めまわしたが、この見張りはいやらしい目を向けない。この一週間、遭遇してきたルーマニア人、セルビア人、アルバニア人よりも、ずっとプロ意識が強いのだと、ロクサナは気づいた。

窓からラウンジのなかを見ると、黒いパンツスーツを着ている四十代の男好きのする女が、自信たっぷりの態度で螺旋《らせん》階段から正甲板《メインデッキ》にあがってきた。女がラウンジを出て、女たちのほうにやってきた。アメリカ英語ではないかとロクサナが思った英語で、女が一団に向かっていった。「みなさん、ようこそ。わたしはクローディア。旅の前半がたいへんだったのは、わかっているわ。でも、この船に乗っているあいだは、忘れられないような経験を味わってもらいます。では、ついてきて。お部屋に案内するから」

女たちは唖然《あぜん》として、クローディアのあとから螺旋階段を大きな船の内部へとおりていった。ふたり並んで歩ける幅がある通路で、一行はサブマシンガンを胸に吊ったスーツ姿の男ふたりのそばを通った。

通路を進むうちにクローディアが、左右のドアがあいているところで立ちどまった。右のドアからロクサナが覗《のぞ》くと、第一団の八人がすでに豪華な特別室《ステートルーム》（バスルームやリビング付きの豪華な寝室が完備した船室）に詰め込まれていた。キングサイズのベッド、狭いリビングの椅子二脚、カーペットを敷いた床に座っている。その向かいもやはりステートルームだったが、だれもいなかった。

「みなさん」クローディアがいった。「ここがあなたたちのお部屋よ。はいってくつろぎなさい。全員が乗ったら、食事と飲み物を用意するから、そのあとで体を洗えばいいわ」

若い女も少女も、とまどいながらステートルームにはいっていったが、ロクサナがクローディアの前を通ろうとすると、肩に手を置かれた。「あなたはちがうの、マーヤ。べつのお部屋に泊まってもらう。ついてきて」

女たちが、ロクサナに悪意のこもった目を向けた。ロクサナは、クローディアのあとをついて廊下の奥へ進み、突き当たりのステートルームへ行った。前の二部屋とおなじ広さだったが、だれもいなかった。

クローディアがふりかえって、笑みを浮かべた。「ここがあなたのお部屋よ」

「わたしの？」ロクサナがゆっくりとなかにはいると、デザイナージーンズ一本、黒いタートルネック一着、あまり派手ではない下着が、ベッドにならべてあるのが目にはいった。バスルームの横のキャスター付きハンガーラックに、ジッパーを閉めたガーメントバッグがいくつか吊るされ、靴箱が角に積んであった。

「そうよ、あなた。あなたをほかのひとたちといっしょにするわけにはいかないのよ」

「でも、どうして？」ロクサナは理由を察して、すでに怖れていたが、そうたずねた。

「すぐにわかるわ」クローディアがいった。「食べ物を持ってこさせます。シャワーを浴びたほうがいいわ。すぐにまた戻ってきて、お話をするから」

クローディアが向きを変えて、廊下をひきかえしていった。ロクサナはそれを見送ってから、自分の体を見おろした。汚い格好だった。コットンパンツは擦《す》り切れ、ベオグラードであたえられたシャツは汚れて灰色になっている。長い焦茶色の髪は束ねてあるが、脂《あぶら》ぎっていた。

汚れひとつないステートルームに立っていると、過去一週間よりもずっと自分の汚らしい見かけが気になった。疲れ果てていた。つねに緊張し、硬い床に寝て、狭い空間に押し込められていたせいで、全身が痛かった。とにかく体をきれいにしたかった。ロクサナはステートルームのドアを閉めた——廊下のなかごろにいた男ふたりは、まったく目を向けなかった——それから、バスルームにはいった。

おれはようやく湾口を見ることができる。ヨットを見つけてから、二十分たっていた。

前に見たときとおなじ場所にいるだろうと思っていた。だが、岬の反対側の岸へ行ったところで、おれは足をゆるめ、遠くに目を凝らす。すぐに足をとめ、あわててバックパックから双眼鏡を出し、急いで目に当てる。

ヨットはそこにいるが、前よりも遠い。北西に針路をとり、沖に向けて航行している。双眼鏡で見ても、特徴が見分けられないくらい遠い。

「ちくしょう」

がっかりし、疲れていたが、そのとき思いつく。スマートフォンを出して、できるだけ画面をズームし、遠いヨットの写真を何枚か撮る。

それから、タリッサに電話する。

「ハリー？」

「おれだ」

たちまち、タリッサが期待する声になる。「プレジデント・ホテルでなにが見つかったの？」

「女たちを見た」

「それで……ロクサナを見たの？」

「顔は見分けられなかった。すまない。かなり遠かったんだ。女たちは、沖のヨットに連れていかれた」

「ヨット？」

「超大型ヨットだ。いまどこにいる？」

「GPSだと、シュティコヴィッツァという小さな町の近く。ドゥブロヴニクから北西へ十五分くらいで、海岸沿いにある。ガソリンがなくなったの。森にスクーターを乗り捨てて、いまはバス停にいるの。朝になったら、車を借りるか、バスに乗って……いいえ……どうしたらいいのか、わからないのよ」

おれはGPS地図を見て、タリッサの正確な位置を知る。ヨットはおそらく数分後にそのあたりの沖を通るだろうが、かなり離れているし、タリッサには双眼鏡がないから、船名がわかる見込みはない。

だが、それでもタリッサが役に立ってくれるかもしれない。

「画像をいくつか送るから、それを明るくして、船尾の船名を読むことができるかな？」

「簡単よ。ノートパソコンにブルートゥースで接続して、ここからできる」

「よかった」おれは画像を添付したメールをタリッサに送り、遠いヨットの明かりを見やる。もう針で突いた点ほどになっている。ボスニアの赤い部屋にいた女たちが乗っているのがわかっているので、それを見送るのがなんとも口惜《くや》しい。

タリッサがいう。「画像を受信したわ。二、三分かかる」

ヨットは北西に向かっているから、船名、船主、目的地などがなにもわからないとはいえ、迎え撃つ位置につくには、急いで北西へ行かなければならない。

船を盗んで追おうかとも思ったが、やめることにする。ああいう超大型ヨットは、一五ノットか二〇ノットで航行するだろう。陸地で車を盗めば、その三倍の速度で、おなじ方角を目指すことができる。

三十分後、おれは山の上のほうにあるアパートメント群のそばの駐車場で、フォルクスワーゲン・ゴルフを盗み、バンを横転させた道路には近づかないように気をつけながら、ドゥブロヴニクから遠ざかる。その現場には、警官がうようよいるはずだ。

たとえそいつらが人身売買に関係していなくても、警官をできるだけ避けるようにする。

ようやくスマートフォンが鳴ったので、おれはさっと取る。「おれのことを忘れたのかと思っていた」

タリッサがいう。「いいえ……ちょっと時間がかかって――」

「いいんだ。迎えに行く」

「えっ？」

「シュティコヴィツァまで十分で行ける。どこにいるか教えてくれ」

タリッサが説明する。おれは電話を切り、アクセルを踏みつける。

タリッサ・コルブは、いったとおり、鉄道駅の近くに立っている。バックパックを持ってタリッサが乗ると、おれはまたアクセルをめいっぱい踏んで、ハイウェイに戻る。東では曙光《しょこう》が見えはじめている。

タリッサは、口をひらく前にキャンディバー二本とポテトチップスの袋をおれの膝《ひざ》に置き、ボトルドウォーターのキャップをあけてくれる。「お店はまだあいていなかったけど、駅の外に自動販売機があった。あなたがきっと――」

おれはもうチョコレートバーの包装をむいていて、がつがつ食べる。ボトルドウォーターは股に挟んで、キャップをまわす。

タリッサが目を丸くして、おれを見つめ、いい終える。「――おなかが空《す》いているだろうと思って」

むしゃむしゃ食べながらおれはいう。「画像を拡大するのは二、三分ですむと、いったじゃないか」

「そうかしら？　まあ……そんなにかからなかったけど」

「船名はわかったか？」

「それよりもっといろいろわかった」タリッサが、会ったとき以来はじめて、権威をこめて話をする。「船名は〈ラ・プリマローザ〉。リアルタイムの海上交通が表示されるVesselfinder.comで検索して、そのほかの航海情報も調べた。船舶のトランスポンダーがＡＩＳに送信するデータも含めて。ＡＩＳは――」

ＡＩＳがなにかは知っているので、おれはさえぎる。「自動船舶識別サーヴィス」

「自動船舶識別〝装置《システム》〟よ」

「そうだった」おれはいう。「しかし、トランスポンダーを切る船も多い。性的人身売買の被害者を満載しているヨットが、位置情報を送信するとは――」

タリッサがさえぎる。「三〇〇トン以上の船舶には義務付けられているけど、特定の状況では切ることを許されている。安全が脅《おびや》かされている場合が、そのひとつよ。乗客の安全に関わるといって、富裕層がその条件を悪用することもある。いわゆるレーダーの目を避けるためにね。お金持ちだったら、海賊が心配だといい、勝手に切ることもできる」

「つまり、おれがいったように、〈ラ・プリマローザ〉はＡＩＳに位置情報を報告していないんだな？」

「ええ、そうよ。いまはね。でも、船名とだいたいの大きさがわかったので、Vesselfinderの船舶データベースを調べて、その船の予定表と、二年前にギリシャ領のサントリーニ島沿岸で撮影された写真を見つけた」

「プリマローザは女の名前だ。スペインで聞いたことがある。スペインの船か？」

タリッサが首をふる。「デンマーク船籍で、キプロスに本社がある会社が所有している。ダミー会社よ。ヨットの所有者を登録するために、書類上だけで存在している」

「何者が会社を所有しているか、わからないんだな？」

「だからダミー会社なのよ」

「それじゃ……そこで行き止まりか？」

「たいがいそうなるけど、ただ、ひとつだけちがいがある」タリッサは、自信とエネルギーをみなぎらせている。そんなタリッサを見るのははじめてだ。

「どんなちがいだ？」

「わたしよ。ひとを脅したり、撃ったり、あなたがやるようなそのほかのことはできないけど、バルカン諸国に来る前は、法廷会計・金融を毎日、一日中ずっと、仕事でやってきた。あなたが北に向けて車を走らせてくれれば、わたしはこのヨットとその記録を調べる。なにか役に立つことを見つけられるはずよ」

「わかった。北はクロアチア、北西はイタリアだ。ヨットがひきかえして南を目指さないかぎり、そのどちらかに行くはずだ。おそらくイタリアへ行くのだと思う」

「どうして？」

「わからないが、クロアチアを離れてから、またクロアチア沿岸の北へ行くのは、理屈に合わない」

「そうね」タリッサがいうが、おれの推理を信じていないような口ぶりだ。

「イタリアとの国境まで六時間かかる。それまでに、やつらの目的地についての情報がもっと必要だ」

「情報を手に入れるわ」タリッサがいい、バックパックからノートパソコンを出して、スマートフォンを手にする。おれが運転しているあいだに、タリッサがＷｉ‐Ｆｉホットスポットに接続し、すぐに地図を呼び出して、助手席でさかんにキーを叩きはじめる。


二十七海里離れたところでは、〈ラ・プリマローザ〉が機関を使って、蒸し暑い夜明け前の海を一五ノットで北西へ航行していた。ヤコ・フェルドーンは、独りきりで船首に立ち、海を眺めていた。フェルドーンの配下九人は、ヨットには乗っていない。女二十三人、乗組員十五人、ギリシャ・マフィア十数人が乗っているので、そのうえ男九人を乗せるスペースがなかった。

フェルドーンはルーツ以下突撃チーム九人に、空路で北に先行し、そこで警備態勢を敷くよう命じていた。〈ラ・プリマローザ〉は、この航海の最終目的地へ行く前に、商品をいくつか積むために一カ所に寄港する。だが、そこにジェントリーが現われるおそれはないと、フェルドーンは思っていた。女たちはすべてヨットに監禁されている。ギリシャ人が武装した見張りを十数人乗せている。コストプロスとその配下は、バルカン諸国のパイプラインを何年も問題なく維持してきた。公海を移動するあいだ商品を見張ることに関しては、信頼できるとフェルドーンは見なしていた。グレイマンがたった独り、もしくはほぼ独りで活動しているようなら、航海中の全長四五メートルのヨットを攻撃できる可能性はほとんどない。

グレイマンは伝説的人物ではあるが、やはり人間なのだ。

いや、グレイマンが襲ってくるとすれば、それはこの旅の最終目的地だろう。だから、フェルドーンはそこへ配下を派遣した。

コート・ジェントリーの額を拳銃の照星の向こう側に捉えるところをフェルドーンが空想していると、うしろの前甲板から足音が聞こえた。肩ごしにうしろを見ると、コスタス・コストプロスの小柄な体と小股の足どりが目にはいった。

フェルドーンは、顔をそむけ、海に視線を戻した。

年配のギリシャ人のコストプロスとその組織に頼ってはいるが、フェルドーンは彼が好きではなかった。コストプロスは、自分は重要な存在だという幻想を抱いていて、尊大でわざとひとを見下すそぶりをする。それに、コンソーシアムのほかの地域マネジャーよりも、フェルドーンに口答えすることが多い。フェルドーンがディレクターの命令を受けているのを知っていて、実力のない走り使いのように扱う。

ここでコストプロスの喉《のど》を切り裂き、本人が所有する豪華ヨットから海に投げ捨て、魚の餌《えさ》にしたいのはやまやまだった。だが、コストプロスは肝心なことをひとつ見抜いていた。フェルドーンは自律的に判断を下すことができない。この作戦の指揮権は握っていても、カリフォルニアにいるちびのアメリカ人ディレクターには頭があがらないのだ。

コストプロスがいった。「あんたは装備置き場に寝泊まりするそうだな。そんなことは受け入れられない！　よろこんでわたしのステートルームを明け渡そう。製品《プロダクツ》をいくつか下甲板のステートルームから出して、そこをわたしが使う」

コストプロスがどんなことであろうと〝よろこんで〟やるはずがないのを、フェルドーンは知っていた。この気取った男は、ほんとうは最上甲板の広大なメインステートルームを明け渡すのを嫌がっている。しぶしぶそうするはずだが、犠牲を払ったと見なされるのが狙いなのだ。それに、フェルドーンのほうも、バルカン諸国の地域マネジャーのおしゃべりにうんざりして、海に投げ捨てたくなる誘惑を抑えられる。

いずれにせよ、フェルドーンは、ナミビアの奥地で何週間も暮らし、アフガニスタンのエアコンのない土嚢《どのう》に囲まれた陣地に何カ月もこもり、ヨハネスブルグのワンルームアパートメントで何年も生活したことがある。いまはこの仕事で年間数百万ドルを稼《かせ》いでいるが、フェルドーンは過酷で禁欲的な環境が好きだった。それで鋭利さを保てると思っていた。ときどき贅沢《ぜいたく》をはねのけるのは、自分の精神のなかで厳格な規律と秩序を維持するのに役立つ。

それに、鋭敏でいるのに役立っていることがもうひとつあると、フェルドーンは思っていた。商品をぜったいに味見しない。ぜったいにやらない。凄《すご》みをきかせ、手荒いことも平気でやるのが自分の役目だと考えていたからだ。それには、性的な情動を捨てなければならない。性的欲求を絶てば、野獣になれる。目の前を通る製品《プロダクツ》を憎み、厳格な規律と秩序を維持するのに必要なことを平気でやれるようになる。

装備置き場はたしかに、フェルドーンが所有するヴェニスビーチのコンドミニアムやプレトリア郊外の牧場のような豪奢《ごうしゃ》な場所とはまったくちがう。だが、生まれ育ったヨハネスブルグの汚いアパートメントと比べれば、ずっとましだ。

フェルドーンは、手をふってコストプロスの勧めを斥《しりぞ》けたが、相手はしつこくつづけた。

おいたのに」

「あんたが乗り込む前に、いっしょに行くことを教えてもらえれば、ちゃんと準備をして
「土壇場で計画が変わった、コスタス。あんたの地元のネットワークが、積み荷《シップメント》への脅威を始末できなかったせいで、おれがみずから市場まで護衛しなければならなくなった」

コストプロスが、笑い声を漏らした。「だれもが……セルビア人、ハンガリー人、アルバニア人……これで死傷者を出している」

フェルドーンは、コストプロスのほうを向いた。「あんたの死傷者はどうでもいい。おれは積み荷とパイプラインの安全だけを考えている。あんたがどちらの職務もきちんとできないようなら、おれが──」

「あんた、その男と知り合いか？」

フェルドーンは、ひとつ息を吸って、海のほうへ向き直った。「そいつについて、いろいろなことを知っている」

コストプロスが、またおもしろそうに笑った。「ああ、そうか。あんたはそいつの能力をかなり高く買っていて、それでここにいるんだな。わたしの配下の働きにケチをつけているんだな……自分のほうが敵をよく知っているというわけだ」

フェルドーンは、相手にしなかった。セルビア人とアルバニア人のギャングスターは、

単純な強奪はできるが、グレイマンなら彼らを簡単に片づけられるということは知る由《よし》もなかった。だが、本音を読まれたことを教えて、コストプロスをよろこばせるつもりはなかった。

そこで、フェルドーンは向きを変えて手摺《てすり》にもたれた。周囲の贅沢な設備を眺め、文句をつける事柄をあらたに見つけた。「おれは最初からこんな船を使うのは気が進まなかった。密輸作戦には目立ちすぎる」

コストプロスが、すぐさま反論した。「目立つ？　たしかに目立つが、怪しまれにくい。この船はアドリア海を頻繁《ひんぱん》に行き来している。海軍も沿岸警備隊もそのことを知っている。税関、入国審査、ほかの船舶にもよく知られている。われわれが寄る港でも、この船はよく知られているから、だれもよく見ようとはしない。

しかし、商品を船体が低い高性能のスピードボート二、三隻に積み、灯火をつけずに航走したら、たちまち見つかって怪しまれる。イタリア海軍かクロアチア海軍に臨検され、貴重な貨物《カーゴ》を失うことになる」

フェルドーンがいい返そうとしたが、コストプロスは説明をつづけた。

「この地域で難民危機がはじまったとき、ヨーロッパ地中海全域で沿岸警備隊と海軍が海上阻止行動を強化した。毎日のように密輸容疑で船が押収され、船長が逮捕されている。

だが、われわれのこのやりかたは成功している。ものの見事に成功を収めている。臨検されたことは二回あるが、船室を徹底的に調べられたことは一度もない」

フェルドーンは、海を見つめつづけた。「気に入らない。商品《マーチャンダイズ》を貨物船に積み込んで、最終目的地へ運べばいい」

「品物《アイテム》は貨物船でも運んでいる。つねにやっている。しかし、それはロンドン、ドイツ、オランダ、リスボン、ストックホルム、ダブリンで下級な街娼をやらせるような品物だ。B級かC級の品質だ。だが、われわれが〈ラ・プリマローザ〉で運んでいる製品《プロダクツ》は、ディレクターの推算ではライフサイクルのあいだに一個あたり約五百万ユーロを産み出す。いま二十三品積んでいるが、あすの夜にはさらに六品を積み込む。つまり、われわれと顧客《クライアント》向けにおよそ一億五千万ユーロ相当の製品を輸送していることになる。だが、その収益は良好な状態で市場に無事送り届けて、はじめて実現する。これから二日間の航海のあいだに、下の品物の売値が高くなるように改善する。ここでわれわれが品物の肉体と精神にほどこす処置は、貨物船の船内ではとうてい行なえないようなことだ」

フェルドーンは、それを聞き流していった。「品物ふたつは、売り物ではない。それは聞いているはずだな?」

「聞いている。ひとつはいま積んである。マーヤと呼ばれている、第四船室に入れてある。

もうひとつの非収益品は、あす積む。ソフィアと呼ばれ、マーヤの船室に入れる」

フェルドーンは、薄暗い早朝の海に目を戻した。グレイマンのことが念頭にあった。すぐにケイジに電話をかけて、悪い報《しら》せを伝えなければならない。コンソーシアムの頭目のケイジは、ヴェネツィアの市場をじきじきに訪れる予定なので、なおのこと心配だった。

ケイジの警護班班長のショーン・ホールに電話して、ヴェネツィアへ行くのを中止するよう勧めることにした。ボスのケイジは怒るだろうが、脅威のことを考えればそれが正しい判断だと、フェルドーンは思っていた。

これから厄介な電話をかけなければならないと思いながら、フェルドーンが海を眺めていると、コストプロスがいった。「おもしろい。じつにおもしろい。動揺したことがないヤコ・フェルドーンが、不安にかられている。そういうあんたは、一度も見たことがなかった。このアメリカ人はそれほど大きな懸念材料なのか？」

フェルドーンは、手摺を両手で握り締めて、コストプロスの顔をじっと見た。「おれとおれの部下にとっては、そんなことはない。しかし、銃を持ってパイプラインのために働いている下っ端のやつらにとってはどうか？　ああ……そうだ……あいつにひとり残らず殺されるだろう」

コストプロスが馬鹿にするように鼻を鳴らして笑ったが、フェルドーンは黙って向きを変え、間に合わせの宿泊場所に向けて、甲板をひきかえしていった。

24

ロクサナはシャワーを浴びて着替え、正面のドアに視線を向けて、寝心地がよさそうなベッドに腰かけていた。クローディアというアメリカ人の女が、あとで戻ってくるといったので、舷窓から夜明けの気配が見えていたが、自分にとってまだ夜は終わっていないと、ロクサナは確信していた。

ロクサナの予想は当たった。ドアがあき、クローディアがきちんとした制服姿の船内スタッフひとりを従えてはいってきた。スタッフは、〈ボランジェ〉のシャンパンを入れた氷バケットとクリスタルのフルートグラス二客を運んでいた。

いったいどういうこと？　ロクサナは思った。

男性のスタッフが、それらを置いて、コルクのアルミホイルをはがしはじめると、クローディアがいった。「たいへんな思いをしてきたあとだから、お湯のシャワーを浴びるのはさぞかしいい気持ちでしょうね」

ロクサナが答えなかったので、クローディアがつづけた。「あとのひとたちも、いまシャワーを浴びているわ。そのひとたちのことは心配しないで。あなたとおなじようにお食事を出して、着るものを用意してあるから。まあ……まったくおなじではないけど、じゅうぶんすぎるくらいに」クローディアが笑みを浮かべた。「おうちにいたときよりもずっといいことはたしかよ。あなたもそうでしょう？」

「自分の家について不満はなにもないわ」

「でしょうね、あなた。みんな最初はそういうのよ。そのうちに、いままでなかったものがあることに気づく。この世界で手に入れられるものにね。そうしたら、がらりと変わるのよ」クローディアが、ロクサナの膝《ひざ》に手を置いた。「断言するわ。あなたも変わって、うしろをふりむかなくなる」ゆとりと自信にあふれた口調だった。ロクサナには、大学で何年もおなじ講座を受け持っている教授のように手慣れた感じに思えた。

これまでいったい何人の女がこのベッドに腰かけ、自分とおなじようにとまどってクローディアの顔を眺めたのだろうと、ロクサナはふと思った。

ロクサナはきいた。「あなたはどういうひとなの？」

「ドクター・クローディア。ここでは苗字は使わないの」

「なんの博士《ドクター》？」

「心理学者よ」コルクがポンという音をたてたので、ロクサナはほっとしたが、クローディアは笑った。女ふたりが見ている前で、スタッフがシャンパンを注いだ。

すぐにスタッフが出ていって、ステートルームのドアを閉めた。そのとたんにロクサナはきいた。「どうして心理学者が乗っているの？」

「必要とされる医療業務を提供するため」といって、クローディアがフルートグラスをロクサナに渡した。「この船に乗っている女性はすべて、たぐいまれなだいじなひとたちだから、特別扱いを受ける。でも、あなたと、あす乗ってくるもうひとりの若い女性は、なかでも最高なのよ」

「どこが特別なの？」

クローディアの歯は白く、よくそろっていた。笑みを浮かべると、その歯がよく見えた。

「あなたの特別なところは、いろいろあるの。ほんとうにね。でも、スター扱いを受けるのは、あなたがこれから行くところのおかげなの」

ロクサナは、みぞおちにしこりを感じた。「どこ……どこへ行くの？」

「わたしを雇っているひとが、みずからあなたを選んだのよ」クローディアの笑みは消えなかった。「そのひとは、わたしたちの世界的組織のディレクターなの」

「選ばれた？」ロクサナはきいたが、クローディアはその意味を説明しなかった。

だが、ロクサナは知っていたし、知っているのをクローディアに見抜かれているにちがいないと思った。

クローディアがいった。「あなたは頭のいいひとだから、だれだか知っているでしょう。前に会ったことがあるわ」

ロクサナは、片手で持っていた〈ボランジェ〉を注いだフルートグラスに視線を落とした。まだ口をつけていない。「ええ、これがどういうことなのか、すべて知っている。アメリカ人。トム。ブカレストで会った」

クローディアが答えた。「どういう名前を使ったかは知らないけど、わたしたちはディレクターと呼んでいる。わたしたちの指導者だけど、毎日のオペレーションをやっているひとは、この船に乗っていて、わたしはそのひとに直属している。航海に同行することはめったにないから、わたしたちにとって今夜は特別なの」

「あの南アフリカ人のこと？　なんていう名前？」

クローディアが、びっくりして首をかしげた。「ずいぶん詮索《せんさく》好きね？」

「女はみんなそうじゃないの？　こういうふうに話をしたことが何度もあるんでしょう？」

間を置いて、答が返ってきた。「そうね。数え切れないくらい。これから行くところで、そのうちの何人かに会うでしょうね」

「ずっとこういうことをやっているのね？」

「ええ、定期的に航海しているわ」クローディアが背すじをのばし、シャンパンをゆっくりと飲んだ。「あなたが人生になにを望むかという話をしましょう、マーヤ」

「だめ。本名で呼ばれたいの。わたしは——」

「本名は使わない。あなたの安全のためだし、パイプラインのこれまでの中継地点で、そう注意されたはずよ」

ロクサナが黙っていると、クローディアがロクサナの両手を片手でぎゅっと握った。

「わかるわ。なにもかも初体験だし……ストレスがある。それを楽にしてあげたいの。信じて。わたしはあなたのためにここにいるのよ」

「どうしてそんなに親切なの？　高級な服をあげて、シャンパンを飲ませて、手を握れば、わたしがすんなりいうことをきくと思っているの？」ロクサナは、クローディアの手の下から手を抜いた。

「マーヤ、人生ではみんな苦い薬を飲まなければならないことがあるのよ。自分の望むところへ行くためにね。これから数週間、数ヵ月、あなたはいろいろなことを要求されるはずだけど、もっとたくさんあたえられる。自分の役目を果たせば、王女のような扱いを受けるのよ」

「役割ってなに？　おとなしくレイプされること？」

クローディアの笑みは、いかにもわざとらしく見えたが、消えることはなかった。「あなたがそれを望めばレイプにはならないし、あなたはそれを望むはずよ。あなたはディレクターにぴったりだと、わたしたちは判断したの。もちろんディレクターは賛成して、お金に糸目をつけずにあなたを連れてくるようにといった」

「わたしがそんなに特別なら、どうして地下牢に入れられたの？　どうして鎖につながれて、バケツで用を足さなければならなかったの？」

「わたしたちの女性たちにとって、パイプラインは通り抜けなければならない手順なの。人生とおなじように、ほんとうの苦しみを味わうと、ほんとうの楽しみのよさがわかるようになる。あれはプロセスの一部なの。でも、あなたのつらい日々は終わったのよ。これから、あなたが役目を演じるときに、なにができるかを見極める。わたしはこのプロセスを洗練させるために、何年も前に雇われた。女と男の両方にとってその経験の歓喜がもっと大きくなるようにするためにね。あなたが新しい生活のマイナス面を見ないで、目の前にあるチャンスを見るように手助けすることに、わたしは専念する。

わたしたちはパイプラインを、アメリカ軍が新兵訓練所《ブートキャンプ》と呼んでいるものになぞらえているの。軍隊で新兵が過酷だけど必要不可欠な教化を受ける訓練のことよ。でも、軍隊とはちがって、あなたもほかのひとたちも、いっぱいお金を稼《かせ》ぎ、突拍子もない夢でしか見たことがないような贅沢《ぜいたく》に囲まれて暮らすのよ」

「軍隊は志願してはいるけど、わたしたちは――」

「徴集兵はちがう。そうよ。あなたはこれに徴兵されたの。そうではないというふりはしないわ。でも、これまでの人生でもっともいい出来事だったと断言できる。たとえば、この美しい超大型ヨット。こんなすばらしい船に乗ったことがある？」

「廊下の向こうではひと部屋に八人、入れられている」

クローディアが、肩をすくめた。「ブートキャンプは、どんな若い兵隊にも、そんなに気楽なところには見えないものよ」

ロクサナは、嫌悪にかられて首をふった。「でも……あなたはお医者さまでしょう？よくこんなことに我慢できるわね」

クローディアの穏やかな態度が揺らぎ、口調がかすかに陰気になったのを、ロクサナは察した。「よくきいてくれたわ。わたしはとても満足しているの」立ちあがり、ドアに向かって歩き、ドアをあけた。表で武装した見張りが、壁に寄りかかっていた。黒い髪をクルーカットにして、黒い目の上の濃い眉は額でつながっていた。

クローディアがいった。「シャンパンを好きなだけ飲んでいいのよ、あなた。ガラス器が部屋にあるときは、このドアはあけておきます。フルートグラスや瓶をうっかり割って怪我《けが》をするといけないから」つけくわえた。「女たちにとって最初の夜がいちばん乗り越えにくいということを、わたしたちは経験から知っているの」

ロクサナは、胃がよじれるような心地がした。いま自分が座っているところで、だれかが割ったガラスで自殺したという意味だとわかったからだ。

クローディアがまた歯を見せて笑い、明るい口調でいった。「午後にまた来るわ。眠りなさい。そうすれば気分がましになる」背を向けて、べつのステートルームに向けて廊下を歩いていった。

ロクサナは、ふるえる手で〈ボランジェ〉を飲み干した。

おれはまた赤い部屋の女たちの夢を見る。哀願する目、恐怖にさいなまれ、悲しみに打ちひしがれている。部屋のドアをあけて、女たちを解放しようとするが、どれだけ引いてもあかない。

おれも出られない。

無力だ。女たちとおなじように、なにもできない。

それに、すべておれのせいだ。

頭ががくんとのめり、すぐにまっすぐに戻る。おれはハンドルを握って時速一〇〇キロメートルでハイウェイを走り、道路からそれかけている。左正面にコンクリートの擁壁《ようへき》があり、数メートルしか離れていない。

おれはハンドルを右に切って修正する。眠り込んでいたことに気づき、ぞっとして背すじをまっすぐにする。空はすっかり明るくなっているが、ありがたいことにほかの車はほとんど走っていない。

突然、どこにいるかを思い出す。クロアチアの沿岸の道路を北上し、海のどこかにいるヨットを追っている。

三日のあいだに銃撃戦二度、格闘を一度生き延びたのに、擁壁に突っ込んで死ぬところだった。

助手席のタリッサがいう。「気をつけてよ」おれを叱りつけるが、ノートパソコンの画面に顔を向けているので、おれがハンドルを握ったまま居眠りしたのには気づいていない。

おれは黙っている。

しばらくして、タリッサがこちらを見あげる。「このヨットがパイプラインと呼ばれているものに関係しているとしたら、毎回おなじ方角へ行くんじゃないの?」

おれはあきれて目を剝《む》く。「いや、ありえない」

「そうかしら。パイプラインは動かない。パイプよ。一カ所に固定されている」

「きみはアナリストの頭で、これを文字どおり受けとめすぎている」

タリッサがすこししおれて、一瞬、怯《おび》えている無力な子供のように見える。

だが、すぐに立ち直る。

「でも、それしか手がかりがないとしたら？　女性たちを乗せたヨットが、べつの女たちを拾って、おなじ目的地へ向かうと想定してみたらどうかしら？」

「なにがいいたいんだ？」

「まず、このヨットが建造された場所と日にちまでさかのぼって調べたの。それから、いままで所有者を調べていた。三カ月前に、ある会社からいまの会社に売却された。いまの所有者のダミー会社に。でも、その前のダミー会社を調べると、それとおなじ形で売買が行なわれていたとわかった」

「どちらもおなじやりかたで法人化され、おなじ国の銀行を使っているといったようなことだな」

「単純化しすぎているけど、だいたいそういうこと」

「つまり、〈ラ・プリマローザ〉を運用しているのが何者であるにせよ、三カ月前にも運用していたわけだ。それが行き先を知るのに、どう役立つんだ？」

「売却前と売却後に、アドリア海北部でトランスポンダーを発信している」

「金持ちのくそ野郎は、できるだけトランスポンダーを使わないといったじゃないか」

「通常、〈ラ・プリマローザ〉は位置がわからないように航行しているけど、港によっては沖で投錨するのを許可する前に、トランスポンダー発信を義務付けている。港を出入りする船舶の安全を確保するためよ。〈ラ・プリマローザ〉の記録を調べることができて、何度か寄っている港を何ヵ所も見つけた」

「どこの港だ？」

「アテネ、サントリーニ、ナクソス、ミコノス、これはすべてギリシャね。それから、トルコのイスタンブール、イタリアのバーリ、ナポリ、ヴェネツィア、クロアチアのプーラ」

「最後のやつは知らない」

「イストリア半島にある。ここから三時間の距離よ。ヨットはいま、そこに向かっているのだと思う」

「どうしてヴェネツィアじゃないんだ？　そこも北のほうだ」

タリッサが肩をすくめる。「日付を見ると、ヴェネツィアの前にプーラに寄っているのがわかるの。今回もそうするかもしれないし、べつのところへ行くかもしれない」タリッサがつけくわえる。「プーラはイタリアへ行く途中にあるから、調べてもいいかもしれない」

もっと確実な情報がほしかったが、数すくない手持ちの情報で我慢しなければならないこともある。

目的地をGPSに入力すると、正午過ぎには到着するとわかる。タリッサに〈ラ・プリマローザ〉の巡航速力を調べてくれと頼み、それをもとに計算する。クロアチア北部にあるプーラ港にヨットが着くのは今夜の九時過ぎになりそうだ。

つまり、おれとタリッサには、午後から夜にかけて、〈ラ・プリマローザ〉を迎える準備をする時間がある。不確実なのに一ヵ所に専念するのは賭けだが、ユーロポールのアナリストのタリッサは、この手の推測が得意なようだ。おれは丸一日眠っていないし、へとへとだが、おれが運転しているあいだに彼女が後方業務をやってくれれば、プーラに着いてからふたりとも何時間か眠れるだろう。

「わかった」おれはいう。「そこへ行こう。やつらが上陸するかどうかはわからないから、ヨットに乗り込む準備をしなければならない」

「あなたひとりで？」

おれはちょっと笑う。「いっしょに来るつもりなのか？」

タリッサが首をふる。「足手まといになる」もちろん、そのとおりだ。「警察に行くわけにはいかないのね？」

おれは首をふる。「ヨットがそこの港へ行くのは、警察に影響力があるからだ。ほかの場所でも、それがやつらの手口《MO》だった」

「それじゃ、わたしになにができるの？」

「港の近くに部屋を借りてくれ。着いたらすぐに使えるように」

タリッサがうなずく。「どこかを予約する。ほかには？」

「スピードボートとダイビング器材がほしい。着く前にどこかに電話してくれ」

タリッサがうなずき、ノートパソコンにメモを書き込んでから、おれの顔を見る。「あなたが何者で、どれだけのことができるのか知らない。でも、女性を全員救出するのは無理よ」

「そういう計画ではない。ヨットに乗り込んで、指揮しているやつを締めあげるつもりだ。邪魔するやつがいれば殺さなければならない。それもやる」

感心したことに、タリッサははじめて会ったときと比べると、おれの汚れ仕事を大幅に受け入れるようになっている。おれがまた人を殺すかもしれないとわかっても、顔色も変えずにいう。「オペレーションを指揮している人間がヨットに乗っていると、本気で考えているの?」

おれは肩をすくめる。「いくつか答を教えてくれるやつがいるはずだ。そいつがしゃべるまで叩きのめす」

タリッサは、目を丸くしてちょっとおれを見る。つぎになにをいわれるか、おれにはわかっている。

タリッサがいう。「文字どおり、それがあなたの知っている唯一の戦略なのね?」

おれはまた笑う。疲れ切っていて、頭が働かない。「戦略なんかない。おれがこれをその場その場ででっちあげているのは、見え見えだろう」

「最高」タリッサが皮肉めかしてつぶやき、また画面に目を戻して、借りられるアパートメントを探しはじめる。

正午過ぎにおれたちはプーラに着き、盗んだ車をバス停にとめて、タクシーで街の反対側のレンタカー会社へ行く。おれの偽造パスポートとクレジットカードを使い、かなりの保証金を預けて、ホンダの2ドアを借りる。それからマリーナに向かい、途中でカフェに寄って、エスプレッソを飲み、軽いランチを食べる。

マリーナで必要なものを細かく教えてからタリッサをおろし、おれは車で近くのダイビングショップへ行く。

そこでスクーバダイビングの器材一式、フィン、マスク、ウェットスーツを買う。すべてそろったところで、マリン用品店へ行き、今夜、係留索からヨットに乗り込むのに必要になりそうなものを買い、〝念のため〟の小物もいくつか買う。

金物屋と薬局にも行き、買ったものを満載して、タリッサと別れてから二時間後にマリーナに戻る。タリッサは、三五〇馬力のマーキュリー・ヴェラド船外機を積んだ全長八メートルの〈マノ・マリネ〉スピードボートの甲板に立っている。一八〇馬力以上にするよう指示しておいたが、その条件を大幅に超えるものが用意されている。

〈ラ・プリマローザ〉が今夜、投錨《とうびょう》したら、その数百ヤード手前までスピードボートで行くだけなので、そんなに強力なボートは必要ないのだが、装備に関しておれは、大きければ大きいほうがいいというスローガンを支持している。

派手で目立つようなボートをタリッサが借りるのではないかと心配していたが、奥ゆかしい白一色で、それほどパワフルには見えないボートを、タリッサは見つけていた。

「いいぞ」おれはいう。「書類仕事に問題はなかったか？」

「わたしの一生を抵当に入れた感じよ」

「無傷で返却するように気をつけるよ」

タリッサがそれを冗談だと思い、目を剥《む》いて聞き流す。おれは車から装備をおろし、狭い下甲板に積み込む。

一時間後、おれたちはマリーナが見える貸間に閉じこもり、薬局で買ってきた救急用品で切り傷や打ち身の手当てをする。タリッサは肩がひどく痛いらしく、市販の鎮痛剤ではあまり効かないかもしれないとおれは思うが、タリッサはいちおうそれを飲んだ。

そのあと、おれは装備の準備をはじめた。小さな汎用錨《ユーティリティ・アンカー》と長さ一五メートルの組み紐《ひも》の超軽量錨索《びょうさく》を出してつなぎ、金物屋で買ったもののなかから、液状ゴムスプレーの缶を出した。缶を一本すべて使って、重さ一・八キログラムの錨《いかり》に吹きつけ、速乾性の黒い液状ゴムで完全に覆《おお》った。

錨と錨索を黒いバックパックに入れ、ドアのそばに置いた。

スクーバ器材も組み合わせ、グロックをクリーニングして、その他の細かい事柄を片づけた。

タリッサとおれは、スマートフォンのアラームが四時間後に鳴るようにセットした。午後八時に起きて、午後九時にスピードボートへ行き、出発する予定だった。

タリッサは服を着たままで、二台あるツインベッドのいっぽうに横になった。おれは枕と掛布団をもう一台のベッドからはずして、バスルームに投げ込み、グロックをホルスターから抜いてそばの床に置き、横になった。

眠れるよう祈ったが、また赤い部屋の夢を見ないことも祈った。

25

朝のロサンゼルスでは、雲が低く垂れこめ、通勤者四百万人の車の排気ガスと大気を閉じ込めていた。ハリウッドの地上は夜明けから二時間、スモッグに包まれるが、上のほうのハリウッドヒルズは、すこしは空気がきれいで、かなり涼しい。

ケン・ケイジは、すこし肌寒いのをしのぐために、ハーヴァード大学のスウェットシャツを着て、LAキングスの野球帽をかぶっていた。インフィニティプールの深いほうに近い芝生に設置された、天蓋《てんがい》付きテーブルに向かって座り、サンダルを履《は》いた足をテーブルに載せて、コーヒーをゆっくり飲んでいた。前方には庭木を短く刈り込んで造園された二エーカー（約〇・八ヘクタール）の広さの庭が、急傾斜で落ち込んでいる。その先に平坦なハリウッドが横にひろがり、遠くではロサンゼルスの中心街のスカイラインが、そういった光景すべてを睥睨《へいげい》しているように見える。

ケイジがコーヒーを飲み、景色を眺めているあいだ、朝食を終えた子供三人がプールのまわりをぶらぶら歩きまわっていた。パパが仕事をはじめる前の家族の時間だが、子供たちは三人とも手にしたスマートフォンかiPadの画面に見入っていた。

ヘザーが、ケイジの隣に座り、やはりタブレットコンピューターを膝《ひざ》に置いていた。友人が先ごろ主催した美術館の展覧会の記事をヘザーが読みあげたが、ケイジはろくに聞いていなかった。

景色を眺めているあいだ、ケイジはまわりの家族のことなど念頭になく、仕事のことを考えていた。ランチョ・エスメラルダに送り届けられるつぎの積み荷《シップメント》の女たちのことで、頭がいっぱいだった。ふたりが一週間以内にアジアから届けられる。まもなく赴くヴェネツィアでも、べつのふたりに会う。そのふたりは、コンソーシアムのダミー会社が所有するジェット機で、フェルドーンとともに空路でアメリカに来る。

ほかにも新しい女が運ばれてくるが、その四人はケイジがみずから選んだ女なので、四人すべてを楽しむという期待にうずうずしていた。

もっとも期待が大きいのは、生意気なルーマニア人の小娘だった。口説《くど》きをはねつけておいてシャンパンを飲み、ホテルのスイートに来たのに寝るのを拒み、無理やりやろうとしたら顔を平手打ちされた。これまでは、数多くの女をたいがいそうやってものにしてきたのだ。

その気が遠くなるくらい美しいブルネットと出会った夜、彼女はいそいそと話をして、ケイジの酒を飲んだが、よそよそしく、拒否する感じだった。そこで、つづけて会った三晩目に、ケイジはフェルドーンに耳打ちし、どれほどコストがかかってもいいから、味わえるようにアメリカに連れてこいと命じた。フェルドーンは反対した。女がじゃじゃ馬で手に負えないかもしれないと察し、いくら値打ちがあっても厄介《やっかい》なだけだといったが、ケイジはそういう性格も気に入っていた。それどころか、ひっさらって《ロール・アップ》パイプラインに載せ、届けるよう命じたのは、美貌についで反抗的なのが気に入ったからだった。

じゃじゃ馬であろうと反抗的であろうと、ケイジは心配していなかった。もうコスタス・コストプロスのヨットに乗せられ、ドクター・クローディア・リースリングのマインドコントロールを受けているとわかっている。リースリングが女の反抗心の一部を取り除くはずだ。女が到着したら、精神の均衡を突き崩せばいい。

つまり、その女は運ばれている最中だ。女がなんと名乗ったのか、憶えていない――採用旅行《リクルーティング・トリップ》では、かなりの数の女に会う――だが、リースリングが彼女をマーヤと呼んでいることは知っていた。マーヤ、タイ人、インドネシア人、ハンガリー人の女たちが、ハリウッドヒルズから車で七十分の距離のランチョ・エスメラルダの最新メンバーになる。ケイジが家庭と仕事の責務から離れられるときはいつでも、警護班とともにそこへ行ける。

ケイジは、現実に意識を戻したが、そのとき警護班班長のショーン・ホールが、パティオの向こうの青々とした造園の奥にある五七平方メートルのプールハウスから出てきた。強靭《きょうじん》な体つきで日に焼けているブロンドの髪のホールは、自然石の小径《こみち》をきびきびした足どりで進み、鯉がいる池二面のそばを過ぎて、自分が警護している家族のほうへ近づいてきた。iPhoneのイヤーポッズを耳に差し込んでいて、元海軍SEALのホールが電話での会話に集中しているのを、その身ぶりや手まねからケイジは察した。

ケイジは腕時計を見て、まだ八時にもなっていないことに気づいた。ホールはいつもなら九時半まで姿を現わさない。

ケイジとホールの目が合い、ホールが電話を終えてイヤーポッズを抜き、パティオにはいった。

ケイジの十六歳の娘シャーロットが、両親から離れたプール脇のラウンジチェアに座っていた。「ねえ、ショーン。サーフィンをやったことがあるんでしょう?」

ホールは歩きつづけたが、笑みを浮かべて答えた。「できるときにはね。お嬢さんも練習しているんでしょう?」

「ちょっとだけ」シャーロットが、自信なさそうに答えた。

「ズマ・ビーチの波が高くなっていますよ。来週の水曜日の朝に行けますよ」

「ええ。行くわ」シャーロットが答えて、スマートフォンに目を戻した。

ホールがそこを過ぎて、やはりラウンジチェアでスマートフォンを見ていた十二歳のジュリエットとハイファイヴをやり、プールの反対側でiPadを使い、YouTube《ユーチューブ》の動画を見ていた十歳のジャスティンに手をふった。

ケイジの警護班班長のホールがテーブルに近づくと、ヘザーがようやくタブレットから目をあげた。「ずいぶん早いわね。イザベラにコーヒーを持ってこさせて、いっしょにどう?」

四十歳のホールが首をふった。「ありがとうございます。でも結構です。ちょっとボスと話がしたいので」

「それじゃ、けさは早くからお仕事をはじめるのね」咎《とが》める口調だったが、ホールではなくケイジに向けた当てつけだというのは明らかだった。

ケイジは、ホールの真剣な表情に気づいたので、ヘザーがタブレットに視線を落としたときに、家のほうを目顔《まがお》で示し、どんなことにせよ、内密に話す必要があることをほのめかした。

ケイジは、コーヒーの残りをひと口で飲み干し、立ちあがった。「二分だけくれ。すぐに戻ってくる」

ヘザーが答えた。「イザベラに、お代わりをもらえないか頼んでちょうだい」

「わかった、ハニー」

五十四歳のケイジは、一分後にホームオフィスにはいり、ホールがつづいた。デスクへ行くと、ケイジはコンピューターの画面を見て、けさの国際市場をまずたしかめた。データを眺めながら、ケイジはいった。「九時前に仕事をしたら、ヘザーにきんたまを蹴られる、ショーン。手短にしてくれ」

ホールが、オフィスのドアを閉めた。「ホワイトノイズを流せますか？」

ケイジが目を向けずにそばのリモコンをタップすると、ハイエンドのエンタテインメント・システムが環境雑音を発した。まだ市場に目を向けたままで、ケイジがいった。「どうしてけさはそんなに興奮しているんだ？」

ホールがいった。「さきほどヤコ・フェルドーンと話をしました」

「それで片づくはずだろう」

「ヤコは……パイプラインのあちこちの拠点を攻撃したやつのことを、心配しています」

ケイジが、うわの空でいった。「ああ、そのことなら、じゅうぶんにわかっている」

「それでですね、ヤコが伝えてきた情報すべてに鑑《かんが》みて……今夜のイタリア行きは中止したほうがいいと申しあげたいのですが」

ケイジが、モニターからさっと視線を離した。「冗談じゃないぞ」

「この脅威の怖れを知らない仕事ぶりの一端を、ヤコが教えてくれました。こいつは本物です。クロアチアでアルバニア人たちも阻止できませんでした。ホワイトライオンが片をつけるまで、パイプラインは危険にさらされつづけます。この戦域《シアター・オヴ・オペレーションズ》への出張を控えるほうが、われわれにとって最善だと思われます」

ケイジが、あきれて目を剝《む》いた。「戦域だと？　われわれが行くところでは、観光客がぼったくられるくらいのものだ」

「観光客はそうでしょうが、ディレクターはちがいます。無用なセキュリティ上のリスクです」

ケイジは、子供のような溜息をついてから、巨大なデスクに向かって座り、回転椅子をまわして、電話機のほうを向いた。「いまヤコに電話する」番号を打ち込んで待った。フェルドーンがいる場所との時差は知らなかったし、気にしてもいなかった。

ケイジがスピーカーホンに切り換え、ふたりは黙って呼び出し音を聞いた。

カチリという音と間があり、聞こえた。「フェルドーンです」

「暗号化した」ケイジがいい、フェルドーンが答えた。

「暗号化、確認しました。やあ、ボス」

「ショーンが旅行を中止しろといっている」

フェルドーンは、この電話がかかってくるのを予期していた。「それが最善だと思います」と答えた。

ケイジがまたゆっくりと大きな溜息をついた。さっきよりも芝居がかっていた。「では、クロアチアで走りまわっているくそ野郎が、わたしの旅行計画を支配しているというのか？　わたしが行ける場所と行けない場所を、そいつが決めているのか？　そういうことだな？」

フェルドーンは、辛抱強く答えた。「ただのくそ野郎ではありません。そいつは――」

「おまえはこの事態を封じ込めていないというのか？」

「ええ、そうです。はっきりとそう申しあげています。われわれが封じ込めるまで、この地域には近づかないでいただきたい。これがほかの相手なら、とっくに死んで埋められているところです。しかし、こいつはグレイマンです」

ケイジは、怒り狂ってどなった。「そのくそ野郎の色がなんだろうと知ったことか。わたしのビジネスの権益は、だれにも邪魔させない。わたしがショーを牛耳《ぎゅうじ》っている！　このわたしが！」

数秒のあいだ沈黙が流れ、姿の見えないフェルドーンの声が戻ってきた。「ホール？

ここからはあんたが話をするはずだろう」

ショーン・ホールは、明らかにフェルドーンよりもボスのケイジのほうを怖れていた。電話に向かってうなずいてから、ケイジの顔を見た。「申しわけありませんが、ひとつ指摘したいと思います。ヴェネツィアへ行くのは、ボスの本来の仕事ではありません。ボスがいなくても市場は動きつづけます。関係者の何人かに会いたいというのはわかりますが、結局、遊びの旅行ですから、無用のリスクを――」

ケイジはさえぎった。「おまえらみたいな腰抜けにそんなことをいわれてたまるか」

ホールがいった。「ボス……恐怖ではないんです。リスク管理です。われわれは脅威を深刻に受けとめています。自由に行動したいというのはわかりますが、やはり――」

ケイジは、荒々しく片手をふりまわした。「わたしはイタリアへ行く。そいつはわたしが何者か知らないし、わたしの存在すら知らない。フェルドーン、おまえと最高の腕前の南アフリカ人戦闘員で、グレイマンを始末しろ。ホール、おまえと最高の腕前のアメリカ人戦闘員は、フェルドーンが自分の仕事を果たせなかったときに、わたしを護《まも》れ。ふたりとも、わたしの指示がわかったか？」

ホールは答えなかったが、フェルドーンにはこの問題でまだ抵抗する力が残っていた。

「商品《マーチャンダイズ》はヴェネツィアにまもなく到着します。ボスはそのなかで最高のものを吟味したはずです。それを二日以内に届けます。今回は家にいてください、ボス」

禿頭《とくとう》で小柄なケイジが、さっと立ちあがった。「ちくしょう。わたしのまわりにはいくじなししかいないのか!」一〇センチ以上も背が低いにもかかわらず、一本指を筋肉が盛りあがっているホールの胸に突きつけ、フェルドーンとホールに向かっていった。「おまえらはもっと度胸をつけて、自分の仕事をやれ!」

フェルドーンは、不気味なほど落ち着いていた。「われわれは仕事をやっています。われわれの正しいアセスメントを伝えるのが仕事です。わたしは海外でのオペレーションを取り仕切っていますし、ホールはボス個人の警護を取り仕切っています」

ケイジは、スピーカーホンに向けてどなった。「おまえらの小切手のサインは、だれが取り仕切っているんだ?」

ホームオフィスのドアがあき、ケイジとホールがさっとふりむくと、ヘザーが心配そうな顔で覗《のぞ》き込んでいた。「だいじょうぶなの?」

フェルドーンが話しはじめようとしたが、ケイジは電話をミュートにした。「ああ、仕事のことなんだ」

ヘザーが、男ふたりを交互に見た。「ショーン、腐ったモモでも食べたような顔をしているわよ」

ホールが、すばやく笑みを浮かべた。「ハハハ、いえ、奥さん。スイスへの旅行の打ち合わせをしていたんです。もっと急いでまわれないかとおっしゃっているんですが、なんとかしますから」

ヘザーがふくれ面《つら》をして、ケイジを睨《にら》んだ。「どうすればいちばんいいのか、ショーンにはわかっているのよ」

「ああ、そうだな」ケイジが答えると、ヘザーは出ていった。

三人の男の会話は、それから一分つづいたが、ケイジは大きな声を出さないようにした。元南アフリカ軍兵士・諜報部員だったフェルドーンも、アメリカ海軍特殊戦コマンドに属するSEALチームの上等兵曹だったホールも、目前に迫っているボスの旅行計画にもう反対しなかった。

ホールとフェルドーンは、声をそろえてしぶしぶ「イエッサー」といい、問題は決定された。

ケイジは、いくつか深呼吸をして気を静めると、またデスクに向かって腰をおろした。穏やかな声でいった。「わかった、ヤコ……必要なものをいえ」

「ボスがただひとつの要求を却下したので、つぎのように進めます。部下はすでにヴェネツィアに配置してあります。そこで市場の前進偵察を行ないます。おれはドゥブロヴニクからの積み荷といっしょにヨットに乗っています。今夜、クロアチア沖で投錨し、北ルートを通ってきた品物《アイテム》の引き渡しを受け、明朝、イタリアに向かいます。そこで部下とともに市場警備の外周警戒線を敷き、グレイマンが現われたら片づけます」

「ほかに必要なものはないのか？」

「今回、必要とするものはすべてあります」フェルドーンが、早口でそっけなくいった。

ケイジは、ホールに目を向けた。「ショーン……オフィスにわたしを閉じ込めてデスクの下に隠れさせること以外に、わたしに求めることはあるか？」

「ありません」ホールがほんとうに打ちのめされた顔をしていた。いつも悠然《ゆうぜん》として自信をみなぎらせている男のそういう顔を見るのが、ケイジは楽しかった。

「わたしを護ってくれるな？」

「もちろんです」ホールがうなずいて答えてから、つづけた。「まちがいなく守ります。ヤコとひそかに連携して、事態を収拾します」

十五分後、ホールはプールハウスの自室に戻り、フリーザーで冷やしてあった〈グレイ・グース〉の一・五リットル瓶を出して、イヤーパッドをはめた。けさ四ショット目のウォトカを飲みながら、けさ三度目の暗号化電話でヤコ・フェルドーンを呼び出した。

ホールはいった。「ケイジは嫌なやつだが、だれよりも高い報酬を払ってくれる」

フェルドーンがいった。「この一件では、それに見合うだけの仕事をしよう。グレイマンがヴェネツィアに来たときの計画を練らないといけない」

「やつにわかるわけが――」

「グレイマンは、行動しながら情報を得ているようだ。モスタールの中継基地でなにかを知り、それでヴコヴィッチのところへ行った。ヴコヴィッチからもなにかを聞き出して、ドゥブロヴニクへ行った。ドゥブロヴニクでもなにかを知って、ヴェネツィアへ行く可能性があると思う」

「ヴェネツィアへ行く前に、どこかへ寄って女を拾うんだろう？」

「そうだ。しかし、すでに到着しているし。ここでやつに見つかるおそれはない」

「わかった」ホールはいった。「警護の対象に武装した部下をつけることはできるが、その暗殺者を殺すのをそっちで応援するのは無理だ」

フェルドーンが答えた。「ケイジをふだんどおりにヴェネツィアへ連れていってくれ。いつもとおなじ手順で。あすの夜よりも前にわれわれがジェントリーを殺《や》れなかった場合、やつがターゲットに接近するときに捕捉する」

ホールは、電話を見つめてから、よく冷えたウォトカをラッパ飲みした。「つまり、親玉を人間狩りの中心に置くわけだな。まるで……生餌《いきえ》みたいに」

「世界は広いんだ、相棒。ジェントリーが銃を抜いて向かってこないかぎり、見つけることはできない。ジェントリーがケイジや市場のことを知っているかどうか、見当もつかないが、仮にイタリアのことをやつが知っているとしたら、敵の能力を甘く見ないほうがいいのはわかっている。おれは経験で身をもってそれを学んだが、おれたちの雇い主が経営《ビジネ》学大学院《スクール》でそんなことを教わるはずはないからだ」

「なんてこった、ヤコ。ディレクターはたいへんなリスクにさらされる」

「そのとおりだ。そうなる。しかし、おれはケイジに、家にいてくれと頼んだ。ケイジが拒んだ。だから、精いっぱいそれに付け込み、獲物を捕らえるのにケイジを利用する。つまり、あんたとあんたの部下は、完璧にやらないといけない。あんたたちがたとえ一瞬でも警戒をゆるめたら親玉を殺す技倆《ぎりよう》を、こいつは具えている」

「抜かりなくやる」ホールはいった。

フェルドーンが、つかのま口ごもってからいった。「声でわかる。酔っ払っているだろう」

「酔っ払っていない」ホールが、またウォトカをがぶ飲みした。「だが、飲んでいる。ボスは護《まも》られている。飲んでもかまわないだろう」

フェルドーンが、鋭い声で叱りつけた。「冷静になれ、ホール。イタリアで一〇〇パーセントの状態ではない証拠を見つけたら、あんたに飲酒問題があるのをディレクターに教えるぞ」

その脅しでホールが恐怖に身を縮めるだろうと、フェルドーンは思っていたかもしれない。だが、ホールは自分でも驚いたことに、こういった。「あんたの声でもわかる、ヤコ」

「なにがだ?」

「このグレイマンを付け狙うことができそうだから、わくわくしているのがわかる。やつをおびき出すために、おれの親玉を無用の危険にさらさないようにしろよ」

「あんたの親玉がみずから無用の危険にさらされるようなことをしているんだ。おれとあんたは、親玉をそこから引き離さなければならない。プロフェッショナルとして、おれたちはそれをやるんだ、ホール。あんたが楯《たて》、おれが剣だ。ふたりでこの仕事をやる」

「わかった」ホールは答えた。「あした話し合おう」

26

ロクサナはとぎれがちに数時間眠ったが、目を醒《さ》まし、何年も食べていなかったような美味《おい》しい食事をしたあと、ドクター・クローディアと会うので服装を整えるよう命じられた。

時計はなかったが、太陽が高く昇っているのが舷窓から見えたので、午後一時か二時ごろだろうと思っていると、クローディアがはいってきた。頼りになりそうな明るい笑みを、満面に浮かべている。

クローディアは一時間かけて、これまでの暮らし、教育、希望や夢について、ロクサナに質問をした。ロクサナは、言質《げんち》をあたえないようにそっけなく言葉すくなに答え、ときどき真っ赤な嘘をついた。そのあいだにパイプラインについて質問したが、クローディアはまったく答えようとしなかった。

やがて、クローディアが金や華やかな物事の話をはじめ、ロクサナ――もちろんマーヤと呼んでいた――が、配慮と愛慕《あいぼ》をふんだんに彼女に注いでいる有力で富裕な男のもとへ行くのを楽しみにしているといった。

ロクサナは、クローディアをきついまなざしで見ただけだった。「わたしを洗脳しようとしているの？」

クローディアの笑みが、すこし薄れた。「そんなふうには考えていない。わたしは、あなたがどれほど幸運かということを説明して、それをわかってもらおうとしているだけよ」

「わたしは無理やり性的奴隷にされた。ほかのひとたちも、性的奴隷として売られる。それはわかっているんでしょう？」

クローディアが、いらだたしげな溜息をついて答えた。「これを解放だと見るべきよ」

「解放？」

「そうよ。あなたはアメリカへ行き、王女のような暮らしをして、こんなチャンスがなかったらとうてい経験できなかったような物事を経験する」

「レイプみたいなこと？　それなら母国でも経験できる」

クローディアが、眉根《まゆね》を寄せた。こういうふうに理屈をつけて説明し、効き目があったことが何度もあり、抵抗に遭っていらだっているのだと、ロクサナにははっきりわかった。

クローディアがいった。「わたしたちは、かなり長い時間、いっしょにすごさなければならないようね。あなたとわたしで。断言するけど、目的地に着くころには、あなたは自分の身に起きたことすべてをありがたく思い、それを理解して感謝するように手助けしたわたしに感謝するでしょうね」満面に笑みを浮かべた。「アメリカへ行くことになって、すこし興奮しているんじゃないの？」

「わたしがアメリカへ行きたいと思っていると、どうしていえるの？」

「あなたの国の女の子みんなの夢でしょう」

ロクサナは、首をかしげた。「母はそうだったかもしれない。でも、わたしはちがう。いまのルーマニアは、ほんとうにすばらしい国よ」

「そうでしょうね、あなた」それまでドクター・クローディアが口にした言葉のなかで、もっとも心にもない台詞《せりふ》だった。「でも、アメリカの西海岸には、ほんとうにうっとりするはずよ」

「アメリカ人はひとり残らず、外国人はみんなアメリカに移民したいはずだと思っているの？　わたしはちがう。わたしは大学にいた。いい家族がいる。拉致《らち》されたくなかった」

クローディアが、溜息をついた。「わたしたちが進歩することが不可欠なのよ。わたしたちは見られているから」

「どういうこと？」

「もっと積極的な態度でこのプロセスに従ったほうが、あなたのためだということ」

「つまり……拉致されて押しつけられた役割を演じろということ？」

クローディアが、かなりいらだったように天井を仰いだ。「楽しいことがあなたを待っているのよ、お嬢さん」そこで、かなり陰気な口調になった。「でも、お願いだから、自分のために、わたしの忠告をひとつだけ聞いて」

「どんな忠告？」

「あの南アフリカ人。ジョン。彼がなにかいったときには、いわれたとおりにして。彼はやさしい男じゃない。あなたの身になにかがあれば、ジョンはディレクターの不興を買うでしょうね。だけど、そのうちにディレクターは彼を許す。ジョンはそれを知っている。オペレーションが順調に流れるようにするために、組織が彼を必要としている。ジョンはわたしがこれまで見たこともないような残酷な男だし、正直いって、この組織ではそれが重視されるの」

クローディアが、なおもいった。「わたしはこの道をあなたが進むのを手助けするけど、この道は途中にでこぼこがあるの。ジョンとこのヨットの所有者のギリシャ人は、最終目的地にわたしがあなたを送り届ける前に、あなたが我慢しなければならないでこぼこなのよ」

どういう意味なのか、ロクサナにはまったくわからなかったが、いいことではないのはたしかだった。

アラームが鳴るまで、おれは死人みたいに眠り——女たちの夢は見なかったが、目が醒めたときに最初に考えたのは、女たちのことだ。ドゥブロヴニクでの戦いによる痛みやうずき、何日もあまり体を休めていないための疲労が残っているが、プーラに着いたときよりはだいぶましになっている。

よろよろとバスルームへ行き、顔に水をかけてから、タリッツァのようすを見にいく。目を醒ましているが、ベッドで胎児みたいな格好に体を丸めている。

「だいじょうぶか？」

「どこもかしこも痛い。首、肩、腕、背中。ほとんど動けない」

「きのうの夜、どこかのひどいやつが、きみが乗っていたバンをひっくりかえしたんだ」

タリッツァがそれを聞いて頬をゆるめ、上半身を起こす。ふたりとも抗炎剤をボトルドウォーターで飲み込み、タリッツァがキッチンのポットでコーヒーをいれ、カフェインを取り入れるためにふたりとも急いで飲む。

午後九時、おれたちはドアを出る。おれは装備をいっぱい抱えている。

九時半には、おれたちはマリーナの係留所《スリップ》にぷかぷか浮かんでいるスピードボートのそばに立っている。ここから南を完全に見渡すことができるので、双眼鏡で夜の闇を見ていく。海上には数多くの船がいるが、どんどん輝きを増す、ことに明るい光に注目する。航路にいて二海里ほどの距離があり、〈ラ・プリマローザ〉かどうかわからないが、だいたいの大きさからして、まちがいなさそうだ。かなり大型の船だが、クルーズ船や沿岸で人や貨物を運ぶフェリーよりは小さい。

その船が近づくにつれて、自分が見ているのはターゲットにちがいないと確信し、このプーラに入港するつもりなら、針路を北東に変更し、速力を落とすはずだと思う。

だが、船は北への針路を維持し、プーラに接近するための修正を行なわない。

船が一海里ほど南を針路変更せずに進んでいるとき、昨夜見たヨットの輪郭《りんかく》を見分けられるくらいはっきり見える。

おれはいう。「あの船にまちがいないが、こちらに向きを変えるべきなのに、そうしていない。どこを目指しているにせよ、ここではない」

タリッサが、自説がまちがっていたのでがっかりする。「これからどうするの？」

おれはタリッサの顔を見てから、スピードボートを見おろす。「きみがこれを操縦できるということはありえないだろうね？」

タリッサがおろおろして首をふる。「わたしが？　できない」

おれは装備バッグを肩にかつぐ。「だいじょうぶだ。即席訓練をほどこす」

「わたしに海に出ろというの？　沖に？　ボートを操縦して？」

おれはボートに乗り、答えずにタリッサの手を取る。タリッサが乗るが、嫌がっている。

「そうだよ」おれは答える。「楽しいぞ」

船外機を始動し、マリーナを抜けて出発する。最初は目立たないようにゆっくりと走らせ、やがてスロットルをあけて、速力を増す。

プーラ湾の入口に、ブリユニという森の多い小さな島の群れがある。ターゲットに先行するために、そこと本土のあいだを通ることにする。超大型ヨットの横をスピードボートで追い抜くこと自体は、そう怪しくはないが、乗っている人間がどれほど警戒しているかわからないので、危険は冒したくない。

ヨットの前方に出て動きを追う。スピードボートはヨットよりもずっと速く回頭できるから、沿岸の北にある港に〈ラ・プリマローザ〉がはいろうとしたときには、一八〇度方向転換して追跡をつづけられる。

スピードボートはまもなく二〇ノットから三〇ノットに加速し、やがて四〇ノット近くに達する。〈ラ・プリマローザ〉は諸島の反対側、おれたちの左手を、おそらく一五ノットで航行しているはずだ。

左右の陸地のあいだの海は三角波が立ち、速力をあげればあげるほど、船体が海面を打つ勢いが増す。荒馬に乗っているようで、揺れるたびに痛む全身が抗議するが、群島の横を抜けると、〈ラ・プリマローザ〉にわずかに先行して、その二海里ほど北にいるとわかる。見晴らしのきく海なので、スロットルをあけて、〈ラ・プリマローザ〉の現在の針路と交差するようにすこし西に針路を変える。

全長八メートルのスピードボートの操縦法を、おれはタリッサに教えはじめる。安全手順を省いて、指導の時間をすこし短縮できる。どうせ、今夜やろうと思っていることは、安全ではないからだ。タリッサが船外機に触れて火傷《やけど》をしたり、濡れた甲板で足を滑らしたりするのを心配してはいない。それよりも、基本を教えるのが肝心だ。

じきに、おれが割り当てる単純な作業をタリッサがやれると確信する。タリッサは座席に座って、超大型ヨットを見つめている。座席に必死でしがみつき、ゆるやかにうねっている海をスピードボートが船体を弾ませながら航走するあいだ、どんどん気分が悪くなっているようだが、それでもタリッサが妹のことを考えているのがうかがえる。

妹が生きているのか死んでいるのかわからず、どちらにせよ妹を危地に追いやったのは自分だとわかっていると思うと、どんなにつらいだろう。

だが、そこで思い出す。おれもまさにそういう思いに囚われているのだ。

おれもつらい過去を背負っている。


ドクター・クローディア・リースリングは、〈ラ・プリマローザ〉の正甲板（構造上最強の甲板のことで、第一もしくは第二甲板）のラウンジにはいり、ヤコ・フェルドーンの隣に座った。フェルドーンは、ポーク・テンダーロインの夕食を食べているところで、食事をしながら、最終目的地のヴェネツィアにすでに配置してある配下と電話で話をしていた。パイプラインに厄介《やっかい》な問題を引き起こしているアメリカ人と、翌日の夜にヴェネツィアの市場周辺にその男を迎え撃つ罠を仕掛けることについて、フェルドーンが話すのを、クローディアは聞いていた。

市場がひらかれるあいだ、クローディアはヨットに残る予定だった。どの旅でも、たいがいそうしている。マーヤが、市場に出さない品物ふたつのうちのひとつなので、上陸しない。彼女を教化する時間が持てる。

マーヤにはまだ手がかかりそうだった。また腹立たしい話し合いを終えたあと、クローディアが自分の狭い部屋を出てここに来たのは、フェルドーンと話し合うためだった。

フェルドーンが電話を終えるのを待ち、そのあと、注意を向けるまで、クローディアはじっと待っていた。

クローディアは心理学者だが、そうでなくてもフェルドーンが女性を嫌っているのは一目瞭然だった。フェルドーンが女性に残酷なことをやるのを見ているし、女性を殺したという話も聞いている。周囲にいる女性を乱暴に扱うよう命じるのを聞いたこともある。フェルドーンはコンソーシアムの有力者で、商品《マーチャンダイズ》に自由に手出しできるにもかかわらず、好き放題にやれるセックスをやっていないと、クローディアは見ていた。

フェルドーンと会ったとたんに、クローディアは彼のことが恐ろしくてたまらなくなり、その恐怖にはもっともな理由があると思った。

ようやくフェルドーンが、クローディアのほうを見た。「なんだ？」

クローディアはいった。「マーヤが……扱いづらい患者なの。反抗が激しくて」

フェルドーンが、無表情にうなずいた。驚いていないのを、クローディアは見てとった。

「家族の結束が固いと、採用担当《リクルーター》がいっていた。知的で、ドラッグはやらず、性的虐待を受けたことがない。そういう女はしぶとい。しかし、どうしてここに来た？」

「一日ずっと彼女に取り組んでいたの。むしろ、嫌がるいっぽうなの」

やりとりに飽き飽きしたとでもいうように、フェルドーンが肩をすくめた。「ディレクターはあの女の頑固さが気に入っている。それを骨抜きにするのを楽しみにしているんだ」クローディアが答えないので、首をかしげた。「しかし、あんたはそれとはべつのことをいいたいんだな?」

クローディアがうなずいた。「かなり強情な女でも、わたしの戦術には反応するものなのよ。この女は問題を起こすかもしれないと思いはじめているの」

「しかし……」フェルドーンが、合点がいかないという顔をした。「おれたちは彼女を拉《ら》致《ち》した。彼女のほうから来たんじゃない。問題を起こすために来たというのは、なにか計画があってみずから来たということか?」

「そういうことじゃないのよ。ほかの新人とはまったく似ていないといいたいのよ。これについて彼女は、知るはずがないようなことまで気づいている。あるいは、ものすごくずる賢いのかもしれない。でも、わたしはこの女のことが不安なのよ」

フェルドーンがいった。「ディレクターがヴェネツィアでこの女に会う計画や、ランチョ・エスメラルダに連れていく計画を変更すると思っているようなら、あきらめろ。ディレクターは、おれたちが下のステートルームに入れているこの馬鹿な売春婦よりも、ずっと強情だ」

クローディアは、溜息をついた。「わかってる。わたしたちは、彼女がディレクターを受け入れるようにしないといけない」

「なにか要求があるのか？」

「わたしが考えているのは……多少の干渉は許されるだろうということよ」

フェルドーンがいった。「女を殴れというのか？　それならできるが、ボスは怒るぞ。あすディレクターは、健康な状態の女に会いたいだろう」

クローディアは、首をふった。「だめ。殴るのはだめよ。わたしは彼女とすぐに絆《きずな》を結ぶ必要がある。それには、もっと……個人的なことで精神的な傷を負わせるのがいい。わたしが命綱、親切な女性に見えるようにするために。いまのわたしは、彼女にしてみれば、彼女を捕らえた男たちの仲間でしかない」

フェルドーンは、ポーク・テンダーロインを食べながらうなずいた。「性的に汚したいんだな。そのあとで、あんたが女のそばへ行き、起きたことと自分は無関係だし、心の傷を癒《いや》すのを手伝うとささやく」

「そのとおりよ」

「それもディレクターの機嫌をそこねるぞ」

「賢明な措置だったと、わたしが専門家としての意見をいうわ」

フェルドーンは、しばし考えてからうなずいた。「ディレクターはあんたの意見を受け入れるだろうな」ビールをちょっと飲んでからいった。「ギリシャ人を今夜、女の部屋に行かせる」

フェルドーンはすかさず、必要とあれば自分が殴るといい、セックスの話になると他人を行かせるとほのめかした。それがフェルドーンの本音を露呈していると、クローディアは思った。

「彼女の抵抗の炎を弱めるには、それがかなり効果的かもしれないと思う。コストプロスを行かせたらどうかしら。コストプロスが女をどう扱うかはわかっている。コストプロスとひと晩過ごしたら、彼女は回復するのにかなり手助けが必要になるでしょうね。わたしの仕事はだいぶ楽になる」

フェルドーンが賛成した。「コストプロスと話をしよう。大義のための仕事だから、よろこんでやるだろう」

「今夜そうしてくれれば、あすイタリアに着いたときに、マーヤがもっとおとなしくなって、ディレクターの訪問を受け入れられる状態になっていると約束するわ」

「そのためにあんたは金をもらっているんだ」フェルドーンがいい、食事に注意を戻した。

27

タリッサ・コルブとおれが、スピードボートに乗ってから三十分のあいだに、タリッサは二度吐き、おれは六回、危うく吐きそうになった。タリッサが舷側から吐くことができず、甲板にゲロを吐いたときが、いちばんきわどかったが、なんとか食べたものを吐かずにすませた。いま〈ラ・プリマローザ〉は、二海里以上うしろに遠ざかり、左斜《なな》めうしろであいかわらず北を目指している。晴れた夜なので、まばゆい明かりがはっきり見える。

かなり燃料を消費しているとわかっているので、燃料計をずっと見ていたが、残量が半分以下になったとわかる。エンジンと波の音のなかで聞こえるように、おれは大声でいう。

「ヨットが海岸に近づくまでこれをつづけるのは無理だ。あと三十分航走する燃料しかない」数秒考え、そのあと数秒間、スピードボートを操縦しつづけるあいだ、自分が考えた計画をやめようかと思う。

だが、理性の声はその計画を打ち砕くことができず、たちまち結論が出る。

おれは片手でハンドルを握り、双眼鏡を目に当てて、〈ラ・プリマローザ〉の甲板に立っている人間がいるかどうかをたしかめようとする。距離があるうえに、波で上下に揺れているので、見分けるのは不可能だ。

溜息をついて、おれはいう。「航走しながら登るしかないようだ」

「なんですって？」

「動いている船に喫水線から乗り込む」

「難しそうね」

おれは笑う。「ああ、けっこうやりがいがある。前にもやったことがあるが、装備が充実していたし、独りじゃなかった」

「いったいどうやって――」

おれが〈マノ・マリネ〉製のスピードボートのスロットルを急に戻し、中立《ニュートラル》に入れると、タリッサが言葉を切る。タリッサもおれも、前のめりになる。

あらかじめ注意すべきだが、頭のなかの時計が秒を刻み、早く行動しろと促している。手を握ってやる場合ではない。おれはいう。「きみがこのボートを操縦しなければならない」

フルスロットルの船外機の爆音と船体が波にぶつかる音が絶え間なく響いていたあとで、

かなり静かになるのが、衝撃的だ。タリッサが目を丸くして、信じられないという顔で、恐怖を浮かべておれを見る。なにをいうかわかっている。

「ねえ。いろいろやってみせてくれたけど……でも……でも、一度も操縦したことがないのよ。どうやればいいのかわからない」

「一五ノットで進んでいる船の喫水線から襲撃するやりかたを知っているか？」タリッサは答えない。たぶんおれの嫌味にうんざりしているからだろう。おれはつけくわえる。

「いいか、きみはごく簡単なことをやればいいだけだ」

タリッサが、船縁から身を乗り出して、また吐く。おれはどうにか吐き気をこらえて、ハンドルを握り、接近するヨットに注意を集中する。水中で完璧な位置につかないと、これをやってのけることはできない。〈ラ・プリマローザ〉の進路に近づくには、もうすこし西へ移動し、速力をあげなければならない。

すこし航走してから、またスロットルを中立《ニュートラル》に戻し、ボートが闇で上下に揺れる。

〈ラ・プリマローザ〉は一海里半ほどの距離にいて、着実に接近している。

タリッサは目を丸くしておれを見つめ、恐怖を全身から発散させている。

「どうやればいいの？」ついにタリッサがきく。

「おれは海にはいる。きみはあの海岸線の明かりにボートを向ける。ゆっくり進め。三分の一の速力、つまり微速前進でいい。おれと岸の中間まで行ったら、たぶん一海里くらい離れたところだろうが、スロットルを中立《ニュートラル》に戻す。〈ラ・プリマローザ〉が通り過ぎたら、ずっと水面を見ていてくれ。まわりの海でライトが揺れるのが見えたら、それはおれが乗り込めなかったという合図だ。迎えに来てくれ。五分間、なにも見えなかったら、岸に向かえ。ビーチに乗りあげるのは簡単だが、岩場がないような場所を探せ」

「やれるかどうか、わからない」

「きみなしでは、これはできないし、ヨットに乗り込めなくて、きみが迎えに来なかったら、おれは死ぬ」

「わたしをそういう立場に置くの？」

「まわりを見ろ！　おれたちは絶好の位置にいるんだぞ！　このままひきかえして、この一件を忘れるか、それとも前進するか、ふたつにひとつだ。おれにとって前進とは、あのヨットが航行しているあいだに、いま攻撃することだ」

タリッサが、また弱々しい声になっている。「わたし……怖いの」

おれの声は弱々しくはないが、おなじ気持ちだ。「ああ、おれも怖い。信じてくれ。そういう気持ちが消えることはないが、しばらくたつと慣れる」おれは装備のバックパックを甲板から持ちあげて、ウェットスーツ、フィン、マスク、スノーケルを出す。エアタンクやその他のスクーバ器材は、そのままにする。水中で呼吸できるのはありがたいが、二〇キロ以上の器材を身につけていたら、高速航行している船に体を引き揚げるのは、まず不可能だ。

組み紐《ひも》の錨索《びょうさく》につないだゴムをコーティングした汎用錨がはいっている小さなバックパックも出して、拳銃とサプレッサー、ナイフ、フラッシュライト、水中で使う小さな赤いライトを入れる。

タリッサが接近するヨットを見ているあいだに、おれは下着だけになり、厚さ七ミリのウェットスーツを着て、フードを頭にかぶせ、フィンをつける。

タリッサがなにかをいいかける。夜間に広い海でパワフルなボートを操縦する訓練を受けていないと抗議するつもりかもしれないが、おれの真剣な顔を見て、いま説得するのは無理だと悟る。

おれはマスクをつけ、スノーケルのぐあいを直し、タリッサのほうを向いてスピードボートの船縁に腰かける。前で脚を組み、おれはいう。「きみにはできる。おれもだ」返事を待たず、マスクの鼻の部分をつまんで片手で押さえる。船縁からうしろ向きに倒れ込んで、頭から海に潜り、波の下で宙返りして浮上する。

水面から頭が出ると、バックパックを渡してもらい、肩にストラップをかけて、胸から吊るす。

「行け」おれはいう。「終わったら呼ぶ」

五分後、おれは独りで暗い海にぷかぷか浮かび、弱い潮流が近づいてくるヨットから引き離そうとするのを、フィンでキックして位置を修正する。

おれの計画は無鉄砲ともいえるほど単純だが、タリッサにいったように、おなじことを何度もやっている。ヨットが真横に来たら、フィンで一所懸命キックして近づく、それから鉤縄《かぎなわ》代わりの汎用錨を投げて、船尾シーステアー（水中まで達している梯子）のそばの手摺《てすり》にひっかける。腕に巻きつけた錨索をたぐり、ヨットの航跡を通ってシーステアーまで行く。

とにかくそういう計画だった。しかし、それには条件がいくつかある。投げて届く距離に近づかないとうまくいかない。投げるために水面から体を出さなければならない。手摺に錨がひっかかったとしても、だれかがそこにいておれを阻止するようなことがあってはならない。

簡単だ、ジェントリー。おまえならできる。

シーステアーのそばの下甲板にだれかがいたら、この計画はうまくいかない。水中からだれかを撃って、よじ登り、船内で戦うほうが格好いいだろうが、それはできない相談だ。だから、この計画は、船尾を見てひとりかふたりが目にはいるかどうかと、鉤縄投げがうまくいくかどうかに左右される。

正しい位置につくこと自体も、容易ではない。〈ラ・プリマローザ〉の正面にいるのはだめだ。轢《ひ》かれるか、海中に吸い込まれてしまう。だから、〈ラ・プリマローザ〉の進路から一五メートル東に離れたところに位置しようとする。

ひとつだけたしかなことがある。チャンスは一度だけだし、失敗したら、女たちはイタリアかスロヴェニアかクロアチアのどこかへ運ばれていってしまう。タリッサとおれは街から遠く離れたところで岸に乗りあげ、つぎになにをやるか、途方に暮れるだろう。

だが、失敗することは考えない。〈ラ・プリマローザ〉がもう数百ヤードに近づいているからだ。おれは目標に的を絞り、エネルギーと集中力を注いで、動き出す瞬間に備える。

おれが着けているフリーダイビング用のロングフィンは、ふつうのフィンの倍の面積だし、おれは数十年間、フィンを使うテクニックを磨いてきたので、まるで魚雷みたいに水中を速く進むことができる。一メートルぐらい潜って、必死で脚を動かし、ヨットの進路に接近する。

ライトをつけないと、水中ではなにも見えないが、いまライトを使うと、ほかのことにその手が使えなくなるので、自分の速度と全長四五メートルのヨットが発している大きなうなりを頼りに、距離を推測するしかない。

おれは浮上し、スノーケルをクリアして（潜水中にスノーケル内にはいった水を出すこと。方法はいくつかある）、見あげる。〈ラ・プリマローザ〉の舳《へ》先《さき》は、おおよそ狙いどおり、西に一五メートルのところにある。すぐ近くで大きな船が高速で航行しているのは、恐ろしい光景だし、船首が蹴立てている白い波頭を見ると肝が縮む。まもなくそのなかを泳がなければならないからだ。

こんどは潜降しない。顔を伏せてスノーケルで呼吸し、命懸けでキックする。興奮と恐怖と肉体の酷使と必死になっているせいで、アドレナリンとエピネフリンとコルチゾンが分泌され、脈が激しく乱れている。

それに、キックしていると、不思議なことに心が落ち着いて、重要なことを悟る。認めたくはないが、これがおれの生き甲斐《がい》だ。

そのとき、ヨットが蹴立てている波がぶつかり、おれは左うしろに押される。ヨットは水面をかきわけて、おれの右手へ進んでいる。

六秒後、おれは背中をそらせ、頭を浮上させる。立った姿勢で強くキックし、上半身を水面から持ちあげる。ヨットの船尾はすぐ近くだが、すでに前を通過している。二秒前に浮上していれば、もっと楽に鉤縄代わりの汎用錨を投げることができたはずだ。

視界は完全ではないが、シーステアーのそばに人影はない。腕が水面から出るようにキックしながら、激しい航跡にあらがい、右手を頭の上でふって、重さ一・八キロの汎用錨を船尾手摺の上に投げる。鉤状の部分をゴムでコーティングしてあるので、金属同士がぶつかる音はしないし、甲板に落ちてから手摺にひっかかる音は、機関音にまぎれるだろう。

右の手首と前腕にすばやく錨索を巻きつけ、水面をひっぱられていくことを願う。ヨットのうしろで激しく揺れながら曳《ひ》かれる。腕、脚、背中に渾身の力をこめ、航跡のなかで左右の手を使って錨索をたぐる。水の勢いでマスクが引きはがされるが、頭の上からはずれずに、首にひっかかる。海水を口いっぱいに飲み、胸の小さなバックパックのすさまじい抗力で海中にひきずり込まれそうになるのと戦う。

これか？　これはおれの生き甲斐じゃない。

だが、錨索をたぐりながら、つかまるものを探し、右手を離してシーステアーのほうへのばす。疲れと、超大型ヨットの激しい航跡のなかで呼吸が困難になっているせいで、力が弱っている。

シーステアーの下端の右に、小さな繋船《けいせん》金具があり、おれは右手の指で必死にしがみつく。左手で右手首と前腕から錨索をはずして、金具を固く握り締めた右手にあらためて巻きつけ、絶壁を登るみたいに、水から体を引きあげて、シーステアーの下のほうの段に乗る。

嘔吐《おうと》したくなるのをこらえ、咳き込んでアドリア海の水をたっぷり吐いて、周囲の安全を確認していなかったので、甲板に伏せる。体がまだよく動かないが、サプレッサーを付けたグロックを出し、膝立ちになって、馬鹿でかいフィンをつけたまま、シーステアーのてっぺんの下甲板の船尾に目を配る。

敵影はない。

甲板から見えないところまでシーステアーを下り、激しい疲労から回復するまですこし待つ。海水をゲエゲエ吐くと、だいぶ気分がましになる。ようやくフィンをはずし、折り曲げてバックパックに入れる。マスクとスノーケルもはずして突っ込む。

おれはフード付きの黒いウェットスーツに頭から足首まで覆《おお》われ、ネオプレーンの黒いブーツを履《は》き、黒いバックパックを胸から吊るしている。ナイフを出したあと、バックパックは背中に移す。

ナイフと拳銃を右太腿《ふともも》の大型ポケットに入れ、シーステアーをまた昇っていく。六〇センチ登ったところで戻る。半袖の黒いシャツを着た男が、右から左へ通り過ぎたからだ。さいわい、相手に見られる前に見つけたが、念のためナイフを抜き、こっちへ来て覗《のぞ》き込んだときには、三段躍りあがって喉笛《のどぶえ》に突き刺すために身構える。

三十秒後、もう一度ちらりと見て、甲板に敵がいないとわかると、シーステアーを昇ってラウンジの船尾側ドアを目指す。

目的の場所はメインステートルームだ。ラウンジ内の階段を昇ったところで、船橋《ブリッジ》とおなじ最上甲板にある。階段を昇り、船尾方向へ進めばいい。だれがそこにいるかはわからないが、この船に乗っている大物は、いちばん豪華な船室を使うにちがいない。

ラウンジを覗き込める窓まで行き、そこで身をかがめて、後甲板の小さなバーカウンターの蔭に這《は》い込んで、照明の明るいラウンジを観察する。おれの真正面にダイビングデッキがある。スクーバダイビング用のタンク、ベスト型の浮力調整装置《BCD》、レギュレーター（ダイバーの呼吸用に高圧空気を調整する中圧ホース。深度計、残圧計が取り付けてあり、タンク、BCDと接続する）などの器材が、隔壁にバンジーコードで固定してある。

おれは膝立ちになるが、船体が左舷にすこし傾いたので、また身を低くする。右に回頭しているのだとすぐに気づく。数秒後、ヨットが減速しはじめる。

陸地に向かっているのか？　バックパックからスマートフォンを出して、防水ケースをあけ、GPSを立ちあげる。衛星と接続するのに一分かかるが、やがてクロアチアのロヴィニという街の二海里沖にいるとわかる。

くそ。おれは思う。タリッサの推理は的中しなかったが、かなり近かった。〈ラ・プリマローザ〉はクロアチア北部を目指していたが、プーラよりも小さい港へ寄るつもりなのだ。おそらくおれの行動で怖気《おじけ》づき、計画を変更したのだろう。

つぎの動きを考え、すぐそばにあるダイビングデッキを利用することにする。四つん這いになってラウンジの窓の下を通り、下甲板の船尾寄りを横切り、端のエアタンクを取る。暗いなかでBCDをストラップでタンクに固定し、レギュレーターをタンクに取り付け、中圧ホースをBCDに接続する。

潜降しやすいように、数キロのウエイトをいくつか取り、BCDのポケットに入れる。

それから、タンクのバルブをあけ、目いっぱいはいっているのを確認して、レギュレーターとオクトパスと呼ばれる緊急用の予備レギュレーターから空気を吸ってみて、機能することを確認する。組み立てた器材をまとめて隅に運び、タオルをかけて隠す。

後甲板でもっとも都合のいい隠れ場所だとわかっている小さなバーカウンターの蔭に這い戻る。もちろん、だれかがピニャコラーダをこしらえにきたら、見つかってしまうだろう。

だが、おれが身を起こし、ラウンジのなかを確認すると、一〇メートル離れた奥の螺旋《らせん》階段から、ひとりの男があがってくるのが見える。黒いポロシャツを着て、小さなサブマシンガンを胸に吊っている。

おれは蔭に隠れて、ガラスごしに観察をつづける。

武装した男のすぐうしろに、女がひとりいる。ブロンドの髪をショートにした若い女だ。

何者かわからないが、さらに若い女や少女がつづき、武装した男がうしろを固めていたので、おれは彼女たちがなんであるかを知る。

合計八人の性的人身売買被害者が、ラウンジを横切り、左舷水密戸から正甲板に出ていく。ラウンジの照明が明るいので、顔をじっくり観察できるが、写真で見たタリッサの妹にすこしでも似ている女はいない。

女たちは、ウォームアップパンツかヨガパンツをはき、Tシャツかスウェットシャツを着ている。モスタールにいたときよりもずっといい扱いを受けているようだ。

最初はどこへ行くのかわからなかったが、女たちがどこへ向かっているのかという謎は、三十秒後に解ける。声と足音が、小さなバーとは反対側の後甲板から聞こえてくる。女たちは船尾をまわり、右舷へ行って、船首に向けて進み、見えなくなる。

一団が二分後に戻ってきたとき、おれは理解する。運動のために甲板を歩かされているのだ。

三度目に女たちが通過するのをおれは待つが、四周目はなく、女たちはラウンジにはいり、下甲板へおりていった。

この隠れ場所は気に入ったが、性的奴隷密輸業者らしき男がたまたまひとりで後甲板を歩かないかぎり、じっとしていたら必要な情報は得られない。一〇メートル向こうの明るいラウンジ内の階段を昇り、メインステートルームへ行くしかないとあらためて決意するが、動く前にまた窓から動きが見える。べつの女たちが、こんどは七人、上に連れてこられて、左舷水密戸から甲板に出される。

その七人も、最初の八人とおなじように、見張り付きで甲板を周回する。明らかに運動のためだ。

くそ、いまはどこへも行けない。

やがて、七人が連れ戻され、こんども七人が出てくる。おなじように、ゆっくりとぞろぞろ甲板を周回する。

ひとりひとりの顔をおれは見るが、ロクサナに似ている女はいない。

その最後の群れがおりていくと、〈ラ・プリマローザ〉の機関の回転がさらに落ちて、どうやら中立《ニュートラル》に戻されたようだ。乗組員と武装した男たちが、ラウンジのなかを歩きまわり、やはりおれはまったく動けない。

やがて、船尾のほうで乗組員が携帯無線機で交信するのが聞こえた。何人かがそこに立ち、テンダーを水面におろしているようだ。

思ったとおり、テンダーの船外機が始動され、轟音が左舷から聞こえてくる。

女たちが乗せられて、岸へ運ばれるのではないかと、おれは心配するが、黒っぽい服を着た禿頭《とくとう》の白人がラウンジ内の階段をおりてきて、武装した男三人がつづくのが見える。四人とも、左舷水密戸から出ていく。

一分後、テンダーがヨットから離れていくのが音でわかり、やがてまた静かになる。女たちは運動させられ、下に戻された。テンダーに乗った男たちは、補給品を取りにいくか、あるいはまた女を連れてくるのだろう。そうとしか考えられない。

ここで数分待ってから、あの階段を目指そうと決意する。

〔下巻につづく〕

ティンカー、テイラー、ソルジャー、スパイ〈新訳版〉

Tinker,Tailor,Soldier,Spy

ジョン・ル・カレ

村上博基訳

英国情報部の中枢に潜むソ連のスパイを探せ。引退生活から呼び戻された元情報部員スマイリーは、かつての仇敵、ソ連情報部のカーラが操る裏切者を暴くべく調査を始める。二人の宿命の対決を描き、スパイ小説の頂点を極めた三部作の第一弾。著者の序文を新たに付す。映画化名『裏切りのサーカス』解説／池上冬樹

ハヤカワ文庫

スマイリーと仲間たち

Smiley's People

ジョン・ル・カレ

村上博基訳

将軍と呼ばれる老亡命者が殺された。将軍は英国情報部の工作員だった。醜聞を恐れる情報部は、彼の工作指揮官だったスマイリーを引退生活から呼び戻して後始末を依頼、やがて彼は事件の背後に潜むカーラの驚くべき秘密を知る！　英ソ情報部の両雄がついに決着をつける。三部作の掉尾を飾る傑作。解説／池澤夏樹

ハヤカワ文庫

誰よりも狙われた男

A Most Wanted Man

ジョン・ル・カレ

加賀山卓朗訳

弁護士のアナベルは、ハンブルクに密入国した瘦せぎすの若者イッサを救おうと奔走する。だがイッサは過激派として国際指名手配されていた。練達のスパイ、バッハマンの率いるチームが、イッサに迫る。命懸けでイッサを救おうとするアナベルは、非情な世界へと巻きこまれてゆく……映画化され注目を浴びた話題作

ハヤカワ文庫

繊細な真実

A Delicate Truth

ジョン・ル・カレ
加賀山卓朗訳

極秘の対テロ作戦に参加することになった外務省職員。新任大臣の命令だが不審な点は尽きない。一方、大臣の秘書官は上司の行動を監視していた。作戦の背後に怪しい民間防衛企業の影がちらついていたのだ。だが、秘書官の調査には官僚の厚い壁が立ちはだかる！ 恐るべきはテロか、それとも国家か。 解説／真山 仁

ハヤカワ文庫

地下道の鳩

ジョン・ル・カレ回想録

The Pigeon Tunnel

ジョン・ル・カレ
加賀山卓朗訳

英国二大諜報機関に在籍していたスパイ時代、詐欺師の父親の奇想天外な生涯、スマイリーを始めとする小説の登場人物のモデル、グレアム・グリーンやキューブリック、コッポラとの交流、二重スパイ、キム・フィルビーへの思い……。スパイ小説の巨匠が初めてその人生を振り返る、待望の回想録！　解説／手嶋龍一

ハヤカワ文庫

暗殺者グレイマン

The Gray Man

マーク・グリーニー

伏見威蕃訳

身を隠すのが巧みで、〝グレイマン（人目につかない男）〟と呼ばれる凄腕の暗殺者ジェントリー。ＣＩＡを突然解雇され、命を狙われ始めた彼はプロの暗殺者となった。だがナイジェリアの大臣を暗殺したため、兄の大統領が復讐を決意、様々な国の暗殺チームが彼に襲いかかる。熾烈な戦闘が連続する冒険アクション

訳者略歴　1951年生，早稲田大学商学部卒，英米文学翻訳家　訳書『暗殺者グレイマン』グリーニー，『レッド・プラトーン』ロメシャ，『無人の兵団』シャーレ（以上早川書房刊）他多数

HM=Hayakawa Mystery
SF=Science Fiction
JA=Japanese Author
NV=Novel
NF=Nonfiction
FT=Fantasy

暗殺者《あんさつしゃ》の悔恨《かいこん》
〔上〕

〈NV1472〉

二〇二〇年十一月二十日　印刷
二〇二〇年十一月二十五日　発行
（定価はカバーに表示してあります）

著　者　マーク・グリーニー
訳　者　伏《ふし》見《み》威《い》蕃《わん》
発行者　早川　浩
発行所　株式会社　早川書房

郵便番号　一〇一 - 〇〇四六
東京都千代田区神田多町二ノ二
電話　〇三 - 三二五二 - 三一一一
振替　〇〇一六〇 - 三 - 四七七九九
https://www.hayakawa-online.co.jp

乱丁・落丁本は小社制作部宛お送り下さい。
送料小社負担にてお取りかえいたします。

印刷・中央精版印刷株式会社　製本・株式会社明光社
Printed and bound in Japan
ISBN978-4-15-041472-6 C0197

本書は活字が大きく読みやすい〈トールサイズ〉です。

TOKYO
HAYAKAWA
BOOKS